语/文/新/课/标/必/读/经/典/文/库

变色龙

【俄国】契诃夫　著

丛书主编：梓　育
副 主 编：朱晓东（中国教育学会会员，全国语文试题研究中心研究员）
本册主编：叶永利　康燕燕
编　　者：齐红梅　姜　扬

名师全解版

吉林人民出版社

8大栏目

帮你解决名著阅读难题

①**名师导航：** 全面掌握作者情况、作品情节、思想内涵、艺术特色及人物 形象等知识点。

②**随文边栏：** 准确理解正文，扫清阅读障碍，汲取名著养分，全方位提升阅读水平。

③**阅读小悟：** 深度了解本章内容、主题内涵及艺术特色，获得更多的阅读体验与感悟。

④**阅读思考：** 通过提问的形式引发深度思考，领悟名著精髓。

⑤**写作加油站：** 积累写作材料，解决写作文时“无米之炊”的难题。

⑥**相关知识链接：** 开阔视野，扩大知识面，增长见识。

⑦**我和名著的故事：** 学习他人名著阅读感悟，培养勤于思考的习惯，写读后感不再难。

⑧**电子版考试手册：** 知识点全面，覆盖中考范围；演练历年中考真题及模拟题，轻松备考。

目录

Contents

名师导航

作者小传

安东·巴甫洛维奇·契诃夫（1860—1904），是俄国的世界级短篇小说巨匠，19世纪末著名批判现实主义艺术大师，与莫泊桑和欧·亨利并称为“世界三大短篇小说家”。契诃夫的小说紧凑精练，言简意赅，往往能给读者以独立思考的空间。

批判现实主义巨匠　契诃夫坚持现实主义传统，注重描写俄国普通民众的日常生活，塑造了大批具有典型性格的小人物，借此真实反映当时俄国的社会现状。

契诃夫的作品具有三大特征，即对丑恶现象的嘲笑、对贫苦人民的深切的同情，以及对沙皇统治下的不合理社会制度和社会丑恶现象的揭露。他被认为是19世纪末俄国现实主义文学的杰出代表。

抒情心理小说之父　契诃夫创造了一种风格独特、言简意赅、艺术精湛的抒情心理小说。他截取日常生活中的平凡片段，凭借精巧的细节描写对生活和人物作真实描绘和刻画，从中展示重要的社会内容。这种小说抒情气味浓郁，抒发他对丑恶现实的不满和对美好未来的向往，把褒扬和贬抑、欢悦和痛苦之情融化在作品的形象体系之中。

世界短篇小说之王　契诃夫一生创作了七八百篇短篇小说，被称为“世界短篇小说之王”，他善于从日常生活中发现普通人和事的典型意义，然后通过幽默可笑的情节进行重新塑造，从而展现给读者完整的典型形象，以此来反映社会问题。有人评价他的小说：“再现了小人物的不幸和软弱，劳动人民的悲惨生活和小市民的庸俗猥琐。”

作品介绍

契诃夫的作品题材多样：有反映底层人民悲惨生活的《苦闷》《凡卡》；有写小人物卑躬屈膝的心态的《胖子和瘦子》《小公务员之死》；有讽刺见风使舵的奴颜媚骨的《变色龙》；有针砭虚荣、庸俗观的人生哲学的《跳来跳去的女人》《挂在脖子上的安娜》等。

契诃夫小说语言精练、准确，善于透过生活的表层，将人物隐蔽的动机揭露得淋漓尽致。他擅长用开门见山的手法写作，他的作品有着“文短气长”的简洁。契诃夫的作品里有一种机智幽默，略含讽刺，平而不淡，浓而不烈的风格。他从平凡的日常生活中取材，把目光集中在小人物身上，从他们平凡的琐事中揭示出他们的庸俗习气和他们的不觉悟。

艺术特色

平凡生活中攫取典型意义　　契诃夫的短篇小说善于截取日常生活中普通的片段，从中发掘出具有典型意义的生活道理，或者揭示出某些重大的社会问题。如短篇小说《苦恼》通过主人公马夫姚纳在儿子不幸夭折后无处倾诉自己的不幸和内心的悲哀这一平淡无奇的故事，揭示出黑暗社会中的世态炎凉、人情冷漠及小人物孤苦伶仃的悲惨遭遇，作品语言极其朴素却又有震撼人心的力量。

客观描写中寄寓鲜明感情　　契诃夫善于把自己的感情倾向和主观感情寄寓于客观冷静的陈述中，让生活本身来说话，而作者不加一字一句的评述，却又能让读者感受到他鲜明的倾向，使作品含而不露、耐人寻味。如《渴睡》中的小女孩瓦丽卡因不堪忍受日夜不停地做工、看护主人孩子的折磨，最终掐死了摇篮中的小孩，自己倒在地上酣然入睡。作者在客观冷峻的描写中既无相关评论，也没有主观倾向的表达，只抛给读者一个深刻的社会问题：瓦丽卡的命运究竟将会如何？这个问题只有读者自己去思考，留下充分的空间，耐人寻味。

简洁凝练中凸显典型塑造　　契诃夫的小说既没有冗长的景物描写和背景交代，也很少有大起大落、曲折离奇的情节；而是情节简单、发展迅速、人物不多、主次分明，语言精练明快，善于运用白描式的个性化语言刻画人物性格、塑造典型。比如《变色龙》中仅仅写了狗咬人一件事，通过警官断案的一个场面，事件过程的四个人物，便使简单的故事情节一波三折，作者紧紧抓住警官奥楚蔑洛夫在处理“狗咬人”案件的过程中五次“变色”加以描绘，便收到极其强烈的讽刺效果。

人物点击

主要人物	相关故事情节	性格特点
格里戈里·彼得罗夫	借马送病妻去医院。	粗暴、懒惰、自私，但善良、知错能改。
奥楚蔑洛夫	奥楚蔑洛夫处理首饰匠赫留金被狗咬伤的事。	对弱者飞扬跋扈，对权贵谄媚、趋炎附势、随机应变、见风使舵。

伊凡·德米特里·切尔维亚科夫	小公务员在遭遇大官呵斥后吓死。	因循守旧、畏首畏尾、惶恐忧郁、自卑脆弱。
凡卡·茹科夫	凡卡偷偷给爷爷写信。	温和善良、憨厚坚强、乐观向上、对美好生活充满向往。
安娜	安娜为了改变命运而嫁给有钱但年老丑陋的丈夫。	自卑、不自信、庸俗、虚荣、冷酷。
杜博夫	杜博夫向志愿兵推销所谓的名狗。	变化多端、虚伪自私、颠倒黑白。
普里希别耶夫中士	动手殴打本县官员和村民。	野蛮专横、无知、飞扬跋扈。

第2篇

凡 卡

亲爱的朋友，在现代社会中一个九岁的小男孩在干什么？也许正跟爸爸妈妈逛公园、旅游，跟同学在校园里做游戏，跟老师在课堂上读书学习……这些也许你都觉得太平常，可是看看故事里的凡卡，你就知道该怎样珍惜身边的幸福了。

男孩凡卡·茹科夫九岁了，三个月前他被送到鞋匠阿里亚兴的铺子里来当学徒。在圣诞节的前夜，凡卡没有上床睡觉。他等到老板夫妇和师傅们出外去做晨祷后，就从老板的立柜里拿出一小瓶墨水和一支笔尖生锈的钢笔，然后把一张揉皱的白纸铺平，他想写封信。但在写第一个字以前，凡卡不时战战兢兢地回头望一下门口和窗子，斜起眼睛瞟一瞟乌黑的圣像和两旁摆满鞋楦的架子，小声地叹着气。然后他把纸铺在了长凳上，自己则跪在长凳前面写起来。

“亲爱的爷爷，康司坦丁·玛卡雷奇！”他写道。“我在给您写信，祝您圣诞节安好，愿上帝保佑您万事如意。我没爹没娘，只剩下您一个亲人了。”

凡卡抬起头看着乌黑的窗子，窗前的蜡烛映着他的影子。他形象地想起他的祖父康司坦丁·玛卡雷奇

【注释】

鞋楦：用来楦鞋的楦子，是鞋的成型模具。

【动作、神态描写】

惊恐的神态和小心的动作反映了凡卡害怕被老板发现，只能偷偷写信。

【外貌描写】体现了爷爷是个身体健康、精神矍铄、乐观开朗的老头。

在地主席瓦烈夫家那个守夜人的模样。他是一个矮小精瘦而又身姿矫健的小老头，年纪大约有六十五岁，整天笑呵呵地，眏着醉眼。白天他在仆人的厨房里睡觉，或者跟厨娘们说笑话，到夜里就穿上宽大的羊皮袄，在庄园四周巡游，还不停地敲着梆子。他身后跟着两个朋友——耷拉着脑袋的老母狗卡希坦卡和泥鳅。泥鳅也是一条狗，之所以得了这样的绰号，是因为它的毛色黑，身子细长，像黄鼠狼。它驯良亲热，不论见着自家人还是见着外人，一概用温顺含情的目光望着你，然而千万不要被它的假象所迷惑。在它温柔目光的背后，隐藏着极其狡猾险恶的用心。无论哪条狗也不如它那么善于抓住时机，悄悄溜到人旁边，朝腿肚子上咬一口，或者钻进冷藏室里去，或者偷吃农民家的鸡。它的后腿已经不止一次被人敲折，有两次人家索性把它吊起来，而且每个星期都把它打得半死不活，不过它命大，养好伤，又活了下来。

【转折】对上文泥鳅的温顺进行了反转、否定，声明那只是一种假象。

现在祖父一定在大门口站着，眯起眼睛看乡村教堂那通红的窗子，跺着穿高统毡靴的脚，跟仆人们开玩笑。他的梆子挂在腰带上。他冻得不时搓手，并缩起脖子，一会儿在女仆身上捏一把，一会儿在厨娘身上拧一下，发出苍老的笑声。

【想象】再现了与爷爷一起的往日生活，表达了对爷爷的思念和对往事的留恋。

“咱们吸点鼻烟吧，好不好？”他说着，把他的鼻烟盒递到女人们跟前。

那些女人闻了闻鼻烟，不住打喷嚏。祖父仿佛得了什么乐子，发出一连串愉快的笑声，嚷嚷着：“擦掉，快擦掉，要不然，就冻在鼻尖上了！”

他还给狗闻鼻烟。卡希坦卡打喷嚏，卷鼻子，委屈得很，走到一旁不理睬他了。泥鳅为了表示恭顺而没打喷嚏，只是摇尾巴。天气好极了，没有一丝风，空气清澈而新鲜。夜色黑暗，可是整个村子以及村里的白房顶，烟囱里冒出来的一缕缕白烟，披着厚厚的霜花而变成银白色的树木、雪堆都能看清楚。

【景物描写】

生动地描述冬天雪后的乡村美景，也烘托了凡卡因思念家乡而暂时引发的好心情。

繁星布满了夜空，快活地眨着眼。天河那么清楚地出现在人们的视野里，就好像有人在过节前专门用雪把它擦洗过似的……

凡卡叹了一口气，用钢笔蘸了一下墨水，继续写道："昨天我挨了一顿打。老板揪着我的头发，把我拽到院子里，拿师傅干活用的皮条狠狠地抽打我，怪我给他们的小崽子摇摇篮时一不小心睡着了。上个星期老板娘叫我收拾一条青鱼，我从尾巴上动手收拾，她就捞起那条青鱼，拿鱼头直戳到我脸上来。师傅们总是要弄我，无偿地打发我到小酒店里去打酒，鼓动我偷老板的黄瓜，老板随手捡起什么就用什么打我。饭食是节省到不能再节省了。早晨吃面包，午饭喝稀粥，晚上又是面包，至于茶和白菜汤，只有老板和老板娘才大喝而特喝。他们叫我睡在过道里，他们的小崽子一哭，我就根本不能睡觉，只得一个劲儿地摇摇篮。亲爱的爷爷，发发上帝那样的慈悲，带着我离开这儿吧，让我回家去，回到村子里去吧，我再也熬不下去了。……我给你磕头了，爷爷，我会永远为你向上帝祷告，带我离开这儿吧，不然我会死掉的。……"

【用词准确】

戳的本义是用硬物尖端触击，在这里形象地写出老板娘不管什么东西，随手拿起就打，丝毫不把凡卡当人看。

【语句理解】

直接、形象地写出凡卡对爷爷的哀求，让我们了解到这个可怜孩子的生活有多么悲惨！

凡卡嘴角撇下来，举起黑乎乎的小拳头揉一揉眼睛，抽噎起来。

"我会给你搓烟叶，为你祷告上帝，要是我做错了

【假设】

凡卡先自己假设不听话时制订下惩罚措施，好让爷爷放心来接他，现实中，爷爷难以维持两人的生活，是不可能来接他的。

事，您就只管抽我，像抽西多尔的山羊那样。要是你认为我没活儿干，那我就去求总管看在基督面上让我给他擦皮靴，或者替菲德卡去做牧童。亲爱的爷爷，我实在熬不下去了，我在这里只有死路一条。我本想偷偷跑回村子，可我脚上没有皮靴，我怕天冷得厉害。等我长大了，我会因为这养活你，不许人家欺侮你，等你去世了，我就虔心祷告，求上帝让你的灵魂安息，就跟为我的妈妈彼拉盖雅祷告一样。”

【语句理解】

由一个孩子的视角真实地揭露了贫富的差距、森严的等级观念。

“莫斯科是个大城市。房屋全是老爷们的。马匹有很多，羊却没有，狗也不怎么凶。这儿的孩子不举着星星跑来跑去，唱诗班也不准人随便参加唱诗。有一回我在一家铺子的橱窗里看见好些摆着卖的钓钩，都安好了钓丝，能钓各种各样的鱼，质地很好，有一个钓钩甚至经得起一普特重的大鲶鱼呢。我还看见几家铺子卖各种枪支，跟老爷的枪差不多，每支枪恐怕要卖一百卢布。……肉铺里有野乌鸡，有松鸡，有兔子，可是这些东西是从哪儿猎来的，铺子里的伙计一句也不肯透露。”

“亲爱的爷爷，等到老爷家里摆好圣诞树，上面挂满礼物，你记得给我摘下一个用金纸包着的核桃，存在那口绿色的小箱子里。你向奥尔迦·伊格纳捷耶芙娜小姐要吧，就说是给凡卡的。”

【直接抒情】

真挚地抒发了与爷爷一起生活的快乐，暗示凡卡特别想回家。

凡卡声音发颤地叹一口气，又目不转睛地瞧着窗子。他记起祖父总是到树林里去给老爷家砍圣诞树，并且带着自己一块去。那样的时刻可真快活啊！祖父咔咔地咳嗽，严寒把树木冻得咔咔直响，凡卡就学他们的样子也咔咔地叫。往往在砍树以前，祖父先吸完一袋烟，闻一大会子鼻烟，讪笑快冻僵了的凡卡。……那些做圣诞树用的小云杉披着白霜，站在那儿一动也不动，等着看它们谁先死掉。冷不丁，不知从哪儿窜出一只野兔，在雪堆上像箭一样射过去。祖父忍不住大叫："抓住它，抓住它，……快抓住它！嘿，短尾巴鬼！"

【拟人】

死掉是指被砍下来做圣诞树。这里把小云杉人格化，让人读出了云杉之间也像冷酷的人类一样。

祖父把砍倒的云杉拖回老爷家里，大家就动手装扮它。

……忙得最起劲的是凡卡喜爱的奥尔迦·伊格纳捷耶芙娜小姐。当年凡卡的母亲彼拉盖雅还活着，在老爷家里做女仆的时候，奥尔迦·伊格纳捷耶芙娜就常给凡卡糖果吃，空闲时间便教他念书，写字，从一数到一百，有时还教他跳卡德里尔舞。可是等到彼拉盖雅一死，孤儿凡卡就被送到仆人的厨房去跟祖父住在一起，后来又从厨房给送到莫斯科的靴匠阿里亚兴的铺子里来了。……

【插叙】

用凡卡自然而然的回忆进行插叙，将学徒生活与乡村生活进行对比，突出凡卡现在生活的悲惨。

"您快来吧，亲爱的爷爷。"凡卡接着写道，"求求您看在基督和上帝面上带我离开这儿吧。您可怜我这个不幸的孤儿吧，这儿人人都欺侮我，我饿得要命，气闷得没法说，只有哭。前几天老板用鞋楦头打我，把我打倒在地，昏死过去，好不容易才活了过来。我的生活苦透了，连狗都不如。……替我问候阿辽娜、独眼的叶果尔卡、马车夫，我的手风琴不要送给外人。孙儿伊凡·茹科夫敬上。亲爱的爷爷，您快来吧。"

【语句理解】

凡卡说生活在深渊里的自己连猪狗都不如，生动形象地突出了黑暗腐朽的社会吃人的本质。

凡卡把这张写好的纸叠成四折，放在昨天晚上花一个戈比买来的信封里。……他稍稍想了一下，用钢笔蘸了蘸墨水，写下地址：

【语句理解】

没有人教凡卡写过信，所以他的地址写得也不清楚，暗示了这是一封寄不出去的信。

寄交乡下祖父收

然后他挠一下头皮，再想想，又添了几个字：

康司坦丁·玛卡雷奇

他一直写完信并没有人来打扰，心里感到很满意，就戴上帽子，顾不上披皮袄，只穿着衬衫就跑到街上去了。……

昨天晚上他问过肉铺的伙计，伙计告诉他说，信件丢进邮筒以后，就由醉醺醺的车夫把信从邮筒里收走，赶上邮车，响起铃铛，分送到世界各地去。凡卡跑到最近的一个邮筒，把那封宝贵的信塞了进去。……

【想象】

反映了凡卡对美好生活的向往。

他怀揣着美好的希望而静下心来，过了大约一个钟头，就睡熟了。……在梦中他看见一个炉灶。祖父就坐在炉台上，耷拉着一双光脚，给厨娘们念信。……泥鳅在炉灶旁边摇着尾巴走来走去。

阅读小悟

圣诞节的前夜，小凡卡趁着老板夫妇和师傅们外出祷告的时候偷偷给爷爷写信。故事中的凡卡没有父母，唯一的亲人便是年迈的爷爷。由于生活的贫困，小凡卡被爷爷送到城里的一个鞋匠家里当学徒。小凡卡在鞋匠家扮演着很多角色，他要干很多的活，各种类型的活；晚上帮着老板看孩子，白天帮老板家打杂，时不时地还要被伙计们呼来喊去。总之，凡卡在这里受尽了折磨，而与之相反的是凡卡回忆乡下幸福美好的生活。所以凡卡写信请求爷爷将他带走，脱离苦海。遗憾的是，凡卡在最后没有写清楚收件人的地址，爷爷根本不可能收到信。而他自己根本不知道这一点，心中只有美好的憧憬，在睡梦中还看到了爷爷和厨娘。小说通过凡卡给爷爷写信这件事，反映了沙皇统治下俄国社会中穷苦儿童的悲惨命运，揭露了当时社会制度的黑暗。

生活在当今幸福生活中的我们，看到这个悲惨故事的时候，也要认真思考一下，我们今天的美好生活的来之不易，我们的祖辈、父辈经过艰辛的努力，才让我们过上这么美好的生活，我们要学会珍惜。

阅读思考

1. 你认为莫斯科是个怎样的地方？你从凡卡的介绍中体会到什么？（答题思路：从凡卡的介绍和遭遇中进行概括。）

2. 文中凡卡的回忆，对凡卡的学徒生活起到了怎样的作用？（答题思路：学徒的悲惨生活与乡下的自由美好相互反衬、对比。）

3. 请合理想象，为文章续写一个精彩的结尾。（答题思路：发挥想象，根据已有情节合理猜测。）

写作加油站

写作素材积累

【主题】　凡卡悲惨的童年

【适用话题】　苦难　伤害　关爱　同情　坚强

【素材点拨】　没有父母，远离唯一的爷爷，吃不饱，穿不暖，遭受毒打和捉弄，生活欠凡卡一个幸福的童年。童年，对于今天的我们来说，是一段人生最美丽的记忆。不管走在人生的哪段路上，回忆起曾经的童年过往，曾经纤尘不染的纯真岁月，曾经的美丽友谊，都让我们顿时身处无比美丽的芳香境界。请珍存童年的每一分欢乐和哀伤，请珍爱童年里遇到的每一个玩伴或益友，请珍藏童年培养起来的每一份正直而美好的情感。那些人，那些事，那些情，一旦生根，就会永远在记忆深处扎根发芽，不会随时光溜走而萎谢。而这样的记忆将是你我长大后弥足珍贵的精神财富。

好词好句积累

【好词】　战战兢兢　身姿矫健　驯良亲热　温顺含情　狡猾险恶　醉醺醺

【好句】 但在写第一个字以前，凡卡不时战战兢兢地回头望一下门口和窗子，斜起眼睛瞟一瞟乌黑的圣像和两旁摆满鞋楦的架子，小声地叹着气。然后他把纸铺在了长凳上，自己则跪在长凳前面写起来。

它驯良亲热，不论见着自家人还是见着外人，一概用温顺含情的目光望着你，然而千万不要被它的假象所迷惑。在它的温柔目光的背后，隐藏着极其狡猾险恶的用心。无论哪条狗也不如它那么善于抓住时机，悄悄溜到人旁边，朝腿肚子上咬一口，或者钻进冷藏室里去，或者偷吃农民家的鸡。

上个星期老板娘叫我收拾一条青鱼，我从尾巴上动手收拾，她就捞起那条青鱼，拿鱼头直戳到我脸上来。师傅们总是耍弄我，无偿地打发我到小酒店里去打酒，鼓动我偷老板的黄瓜，老板随手捡起什么就用什么打我。

第2篇

小公务员之死

天下之大，无奇不有，朋友们，您听说过因为一个喷嚏而要了人命的事吗？看来有时候心理免疫比身体免疫更重要。读本文，看看您还能收获些什么。

那是一个美好的夜晚，庶务官伊凡·德米特里·切尔维亚科夫心情不错，他坐在剧院第二排座椅上，正拿着望远镜欣赏轻歌剧——《科尔涅维利的钟声》。他看着演出，幸福充盈在心间。但突然间……小说里经常出现这个“但突然间”。作家们的构思是深入生活的：现实中确实充满了种种意想不到的事。但突然间，他的脸皱起来，眼珠往上翻，呼吸暂停……他赶紧放下望远镜，低下头，便……阿嚏一声！对，他打了个喷嚏，你们瞧。无论什么时候，什么地方，打喷嚏这种事是不能禁止的。庄稼汉打喷嚏，警长打喷嚏，连达官贵人也要打喷嚏。人人都有可能打喷嚏。切尔维亚科夫矜持地掏出小手绢擦擦脸，而且很绅士地举目看看四周：他的喷嚏是否溅到什么人身上了？但这时他好像开始慌张起来。朋友们，他看到，在他前面第一排座椅上坐着一个小老头，正用手套用力擦

【注释】

庶务官就是负责管理机关单位杂项事务的人员。

【解说】

颇有幽默语气地跳出小说情节，对“但突然间”进行解说，开启了小公务员的悲剧，更增加了小公务员之死的灰色效果。

【语句理解】

强调这个喷嚏的普通。

他的秃头和脖子，嘴里还嘟囔着什么。切尔维亚科夫认出这人是三品文官布里扎洛夫将军，他在交通部门任职。

“哎呀，我的喷嚏溅到他身上了！”切尔维亚科夫想，“他虽然不是我的上司，是别的部门的，不过这总是不礼貌的。应当向他赔个不是才恰当。”

切尔维亚科夫干咳了一声，把身子稍稍向前探去，凑到将军的耳朵边小声说：

【对话描写】通过两人之间几句简短的对话，表现出将军的确没有在意他的喷嚏，而小公务员的不安也开始了。

“务必请大人原谅，我的唾沫星子溅到您身上了……其实我是无心的……”

“没什么，不碍事……”

“看在上帝的分上，请您务必原谅。我……我不是有意这样做的……”

“嗨，坐回去吧！让人听剧嘛！”

【用词准确】“干笑”是一种极为尴尬的表现，想要笑一笑结束对话，但内心的担心使他实在笑不出来，所以笑声就变得更加难听。

切尔维亚科夫心烦意乱了，他干笑了一下，开始看向舞台。他看着舞台上的演出，但已品不出幸福的味道来。他开始惴惴不安起来。幕间休息的时候，他赶紧走到布里扎洛夫跟前，在他旁边踱来踱去，终于他鼓足勇气，克服了胆怯，走上前去，吞吞吐吐道：

【前后照应】和前文的“幸福”相照应，表现出这个喷嚏对小公务员的影响。

“我溅着您了，大人……请您宽恕我……要知道……我不是故意的……”

“嗨，够了！……我已经忘了，您怎么老提它呢！”将军不耐烦地撇着嘴唇说。

“他说忘了，可是他那眼神出卖了他，瞧，多凶！”切尔维亚科夫暗想，不时怀疑地瞧他一眼。“连话都不想说了。应当向他解释清楚，我真是无意的……这是自然而然的事……否则他会认为我故意跟他过不去呢。

即使他不这么想，过后说不定也会这么想的……”

怀着不安的心情回到家后，切尔维亚科夫把在剧院里发生的事告诉了妻子。可是看到妻子的反应，他觉得妻子过于轻率了。她先是吓坏了，但后来听说布里扎洛夫是“别的部门的”，也就拍拍胸脯，放下心来。

【衬托】妻子先是吓坏了，然后听说是别的部门的才放下心来，说明妻子是和他一样的人，只不过程度稍轻而已，从正面衬托小公务员的卑微。

“不过你还是去一趟赔礼道歉的好，”她说，“他会认为你在公共场所举止不当，有失体面！”

“对呀！刚才我道歉过了，可是他有点不耐烦……一句顺耳的话也没说。再说那样的场合也没有工夫细谈。”

第二天，切尔维亚科夫穿上干净的新制服，刮了脸，专门去找布里扎洛夫解释……他走进将军的接待室，看到里面有许多等待接见的人。将军也在里面，他已经开始接见了。询问过几个来客之后，将军抬眼看到了切尔维亚科夫。

【外貌描写】表现小公务员去道歉的仪式之隆重。

“大人，昨天在‘阿尔卡吉亚’剧场，不知你是否还记得，”庶务官开始报告，“我打了一个喷嚏，无意中溅了……务请求得您原谅……”

“什么鬼话！……这是怎么一回事！”将军别过脸去，对下一名来访者说：“您，您有什么事？”

“看，他都不想说了！”切尔维亚科夫脸色煞白，心里想道，“他真的生气了……这怎么行呢，这事不能拧成疙瘩……我有必要跟他解释清楚……”

【语句理解】将军是因为他的过于纠结而生气，他却当作了为他的喷嚏而生气，误解了将军。

将军接见完了最后一名来访者，正要返回内室，切尔维亚科夫赶紧一步跟上去，又开始虔敬地絮叨：

“大人！倘若在下斗胆打搅了大人，那么非常抱歉，我是怀着非常后悔的心情……我不是有意的，大人！恳请您的原谅。”

将军哭丧着一副老脸，极其不耐烦地挥了一下手。

【语句理解】指他如此纠结一件小事，简直是开玩笑。

“您简直开玩笑，先生！”将军说完，头也不回地进去了。

“这怎么是开玩笑？”切尔维亚科夫想，“绝对不是开玩笑！身为将军，不明事理，不听解释！既然这样，我何苦再向这个好摆架子的人赔不是呢！得了，我给他写封信，再也不来了！不来了！”

切尔维亚科夫这么想着回家去了。可是给将军的信却没有写成。他思来想去，怎么也想不好这信该怎么写。第二天只好又去向将军本人解释。

【用词准确】形象生动地刻画出切尔维亚科夫胆小怕事、谨小慎微、畏首畏尾的特征。

“我昨天来打搅了大人，”将军抬起满腹怀疑的目光看向他，他又开始吞吞吐吐地嘟囔，“我不是像您所说来开玩笑的。我来是诚心诚意地向您赔礼道歉，因为我打喷嚏时溅着您了，大人……说到开玩笑，在下哪敢同大人您开玩笑呢？那样的话，就丝毫谈不上对大人的敬重了……谈不上……”

【语句理解】为了如此一件小事而纠结，也的确让人不解和生气。

“滚出去！”突然间，脸色铁青、全身颤抖的将军大喝一声。

“什么，大人？”切尔维亚科夫小声问道，他吓呆了。

“滚出去！马上！”将军声嘶力竭地跺着脚，又大喊了一声。

【暗示】小公务员的胆碎了。

切尔维亚科夫感到肚子里什么东西哗啦一声——碎了。他什么也看不见，什么也听不着，一步一步呆呆地退到门口。他走到了街上，步履蹒跚地挪着……

他糊里糊涂地回到家里，没脱制服，就一头栽倒在长沙发上，后来就死了。

阅读小悟

黑暗的社会吞噬了小公务员。小说中的布里扎洛夫将军从头到尾，并未因为庶务官“一不小心”喷洒在他秃头顶与脖子上的喷嚏发出一声指责；倒是庶务官自己不厌其烦、胆战心惊地连连道歉，最后终于被吓死。作家在这里巧妙地揭露出：沙皇专制统治严格的等级制度与残酷的高压政策是这场悲剧的制造者与罪魁祸首。实质上，这是另一种意义上的“他杀”。这说明，在这种高压政策面前，人们生存在地位与权势分明的氛围中，恐怖与压迫的毒瘤已经深深地污染、毒害了当时俄国各阶层人们的心灵。另外，作者也批判了小公务员身上严重的“自卑情结”。这也是生活在高压、黑暗社会里下层小人物的民族劣根性之一。社会使他很早就产生了根深蒂固的低人几等的自卑心理。在他眼里，那些上层社会的达官贵人有着神圣不可侵犯的威严，他们的言行代表着意志、命令和心理威胁，并对他产生一种强烈的压抑感。同时他还渴求获得自尊，于是，为了平衡自尊与压抑，他就一而再再而三地道歉，希望获得认可。然而事与愿违，他只能在幻象状态中自我吓死，从这里可以看出，作者对使人性扭曲的病态社会做了多么深刻的揭露！

阅读思考

1. 小说通过对人物的语言、动作、心理的描写，可以看出切尔维亚科夫是怎样性格的人？（答题思路：结合人物的语言、动作、心理的描写分析总结：切尔维亚科夫是一个胆小怕事、谨小慎微、敏感多疑、畏首畏尾的具有奴性心理的小公务员形象。）

2. 小说中小公务员妻子建议丈夫再去道歉的情节是否可以删去？为什么？请简要分析。（答题思路：不可以。可以从切尔维亚科夫的妻子对情节发展的作用，对切尔维亚科夫人物形象的衬托作用等角度来考虑分析。）

3. 切尔维亚科夫因为打了一个喷嚏而死了，你认为这可信吗？试结合人物性格特点来分析。（答题思路：可信。从当时的社会环境和主人公的心理分析。）

写作加油站

写作素材积累

【主题】 小公务员将自己吓死

【适用话题】 压抑 自卑 胆怯 心理健康 沟通 代价

【素材点拨】 小公务员因为没有和将军进行有效的沟通，竟将自己活活吓死，从中可见人与人之间的沟通是多么重要。沟通是什么？沟通是一座桥梁，架接你我的思想；沟通是一根纽带，连接人与人的心；沟通是一团火焰，能融化冰冷的坚冰……在这个时代，人们缺乏沟通，宁愿暗地揣摩别人的心思，也不愿面对面与人交流，误解、不信赖由此而生，不得不说，我们需要沟通。沟通能化解矛盾，减少摩擦。

好词好句积累

【好词】 心烦意乱 吞吞吐吐 思来想去 满腹怀疑 脸色铁青 步履蹒跚

【好句】 但突然间，他的脸皱起来，眼珠往上翻，呼吸暂停……他赶紧放下望远镜，低下头，便……阿嚏一声！对，他打了个喷嚏，你们瞧。无论什么时候，什么地方，打喷嚏这种事是不能禁止的。庄稼汉打喷嚏，警长打喷嚏，连达官贵人也要打喷嚏。人人都有可能打喷嚏。

“他说忘了，可是他那眼神出卖了他，瞧，多凶！”切尔维亚科夫暗想，不时怀疑地瞧他一眼。“连话都不想说了。应当向他解释清楚，我真是无意的……这是自然而然的事……否则他会认为我故意跟他过不去呢。即使他不这么想，过后说不定也会这么想的……”

切尔维亚科夫感到肚子里什么东西哗啦一声——碎了。他什么也看不见，什么也听不着，一步一步呆呆地退到门口。他走到了街上，步履蹒跚地挪着……他糊里糊涂地回到家里，没脱制服，就一头栽倒在长沙发上，后来就死了。

相关知识链接

打喷嚏

打喷嚏是指鼻腔进入异物后，鼻腔进行驱赶时出现的一种无意识“反射”。异物进入以后，位于鼻黏膜上的三叉神经向作用于肺部的呼吸肌肉发出指令，猛烈地排出空气将异物驱除出境。喷嚏是由于鼻黏膜受刺激，急剧吸气，然后很快地由鼻孔喷出并发出声音的现象。

第3篇

变色龙

腐朽没落的社会必然会孕育虚伪势利的灵魂。今天，我们来欣赏这篇短篇小说中的瑰宝，就要当一个火眼金睛的明白人，剥开“变色龙”的皮囊，剖一个赤裸裸的丑恶灵魂给大家看！

【对比】

警官“新”的大衣与后文市场的萧条形成强烈反差，表现出即使是统治阶级底层，仍能跳出经济萧条的影响。

【拟人】

“门无精打采地敞着”是用拟人的修辞手法描写环境，反映了当时经济的萧条。

警官奥楚蔑洛夫穿着新的军大衣，提着小包，穿过市场的广场。他身后跟着一个火红色头发的巡警，端着一个筛子，盛满了没收来的醋栗。四下里一片沉静。广场上一个人也没有。商店和饭馆的门无精打采地敞着，面对着上帝创造的这个世界，就跟许多饥饿的嘴巴一样；门口连一个乞丐也没有。

“好哇，你咬人？该死的东西！”奥楚蔑洛夫忽然听见叫喊声，“伙计们，别放走它！这年月，咬人可不行！逮住它！哎哟……哎哟！”

传来了狗的尖叫声。奥楚蔑洛夫向那边一瞧，看见从商人彼楚金的木柴厂里跑出来一条狗，用三条腿一颠一颠地跑着，不住地回头瞧。它后边跟着追来一个人，穿着浆硬的花布衬衫和敞着怀的坎肩。他追上狗，身子往前一探，扑倒在地下，抓住了狗的后腿。又传来了狗的叫声，还有人的叫喊：“别放走它！”有人从商店里探出头来，脸上还带着睡意。木柴厂四周很快就聚了一群人，仿佛一下子从地底下钻出来的。

【场面描写】
萧条的市场上，人们无所事事，听到有热闹，都能迅速地聚集起来。

“好像出乱子了，长官！”巡警说。

奥楚蔑洛夫微微向左一转，往人群那里走去。在木柴厂门口，他看见那个敞开了坎肩的人举起右手，把一个血淋淋的手指头伸给人们看。他那半醉的脸上现出这样的神气：“我要揭你的皮，坏蛋！”就连那手指头也像是一面胜利的旗帜。奥楚蔑洛夫认出这人是首饰匠赫留金。这个案子的“罪犯”呢，坐在人群中央的地上，前腿劈开，浑身发抖——原来是一条白毛的小猎狗，脸尖尖的，背上有块黄斑。它那含泪的眼睛流露出悲苦和恐怖的神情。

【比喻】
用比喻的修辞方法，生动形象地表现出赫留金把手指头作为要求主持公道的证据和要求赔偿的本钱。

“这儿到底出了什么事？”奥楚蔑洛夫挤进人群里去，问道，“你在这儿干什么？你究竟为什么举着那个手指头？……谁在嚷？”

【语言描写】
奥楚蔑洛夫声色俱厉地呵斥，表现了他在小人物面前小题大做，耀武扬威，以显示自己的威严。

“长官，我好好地走我的路，没招谁没惹谁……”赫留金开口了，拿手罩在嘴上，咳嗽一下，“我正在跟密特里·密特里奇谈木柴的事，忽然，这贱畜生无缘无故就咬了我的手指头一口……您得原谅我，我是做工的人，我做的是细致的活儿。这得叫他们赔我一笔钱才成，因为也许我要有一个礼拜不能用这个手指头啦……长官，就连法律上也没有那么一条，说是人受了畜生的害就该忍着。要是人人都这么让畜生乱咬一阵，那在这世界上也没个活头了。”

“嗯！不错……”奥楚蔑洛夫严厉地说，咳了一声，拧起眉头，“不错……这是谁家的狗？我绝不轻易放过这件事！我要拿点颜色出来给那些放出狗来到处

【用词准确】
在还不知道狗的主人是谁的前提下，警官还是要“严厉”地处理这件事的。

乱跑的人看看。那些老爷既然不愿意遵守法令，现在就得管管他们。等到他，那个混蛋，受了罚，拿出钱来，他才会知道放出这种狗来，放出这种野畜生来，会有什么下场。我要好好地教训他一顿！叶尔德林，”警官对巡警说，“去调查一下，这是谁的狗，打个报告上来！这条狗呢，把它弄死好了。马上去办，别拖！这多半是条疯狗……请问，这到底是谁家的狗？”

“这好像是席加洛夫将军家的狗。”人群里有人说。

“席加洛夫将军？哦！……叶尔德林，帮我把大衣脱下来……真要命，天这么热，看样子多半要下雨了……只是有一件事我还不懂：它怎么会咬着你的？”奥楚蔑洛夫对赫留金说，“难道它够得着你的手指头？它是那么小；你呢，却长得这么魁梧！你那手指头一定是给小钉子弄破的，后来却异想天开，想得到一笔什么赔偿费了。你这种人啊……是出了名的！我可知道你们这些鬼东西是什么玩意儿！”

【语言描写】其实天气并没有变热，奥楚蔑洛夫脱大衣一方面是被“席加洛夫将军”几个字吓了一跳，以“脱大衣”为幌子，来掩饰自己内心的恐慌与不安。另一方面，他也是在转变话题，为自己的“变色”做准备。

“长官，他本来是开玩笑，把烟卷戳到狗的脸上去；狗呢——可不肯做傻瓜，就咬了他一口……他是个荒唐的家伙，长官！”

“胡说，独眼鬼！你什么也没看见，你为什么胡说？他老人家是明白人，看得出来到底谁胡说，谁像当着上帝的面一样凭良心说话；要是我说了谎，那就让调解法官审问我好了。他的法律上说得明白，现在大家都平等啦。不瞒您说，我的兄弟就在当宪兵……”

【语句理解】用比喻的手法，表现出赫留金既是一个庸俗的小市民，又是一个有所恳求的“小人物”。

“少说废话！”

“不对，这不是将军家里的狗……”巡警深思地说，“将军家里没有这样的狗。他家的狗，全是大

【用词准确】巡警说话时的神态，表明他在竭力回忆将军家里狗的情况。

猎狗。”

“你拿得准吗？”

“拿得准，长官……”

“我也知道。将军家里都是些名贵的、纯种的狗；这条狗呢，鬼才知道是什么玩意儿！毛色既不好，模样也不中看，完全是个下贱胚子。居然有人养这种狗！这人的脑子上哪儿去啦？要是这样的狗在彼得堡或者莫斯科让人碰见，你们猜猜看，结果会怎样？那儿的人可不管什么法律不法律，一眨眼的工夫就叫它断了气！你呢，赫留金，受了害，我们绝不能不管。得好好教训他们一下！是时候了。”

【双重否定】用双重否定，表现奥楚蔑洛夫的貌似“扶弱抑强”的架势，与后面得知狗主人可能是将军时的态度变化形成强烈对比，造成绝妙讽刺的效果。

“不过也说不定就是将军家的狗……”巡警把他的想法说出来，“它的脸上又没写着……前几天我在将军家院子里看见过这样的一条狗。”

“没错儿，将军家的！”人群里有人说。

“哦！……叶尔德林老弟，给我穿上大衣吧……好像起风了，挺冷……你把这条狗带到将军家里去，问问清楚。就说这狗是我找着，派人送上的。告诉他们别再把狗放到街上来了。说不定这是条名贵的狗；可要是每个猪崽子都拿烟卷戳到它的鼻子上去，那它早就毁了。狗是娇贵的动物……你这混蛋，把手放下来！不用把你那蠢手指头伸出来！怪你自己不好！……”

【语句理解】趋炎附势、巴结权贵的奴才相跃然纸上。

“将军家的厨师来了，问他好了——喂，普洛诃尔！过来吧，老兄，上这儿来！瞧瞧这条狗，是你们家的吗？”

“瞎猜！我们那儿从来没有这样的狗！”

【读读想想】普洛诃尔说的这句话有什么作用？（为警官再次“变色”提供依据。）

“那就用不着白费工夫再上那儿去问了，”奥楚蔑洛夫说，“这是条野狗！用不着白费工夫说空话了。既然普洛诃尔说这是野狗，那它就是野狗。弄死它算了。”

“这不是我们的狗，”普洛诃尔接着说，“这是将军的哥哥的狗。他哥哥是前几天才到这儿来的。我们将军不喜欢这种小猎狗，他哥哥却喜欢。”

“他哥哥来啦？是乌拉吉米尔·伊凡尼奇吗？”奥楚蔑洛夫问，整个脸上洋溢着含笑的温情，“哎呀，天！我还不知道呢！他是上这儿来住一阵就走吗？”

“是来住一阵的。”

“哎呀，天！他是惦记他的兄弟了……可我还不知道呢！这么说，这是他老人家的狗？高兴得很……把它带走吧。这小狗还不赖，怪伶俐的，一口就咬破了这家伙的手指头！哈哈哈……得了，你干什么发抖呀？呜呜……呜呜……这坏蛋生气了……好一条小狗……”

普洛诃尔喊一声那条狗的名字，带着它从木柴厂走了。那群人就对着赫留金哈哈大笑。

“我早晚要收拾你！”奥楚蔑洛夫向他恐吓说，裹紧大衣，穿过市场的广场径自走了。

【语句理解】

这是奥楚蔑洛夫亲切地和狗交谈。从这些对话中，我们不仅看到了他媚上到了无耻的地步，更重要的是看到了他“变色龙”的本质。

【场面描写】

围观群众思想愚昧落后，精神空虚麻木，根本意识不到奥楚蔑洛夫的卑劣丑恶表演是为了维护反动的沙皇专制政权，他们丧失了判断是非的能力，也失掉了对弱者的同情心。

阅读小悟

这是一件街头巷尾极为平常的小事——警官奥楚蔑洛夫处理首饰匠被狗咬伤的事件，作者取小动物变色龙“变色”的特性，用以鞭笞望风使舵、反复无常、谄上欺下的奥楚蔑洛夫精神。在作者生动的描述和深层次的挖掘下还表现了当时尖锐重大的社会问题，即官僚警察是维护统治阶级利益的工具，专制制度肆无忌惮地欺压人民。

对于平淡无奇的小故事，巧妙的艺术构思显得特别重要，本文做得恰到好处。作者精巧的剪裁和安排，使故事情节一波三折，在短暂的时间内，奥楚蔑洛夫像变色龙一样变色达五次之多；这样反反复复，把奥楚蔑洛夫的见风使舵的丑陋嘴脸暴露在读者面前；读过之后，让人大笑；但笑过之后，我们剥皮去骨，看到的是“奥楚蔑洛夫式”人物心甘情愿当统治阶级的帮凶、为虎作伥、与人民对立的本质；别出心裁的构思使文章立意一下子变得深广起来。

阅读思考

1. 奥楚蔑洛夫的“新的军大衣”在小说中出现了四次，各有什么作用？（答题思路：找出四次描写“军大衣”的地方，然后根据上下文和奥楚蔑洛夫的变化来分析。）

2. 断案的根据是法律，小说三次提到法律有什么作用？（答题思路：“法律”在故事情节的发展中并没有起到它应有的作用，由此结合“法律”这个词具体出现的每一处情节进行分析。）

3. 从围观的群众和当时的环境，可以看出俄国社会的哪些弊病？（答题思路：对围观群众的描写抓住了他们对赫留金的冷漠和对警官任意歪曲事实的漠视，结合俄国社会的背景进行分析。）

写作加油站

写作素材积累

【主题】 奥楚蔑洛夫之变

【适用话题】 阿谀奉承 献媚 讽刺 变色 品行

【素材点拨】 从奥楚蔑洛夫的变色之快，可窥见其品行。凡建立功业者，都以建立良好的品行为始基。从来有学问而能担当大事业者，无不先从品行上立定脚跟。我们应该从小开始养成良好的品行，为将来走上社会打下基础。我们青少年应保持良好的品行，打造一片属于自己的天空！

好词好句积累

【好词】 无精打采 无缘无故 魁梧高大

【好句】 广场上一个人也没有。商店和饭馆的门无精打采地敞着，面对着上帝创造的这个世界，就跟许多饥饿的嘴巴一样；门口连一个乞丐也没有。

你把这条狗带到将军家里去，问问清楚。就说这狗是我找着，派人送上的。告诉他们别再把狗放到街上来了。说不定这是条名贵的狗；可要是每个猪崽子都拿烟卷戳到它的鼻子上去，那它早就毁了。狗是娇贵的动物……

这么说，这是他老人家的狗？高兴得很……把它带走吧。这小狗还不赖，怪伶俐的，一口就咬破了这家伙的手指头！哈哈哈……得了，你干什么发抖呀？呜呜……呜呜……这坏蛋生气了……好一条小狗……

相关知识链接 >>>

变色龙变色的奥秘

变色龙学名避役。因为它善于随环境的变化，随时改变自己身体的颜色，所以又称“变色龙”。

那么它为什么会变色呢？原来这是一种生理变化，在变色龙布满颗粒的表皮上的真皮中，有着许多特殊的色素细胞和黄色细胞。这些细胞在变色龙神经的支配下可以伸长或缩小来改变颜色，使身体色彩与环境协调，从而把自己隐蔽起来。雄性变色龙会将暗黑的保护色变成明亮的颜色，以警告其他变色龙离开自己的领地；有些变色龙还会将平静时的绿色变成红色来威吓敌人。变色龙生活在热带的丛林中，一般是不易被人发现的。

第4篇

艺术品

为了感谢医生柯谢尔科夫的救命之恩，萨沙和他的母亲拿出父亲留下的艺术品——大烛台来赠送给医生。大烛台几经辗转，最后到了谁手中？下面，我们就一睹为快吧！

萨沙·斯米尔诺夫——家中的独生子，他正夹着一样东西，用第二二三号《交易所新闻》报纸包着，愁眉苦脸地走进柯谢尔科夫医师的诊室。

“哦，可爱的小伙子！”医师对他说，“身体可好啊？带来了什么好消息吗？”

【动作描写】说话时边说边拍着胸脯，表现情绪的激动。

萨沙开始眨着眼睛，用手拍着胸口，激动地说：“妈妈让我问候您，嘱咐我向您道谢。……我是母亲的独苗，您挽救了我的生命，……治好了我病重的身体。……我们不知道该怎样感谢您。”

【语言描写】省略号表示说话断断续续，也能衬托人物情绪的激动。

“得了，谢什么谢！！”但医师心里却乐开了花。“我所做的不过是尽了一位医生该尽的职责。”

【语言、心理描写】刻画了医生虚荣心得到满足，高兴万分的样子。

“我是我妈妈的独苗。……我们很清贫，也没法报答您为我们所做的一切，……真是很难为情呢，可是，大夫，妈妈和我——我母亲的独苗，诚心诚意地求您收下我们的心意，……哦，是它，……很贵重的，是古铜铸的……精美的艺术品。”

“别这样!”医师皱皱眉头说，“哎，何必要这样呢?”

“别，您千万别推辞，”萨沙继续唠叨着，并把那纸包小心打开，“您一定要收下，否则我和妈妈会很伤心的。……这是件好东西……古铜的。……是去世的爸爸传给我的，我们一直珍存着，……我爸爸收购古铜器，再倒卖给爱好古董的人。……现在妈妈和我也干这个。”

【语言描写】点明了去世的父亲传下来的应该是珍贵的纪念品，把它拿来感谢救命恩人，表现了萨沙母子知恩图报。

萨沙拆开纸包，郑重其事地把它放在桌子上。

这是个不高的古铜烛台，烛台的台座上雕刻着两个全身的女人立像，装束跟夏娃差不多，至于描摹她们的姿态，我却缺乏难得的勇气和性情。那两个女人讨人喜欢地微笑着，容貌妩媚动人，要不是她们必须支撑烛台，好像就要从台座上跳下来，在房间里嬉闹，可是那样的情景，读者朋友们，想想似乎是不成体统的。

【伏笔】为下文情节的发展埋下了巧妙的伏笔。

医生看着礼物，慢吞吞地搔了搔耳背，清一声喉咙，犹豫不决地擤鼻子。

“嗨，这东西的确挺好，”他含含糊糊道，“不过……就是，未免有点不太文雅吧。穿露胸衣还可，谁知道这是什么奇怪的东西。……”

【语言描写】刻画了医生俗不可耐的性格。

“您怎么这样看呢?”

“就是媚人的蛇精也不能比她更糟糕了。是啊，在桌上摆这么一个不成体统东西，把整幢房子都弄得乌烟瘴气了!”

【语句理解】极言两个雕像姿态的难以忍受。

“您，亲爱的医生老爷，对待艺术的态度是多么令人费解啊!”萨沙颓丧地说。“这是精美的艺术品，您瞧瞧，它那么美丽，那么优雅，使人不由得充满敬慕之情，看着它，泪水就会不自觉地浸满眼眶，这超凡脱俗的美能让你忘掉人世间的一切。……您再仔细瞧瞧，这性情多活泼，这气氛多热烈，这神韵多动人啊！”

【排比】萨沙兴奋地向医生介绍艺术品，排比修辞充分体现了他对这个艺术品的赞赏、喜爱。

“这些我都明白，可是，亲爱的，”医师打断他的话说，“要知道，我是个有家室的人，我房里常有孩子玩耍，也常有太太小姐们来访。”

“当然，如果用世俗的眼光来看，”萨沙说，“这件精美的艺术品就变成另外一种东西了。……不过，大夫，您应该不同于俗人，您应当具有高雅的情调，如果您不肯收下它，我和妈妈会非常伤心。我是我母亲的独苗，……您挽救了我的生命。……我们把我们认为最宝贵的东西送给您了。……可是还有一点儿遗憾：大烛台只有一个，没法配成一对。……”

【做铺垫】一直强调大烛台只有一个，不能配成一对，为下文烛台转回到萨沙家做铺垫。

“谢谢，亲爱的朋友，十分感谢您的好意。……请代我问候您的妈妈，不过，说真的，您自己看看：我这儿常有孩子玩耍，常有太太小姐们来访。……不过，好吧，就把它留在这儿吧！反正跟您也讲不明白。”

【语句理解】反复强调“我这儿常有孩子玩耍，常有太太小姐们来访”，委婉地表示这个东西放在这里不合适，也表现了医生不能欣赏这个艺术品。

“本来就用不着多讲嘛，”萨沙这下高兴了，“您把大烛台摆在这儿，喏，尤其放在花瓶旁边最好。可惜，可惜，就是没有配成对！好了，再见吧，恩人！”

萨沙兴高采烈地离开了。医生端详着大烛台，搔着耳背，陷入深深的思考之中。

【用词准确】“端详”“搔”准确而形象地表现出医生为了留下这个烛台而犯愁的形象。

“这东西固然不错，”他想，“……可是留下也不恰当。……嗯！真是个难题！要不把它送给谁，或者捐给谁？”

他这样翻来覆去想了很久，想起了他的好朋友乌霍夫律师，他请律师办过事，还欠着律师的情，借这个机会还他一个人情是最好不过。

【语句理解】
苦思良久的医生决定把这个烛台送给他的朋友律师，开启了烛台的周转之旅。

“好极了，”医生暗下决心，“他既是我的朋友，就不好意思收费，我把这件艺术品送给他，应该是不错的。艺术品——鬼东西，管它什么呢，送给他吧！正好他是个单身汉，而且对这种事又毫不在意。……”医生想好了，一刻也没停留，他穿上外衣，拿着大烛台，到乌霍夫家去了。

“你好，亲爱的朋友！”律师恰好在家，“我来看你，是想送一份心意，你曾经那么热情地为我出力，老兄。……你不肯收钱，那至少收下这个东西吧，……瞧，老兄，我的心意。哦……这东西可真漂亮！”

律师看着那个烛台，高兴极了。

“这玩意儿，”他大笑道，“哦，见鬼，这是迷惑人的魔鬼才想得出的玩意儿！真是妙极了！你从哪儿弄来这么一个可爱的东西的？”

律师刚开始还欢天喜地，后来却诚惶诚恐地瞅着门口，说：“不过呢，老兄，你还是把它拿走吧。我不能收。……”“为什么？”医生惊惶地问。

【先扬后抑】
开始的“喜欢”也不是建立在欣赏艺术品的角度，后来的“不喜欢”也是顺理成章。

“因为……我母亲和托我打官司的人常上我这儿来，……再说我也不好意思叫仆人看见。”

“不行，不行，……你必须收下它！”医生连连摆手。“这就是你的不对了！这是精美的艺术品，……那么活泼，……传神。……我不想解释了，再说我就生气了！”

【语句理解】
省略号表明医生不知用什么词汇来形容这个艺术品，更表现出他水平的低下。

“至少也该给它抹上点颜色，或者在上面挂点无花果叶子什么的。……”可是医生越发使劲地摆手，然后急匆匆地从乌霍夫的寓所跑出来，他想到礼物总算脱了手，如释重负，高高兴兴坐车回家了。……他走后，律师瞧着大烛台，伸手抚摸了一阵，后来也像医生那样，为了一个问题冥思苦想了很久：该怎么处置它呢？他想，“丢掉是可惜的，摆着又不伦不类。送人好像还不错。……就这样，今晚我就把这个鬼东西送给演喜剧的沙希金吧。那个坏蛋肯定喜欢这类东西，再说今天还能碰上他的福利演出呢。……”他说到做到。当天傍晚，律师就带着包得严严实实的大烛台，到喜剧演员沙希金那儿去了。整个傍晚，喜剧演员的化妆室里涌进许多男人，都是冲着那礼物来的。化妆室持续着兴奋的尖叫和类似马嘶的笑声。如果有女演员走到房门跟前来，问一声：“可以进来吗？”喜剧演员便用沙哑的声调嚷着：“不行，不行，亲爱的！我没穿好衣服！”

【详略得当】前面已经对医生得到烛台后的纠结心理进行了详细的描述，这里再进行叙述就重复了，所以一句“也像医生那样”简略带过，详略安排得当。

【语言描写】刻画了喜剧演员的道貌岸然的假象。

散戏后，喜剧演员耸起肩膀，摊开手，无奈地说：“喏，我把这个玩意儿弄到哪儿去呢？我是住在别人的房子里啊！女演员经常上我那儿去！这又不是照片，可以藏在抽屉里！”

“先生，您把它卖了吧，”理发师一边帮喜剧演员脱掉戏装，一边出主意说。

“这儿城郊住着一个老太婆，专门倒腾古铜器。……她叫斯米尔诺娃，大家都认得她。”

【暗示】住着一个倒腾古铜器的老太婆，暗示这就是萨沙的母亲，和前文呼应，同时暗示即将出现的故事结局。

喜剧演员觉得这是个好主意。……过了两天，医生柯谢尔科夫在诊室里坐诊，他正用手指敲着额头，思索有关胆酸的问题。突然房门被打开了，萨沙·斯米尔诺夫兴冲冲地进来了。他满面笑容，精神饱满，整个身子沉浸在幸福之中。他手里拿着件东西，用报纸包着。

“大夫！”他喘着粗气着急地说，“猜猜看，我为什么这样高兴？说来也巧，我们总算给您的大烛台配成了对！……我妈妈找到的。……我是妈妈的独苗。……您挽救了我的生命。……”

萨沙由于满心感恩和激动而颤抖着，把一个大烛台放在医生面前。

【前后照应】构思独特，结构严谨，首尾圆合。最后烛台又被送回医生手中，充满喜剧色彩。

医师张了张嘴，原想要说什么，却一句话也没说出来：他的舌头僵住了。

阅读小悟

文中的萨沙为感激医生的救命之恩，诚心诚意送上祖传的裸女古铜烛台，但医生却认为有伤风化而转送他人，礼物在不同身份的人之间几经辗转，最后又回到医生的手中，故事情节极具讽刺效果。

同样是欣赏烛台，医师、律师和喜剧演员的态度与萨沙大不相同。救死扶伤的医生认为“就是媚人的蛇精也不能比她更糟糕了”。伸张正义的律师则称它妙极了，是可爱的东西，实际上律师称赞的并不是“艺术”而是“裸女”。到处参加福利演出的喜剧演员收到艺术品时，作者从侧面描写了“化妆室持续着兴奋的尖叫和类似马嘶的笑声”，我们可以想象演员和他的朋友们是以怎样猥琐的眼光来赏玩这烛台的。由这些有身份的人物的邪恶的欲望，我们可以窥见他们龌龊的心灵和低俗的品位。

贫民萨沙却与以上三人形成鲜明对比，他把裸女烛台视为珍宝送给恩人，怀着一颗对艺术无比敬慕的心去观赏，去感恩；烛台就像一面镜子，映出了真正的美与丑、真诚与虚伪、高尚与庸俗。

阅读思考

1. 萨沙送给医生的艺术品——大烛台经历了怎样的命运？（结合故事情节作答。）

2. 萨沙给医生送大烛台的时候，为什么一直强调自己是母亲的“独苗”？（萨沙母子对这个大烛台的重视，即可看出他们的感恩之情，依此作答即可。）

3. 本文主要运用的并给人留下印象深刻的一种修辞是什么？（读一遍小说就能发现“我是妈妈的独苗”“可惜，就是没有配成对”等几句话多次出现，再结合反复修辞的一般作用即可理解。）

写作加油站

写作素材积累

【主题】 烛台再次回到医生手上

【适用话题】 送礼 艺术欣赏 眼光 巧合 讽刺

【素材点拨】 几经辗转后烛台又回到了医生手中，生活中处处都充满了巧合，只是我们很少去关注他们，生活中的巧合是我们无法预料的，不幸的、美丽的、悲痛的、可笑的……它们与生活并存，无论什么事都无法与计划中的一模一样，我们应该调整好自己的心态，以积极的心态去面对生活中的种种巧合。

好词好句积累

【好词】 愁眉苦脸 诚心诚意 妩媚动人 含含糊糊 乌烟瘴气 毫不在意 冥思苦想

【好句】 您瞧瞧，它那么美丽，那么优雅，使人不由得充满敬慕之情，看着它，泪水就会不自觉地浸满眼眶，这超凡脱俗的美能让你忘掉人世间的一切。……您再仔细瞧瞧，这性情多活泼，这气氛多热烈，这神韵多动人啊！

整个傍晚，喜剧演员的化妆室里涌进许多男人，都是冲着那礼物来的。化妆室持续着兴奋的尖叫和类似马嘶的笑声。

突然房门被打开了，萨沙·斯米尔诺夫兴冲冲地进来了。他满面笑容，精神饱满，整个身子沉浸在幸福之中。

第5篇

名贵的狗

请问，你养过小狗吗？狗是人类最忠诚的朋友，可是在变来变去的人类面前，它的命运丝毫没有保障，说不定主人哪天不高兴了，就要遭受灭顶之灾，人啊，应该学学狗的忠义。

杜博夫中尉，老兵出身，年纪已经不轻了，此时他正和志愿入伍的克纳普斯坐在一起喝酒。

“好一条公狗！”杜博夫指着他的狗米尔卡对克纳普斯说，“名贵品种！您注意它的头脸！光凭这头脸就值大价钱！遇上爱狗的人，光凭这张脸就肯出二百卢布！您不信？看来您是外行……”

【语言描写】直接引入一只“公狗”，引出下面的故事，开启下文。

“我懂，可是……”

【语句理解】句末的省略号表示克纳普斯还有话没说出来，就被杜博夫打断了。

“这是真正的长毛猎狗，英国纯种！这狗发现野物时的姿势别提多酷了，还有那狗鼻子……真灵哪！当初米尔卡还是一条小狗崽，您知道我花了多少钱？一百卢布！多好的狗呀！米尔卡，你这小机灵鬼！小坏蛋！过来，上这儿来……哎呀呀，我的小宝贝，我的小心肝……”

【设问】屡次自问自答介绍这条狗的价钱，为下文开口向克纳普斯推荐这条狗时索价做铺垫。

杜博夫招了招手，米尔卡过来了，他在狗头上亲了一下。眼睛里居然涌出激动的泪花。

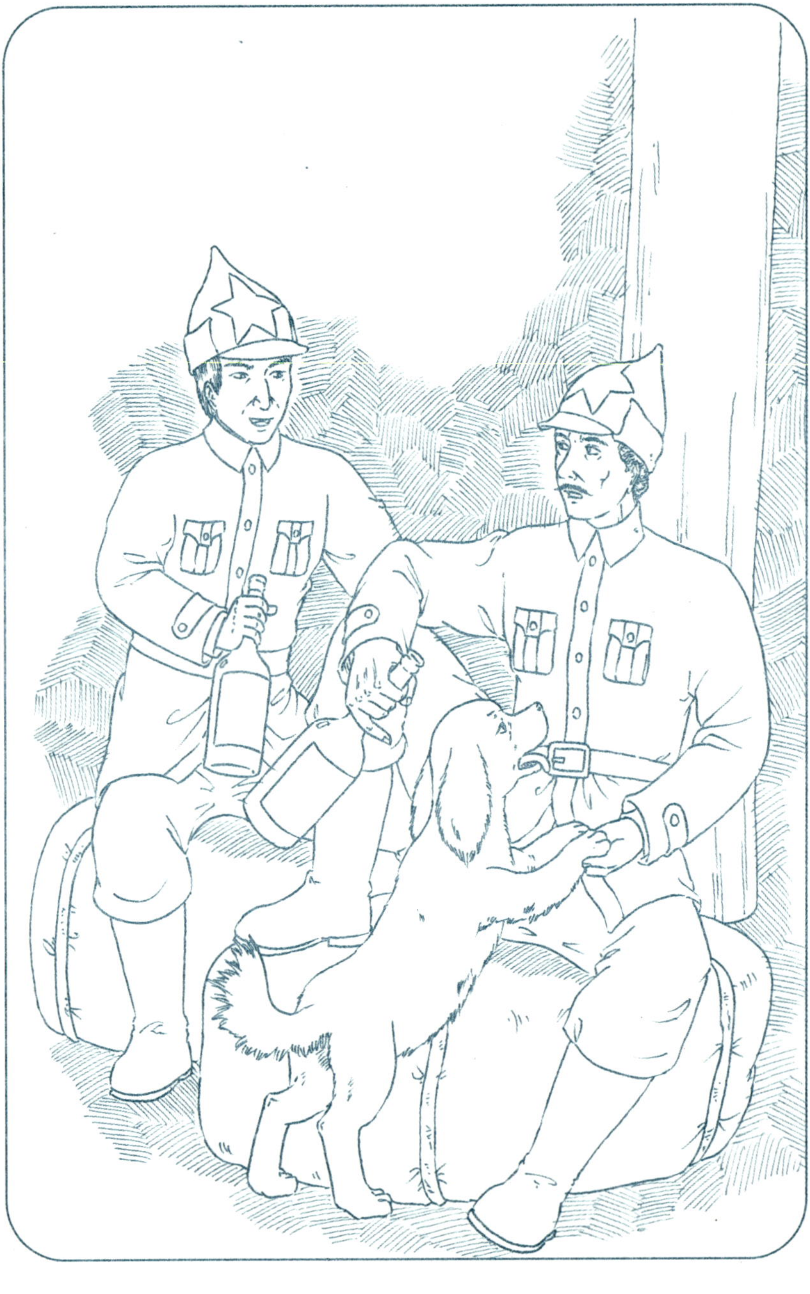

"我可舍不得……我的小美人……小亲亲。你也爱我，不是吗？米尔卡，……行了，滚一边去，"中尉突然嚷了一声，"看那爪子把军服都蹭脏了！说实在的，克纳普斯，买这小狗我花了整整一百卢布！可见它有多值钱：只可惜我没有时间打猎！这狗可给闲坏了，也荒废了……所以我想把它出手。您买下来吧，克纳普斯！可是条好狗，您一辈子都会感激我！哦，如果你手头不宽裕，看在咱俩的情分上，半价给您……出五十您就带走！这真是明抢呀！"

【语句理解】为了给杜博夫留下好印象，此时的狗是"机灵鬼""小坏蛋""小宝贝""小心肝"，为下文做铺垫。

"不，亲爱的……"克纳普斯叹了口气，"您那米尔卡要是一条公狗，也许我会考虑，可是……"

"米尔卡不是公狗？"中尉万分惊讶，"克纳普斯，怎么会呢？米尔卡不是公狗！哈哈！那么您说它是什么？母狗吗？哈哈哈！这孩子，你可真会想象！公狗母狗都不去分清！"

【反问】为了让克纳普斯买下他的狗，愣把母狗说成公狗，表现了杜博夫的虚伪。

"您这是什么话，就好像我是个瞎子或者是不懂事的孩子……"克纳普斯生气了，"当然是母狗！"

"说不定您还会认为我是一位女士吧！唉，克纳普斯，克纳普斯！亏您还是专科学校毕业的学生哩！我亲爱的，它真真切切是一条纯种公狗！而且它比任何一条公狗要强十倍，您却说……不是！哈哈……"

【描写语言】以对方男女不分来形容分不清公母狗，说话气势十足。

"对不起，米哈伊尔·伊凡诺维奇，您……您简直把我当成了傻瓜……真令人气愤……"

"得了，上什么火，去您的……不买算了……您这人真是死脑筋不开窍！您一会儿也许会说，这狗的尾巴不是尾巴，是腿呢……别生气。我本来是一番好意。瓦赫拉梅耶夫，拿白兰地来！"

【语句理解】

由于推销自己的狗不成，两个人陷入了沉默。

勤务兵又送来一瓶白兰地。两位朋友各自斟满一杯，沉思起来。半个小时就这样过去了。

"就算是母狗……"中尉首先打破沉默，沉着脸瞧着酒瓶，"真是怪事！不过这不是更好啊。它能给您生小狗，一头小狗崽子就是二十五卢布……有不少人愿意买呢。我真不明白您为什么喜欢公狗！母狗比公狗强一千倍。母狗更知道好歹，更温顺恋主……这样吧，既然您这么不喜欢母狗，您给个二十五卢布带走算了。"

【语句理解】

为了推销狗，现在又开始夸母狗的好处，善变虚伪。

"不行，亲爱的……我一个戈比也不会拿。一来我不需要狗，二来我也没有富余的钱。"

"这话您怎么不早说。米尔卡，滚出去！"

【对比】

在得到克纳普斯坚决的回应后，再次对狗的态度发生变化，"小宝贝"变成了"滚出去"。

勤务兵端上煎鸡蛋。两位朋友默默地吃起来，在尴尬的氛围中把一平锅鸡蛋吃个精光。

"您是个好小伙，克纳普斯，诚实……"中尉擦着嘴说，"就这么放您回去我也过意不去，这样吧，把狗带走，我白送您了！"

【照应】

前面努力夸自己的狗要一百、五十、二十五卢布卖给克纳普斯，现在要白送，其讨厌这只狗的表现原形毕露。

"叫我把它弄哪儿去呀，亲爱的？"克纳普斯说着叹一口气，"再说我怎么摆弄它呢？"

"行了，不要就不要……见鬼去吧！不想买也不想要……哎，您要走吗？再坐一会儿！"

克纳普斯伸伸懒腰，站起来，拿起帽子。

"我得走了，再见吧……"他打着哈欠说。

"请稍等一下，我来送送您。"

【前后照应】

和前文照应，几次描写两个人无语的尴尬氛围，为下文转换话题做准备。

杜博夫和克纳普斯穿上大衣，来到街上，无言地走了一百来米。

"您看我把狗送谁好呢？"中尉开口说，"您有没有别的什么熟人？那条狗您也知道，是条好狗，纯种狗，可是……对我的确一点用处也没有！”

“我不知道，亲爱的……我在这地方也没什么熟人？”

俩人一直走到克纳普斯的住处，再没有说一句话。克纳普斯握过中尉的手，打开自家的便门，这时候杜博夫咳了一声，犹犹豫豫地说：

“您知不知道那些屠夫收不收狗呢？”

“也许收的……我也说不好。”

“明天我就让瓦赫拉梅耶夫把它弄走……去它的！叫人宰了去吧……这该死的狗！真是令人讨厌！不但把房间都弄得一团糟糕，昨天还把厨房里的肉全偷吃光了，贱胚子……纯种狗才怪呢，鬼知道它是个什么玩意儿，说不准是看家狗和猪的杂种。晚安！”

【语句理解】

杜博夫要把狗送去屠宰，表现了他对狗的极端讨厌，而前面还一直在伪装，表现其虚伪善变。

“再见！”克纳普斯说完。便关了门，只有中尉留在了外面。

阅读小悟 》》

《名贵的狗》是俄国著名作家契诃夫的一篇讽刺性小小说，讲了一名老中尉杜博夫欲向志愿兵克纳普斯推销所谓的“名贵的狗”而未成之事，本文和《变色龙》一样都是由“狗”引起的故事，形象地刻画了中尉杜博夫的无知、无赖、善变，把一只狗由卖高价到白送人再到想卖给屠夫，形象的叙述一下子就把主人公的变化多端、颠倒黑白、虚伪自私呈现在读者面前，充满讽刺意趣，耐人寻味。

其中最精彩的地方就是杜博夫对狗的态度在推崇与厌恶间反复变换，态度转化常常在一句话之间，出乎意料，又在情理之中。作者以生动的比喻和夸张，揭露了沙皇俄国统治时期人性的堕落，从而间接地反映了国家机器的腐朽透顶。

阅读思考

1. 用自己的话简要复述这篇小说所讲的故事。（答题思路：提示：“故事”中要有较为明确的“记叙文六要素”或其中最主要的几个要素。）

2. 联系契诃夫生活的时代背景，说一说契诃夫将杜博夫安排为“一个老兵出身、年纪不轻的中尉”有什么用意。（答题思路：结合契诃夫沙皇俄国的生活背景，即可理解其用意是为了揭露沙皇俄国统治时期国家机器的腐朽这一主题。）

3. 在写法上，本文和《变色龙》一文有哪些相同之处？请简要分析。（答题思路：①故事都是由“狗”引起的。②都通过言行心理等刻画人物的性格。③都采用了对比和夸张的手法。）

写作加油站

写作素材积累

【主题】 中尉向志愿兵推销自己的狗

【适用话题】 善变 虚伪 推销 那人·那狗

【素材点拨】 虚伪能把人的灵魂一口一口吃掉。中尉竭力向朋友高价推荐自己的狗，原因是自己不需要它，而不是狗真的有多名贵。中尉对朋友是虚伪的，对自己养的小狗是无情的，为了打发掉它，不惜厚着脸皮一变再变。灵魂就在这虚伪自私的变化中被蚕食了，死去了，尸骨无存。由此看来，为了眼前一点点利益而出卖良心，是非常不值得的，因为你将会失去更宝贵的东西。

好词好句积累

【好词】 死脑筋 不开窍 犹犹豫豫 吃个精光

【好句】 这是真正的长毛猎狗，英国纯种！这狗发现野物时的姿势别提多酷了，还有那狗鼻子……真灵哪！当初米尔卡还是一条小狗崽，您知道我花了多少钱？一百卢布！多好的狗呀！米尔卡，你这小机灵鬼！小坏蛋！过来，上这儿来……哎呀呀，我的小宝贝，我的小心肝……

俩人一直走到克纳普斯的住处，再没有说一句话。克纳普斯握过中尉的手，打开自家的便门，这时候杜博夫咳了一声，犹犹豫豫地说：

“您知不知道那些屠夫收不收狗呢？”

相关知识链接 >>>

世界名狗

狗是人类最早驯养的动物，也是全世界饲养率最高的宠物。全球大约有六亿只狗，我国大约有两亿只狗。全球比较名贵的犬种有很多。比如藏獒、俄罗斯高加索犬、意大利拿破仑獒、法国波尔多犬、阿根廷杜高獒、中亚牧羊犬、西班牙加纳利犬、西伯利亚哈士奇等；其中排名第一的藏獒是世界著名的大型猛犬，原产于我国青藏高原，其性格刚毅，力大凶猛，特别忠诚，是世界上唯一敢与野兽搏斗的犬，因此被赋予“东方神犬”的美誉。另外还有一些名贵的宠物犬，比如：卷毛、八哥犬、蝴蝶犬、西施犬、阿拉斯加雪橇犬等深为饲养宠物狗的朋友所喜爱。狗是我们人类的朋友，我们应该与之和谐相处。

第6篇

脖子上的安娜

同学们，在你所读过的文学名著或看过的电影里曾经知道几个安娜？其中最为我们熟知的也许就是托尔斯泰的长篇小说《安娜·卡列尼娜》中的女主人公，但在契诃夫的短篇故事中，还有一个安娜等着你去结识。

【详略得当】

行文开端便直接进入关键情节，其余内容则在新娘的回忆中交代，详略安排合理，结构紧凑。

【语句理解】

连续两个“没有”，强调了婚礼的简单和朴素。“朝圣”又突出他们婚礼的与众不同。

一

在教堂里举行完婚礼，新婚夫妇各喝了一杯酒，甚至没有准备清淡的酒菜，便更衣，坐车，去了火车站。没有欢乐的婚庆舞会和晚宴，没有音乐和舞蹈，他们要赶到二百俄里以外的修道院去朝圣。许多人都说这种做法不错，说新郎莫杰斯特·阿列克谢伊奇有官职在身，中年已过，喧闹的婚礼与他们显得不大得体。再说一个五十二岁的文官，娶了一个刚满十八岁的姑娘，在这种情形下听音乐也没有乐趣。也有人说，莫杰斯特·阿列克谢伊奇是个循规蹈矩的人，他之所以选择去朝圣，其实是为了让年轻的妻子明白：在婚姻问题上，他是把宗教和道德放在第一位的。

同事和亲戚们都到车站为他们送行。夫妇俩端着酒杯站在那里，等着火车开动时，人们好欢呼“乌拉!”新娘的父亲叫彼得·列翁季伊奇，他是一位教员，头戴高筒帽，身穿教员礼服，脸色煞白，显然已经喝醉了，他举着杯子，不停地把身子探进窗口，恳求说：“安娜！安娜，我还有话跟你说!”

【语言描写】
表现出父亲对安娜的不舍。

安娜从窗子里探出身来，父亲便在女儿的耳朵边小声唠叨个不停。她闻到一股熏人的酒气，令人难受；耳边不时地灌进风来，什么也听不清楚。父亲就在她的脸上、胸前、手上不住地画着十字。手和呼吸都是颤抖的，眼泪哗哗地流了下来。她的两个弟弟，中学生别佳和安德留沙，扯着父亲的礼服，很是尴尬地小声劝说：

【细节描写】
通过父亲的动作、神态等细节，突出父亲对女儿嫁给这个中年男人的愧疚。

“爸爸，嗨，别这样……”

火车终于开动了，安娜向窗外看去，她的父亲追着火车跑了几步，步履蹒跚，连酒都洒光了。那脸上满是愧疚，多么可怜而又善良的人啊!

【动作描写】
父亲年纪不小，步履蹒跚，还追着火车跑，表现父亲对安娜的不舍和愧疚。

“乌拉!”他的声音越来越远。

现在这对新婚夫妇可以单独在一起了。莫杰斯特·阿列克谢伊奇进了包间，检查一番，把东西规整在行李架上，然后笑逐颜开地坐在他年轻妻子的对面。他中等身材，是个胖子，大腹便便，保养得极好；脸上留着浓密的络腮胡子，嘴上却刮得干干净净；下巴圆圆的，看上去倒像脚后跟。他脸上最令人称奇的是没有唇髭，这块新刮过的不毛之地肥嘟嘟的，与旁边两个胖乎乎、颤悠悠、像果冻一样的腮帮子连成一片了。他举止庄重，动作优雅，态度温和。

【外貌描写】
通过外貌描写，突出了阿列克谢伊奇的年龄和身材，与年轻漂亮的新娘对比，表现他们两人的不配。

“现在我想起一件往事来，”他微笑着说，“五年前，科索罗托夫被授予了一枚二级圣安娜勋章，他去拜访大人，以表感谢，大人当时说了这样的话：‘您看，您现在有三个安娜了：一个在扣眼里，两个在脖子上。’顺便告诉你，科索罗托夫的妻子叫安娜，是个喧闹轻佻的女人，刚刚回到他的身边。我希望，当我拿到二级安娜勋章的时候，大人不会对我说这样的话。”

【语句理解】对自己能娶到安娜而感到兴奋。

他眯起了肉嘟嘟的小眼睛微笑。她也微微地笑了；但她一想到这个又胖又老的男人随时会用他那肉乎乎、湿漉漉的嘴唇来吻她，而她已经无权拒绝时，痛苦和恐惧就漫无边际地涌上心头。他那肥胖的身子只要一动，就把她吓一大跳。他站起来，慢条斯理地从脖子上取下勋章，脱掉燕尾服和坎肩，换上长袍。

“这样舒服多了。”他说着挪到安娜身边坐下。

【语句理解】说明人们对她嫁给阿列克谢伊奇的行为普遍不解。

她回想起刚才的婚礼是多么令人难堪，她觉得神甫、宾客和其他人，都用一种怜悯的眼神望着她，那眼神似乎在说：这样一个年轻漂亮的姑娘，竟要嫁给这个毫无生趣的老先生？真是糟糕！虽说今天早晨她还很高兴，可是刚刚在举行婚礼时，以及现在，并排坐在这里，她已经后悔了，她感到自己做错了事，受了骗，是个笑话。她嫁给了一个有钱人，但她还是身无分文，连结婚礼服也是借钱做的。今天父亲和两个弟弟来送她，看他们的神情就知道，他们身上连一个子儿也没有。今天他们能吃上晚饭吗？明天呢？她觉得，好像她走后父亲和弟弟们只好坐在家里挨饿，就像安葬完母亲的那晚，心情沉重，悲痛万分。

【引出下文】引出下文对自己家庭背景的追述。

“唉，我是多么不幸！”她想，“生活为什么这样对待我？”

莫杰斯特·阿列克谢伊奇是个稳重的人，不习惯讨好女人，他伸出肉乎乎的手去碰碰她的腰，又略显亲近地拍了拍她的肩膀；她呢，正想着钱，想着母亲。母亲去世后，父亲——一名中学习字课和图画课教员，从此开始酗酒，家里越来越困难。两个弟弟没鞋穿，父亲醉酒闹事被人扭送去见官，法警便来家查抄家具……真丢人！安娜要照看酗酒的父亲，给弟弟们补袜子，还要跑市场……每当有人夸她年轻漂亮、风姿绰约时，她总觉得她那顶最廉价的帽子和皮鞋上用黑面糊堵住的窟窿令她颜面扫地。到了晚上她就一个人偷偷哭泣，为她贫困不幸的命运！他总是为父亲提心吊胆，害怕因他的酒瘾很快会被校方辞退。于是，一些热心肠的太太开始忙着要为安娜找个好人家。不久就物色到了莫杰斯特·阿列克谢伊奇，他不年轻，不漂亮，也不魁梧，但家境富有。他在银行里有十万存款，还有一座祖上留下、目前已租出去的庄园。这人口碑也不错。那人告诉安娜：他如果愿意出面帮忙那就是轻而易举的小事了。只要他请大人给中学校长，或者给督学写封便函，叮嘱一下别辞退就行了……

她正胡乱想着，突然外面传来音乐声和嘈杂的人声。原来火车在小站上停下了。月台对面有许多人，其中有人在卖力地拉着手风琴，还有廉价的小提琴发出刺耳的拉锯声。高高的白桦和杨树后面，别墅区那边，则传来悠扬的军乐声：显然别墅里正在举行舞会。还有的住别墅的消夏客和来这儿的城里人正在月台上散着步，因为这儿的空气很新鲜。这其中就有阿尔特诺夫，整个别墅区的业主，他是个大富翁，身材又高

【做铺垫】

交代安娜的家庭背景，突出她家庭生活的困难，为她决定嫁给阿列克谢伊奇做铺垫。

【细节描写】

正年轻的美貌少女，却只能戴最廉价的帽子、穿破了窟窿的鞋子，让人心生怜悯。

【语句理解】

点明安娜的婚姻是建立在为全家生计着想的基础上，其不幸也在情理之中了。

【对比】

别墅区传来的“悠扬”军乐声和小提琴“刺耳”的拉锯声形成对比，暗示军队奢靡生活和民众艰辛生活的对照。

又胖，长着黑色头发，脸型像亚美尼亚人，眼睛鼓出，穿衣风格有点古怪：他上身的衬衫敞着怀，高筒靴上带着马刺，肩上披一件拖到地的黑斗篷，像女人的拖地长后襟。身后跟着两条猎狗，耷拉着尖嘴脸。

安娜的眼睛还是湿润的，但她赶紧把刚才头脑里乱七八糟的想法一股脑收起封存。她不断跟认识的中学生和军官们握手，愉快地微笑，一遍遍问候着：

“您好！过得怎么样？”

她来到车厢外的小平台上，站到月光下，好让大家都能看到她华丽的新衣服，戴着漂亮的帽子。

“我们怎么在这里停下了？”她问。

【做铺垫】委婉地暗示安娜的性格，为下文铺垫。

“这儿是错车站，”有人说，“在等一辆邮车。”阿尔特诺夫正不错眼珠地瞧着她，她发现了这一点，便卖弄起风情，深情地说起法语来。那声音是多么美妙动听！周围乐声荡漾、一轮明月倒映在水池里，阿尔特诺夫——这个出了名的风流人，正痴迷地、猎奇似地盯着她，大家都很快活，安娜不禁心花怒放。当火车开动、相识的军官们纷纷行军礼向她告别时，她随着那悠扬军乐声，已经哼起了波尔卡舞曲。她回到包间时，心想：她日后肯定会得到幸福。

【对比】与她看到自己丈夫时的状态对比，暗示此时的幸福与自己的丈夫无关。

这对新婚夫妇在修道院里住了两天就回来了。他们住在一幢公家寓所里。莫杰斯特·阿列克谢伊奇照常上班，安娜就在家弹弹钢琴，或是懊恼地哭一阵，或是躺在软榻上看看小说，翻翻时装杂志。午饭莫杰斯特·阿列克谢伊奇总是食欲很好，边吃边谈政治，说些有关人事变动和奖赏的消息，还说人应当劳动，不要尽想着享福，要对家庭尽责任，要勤俭，他还比

【排比】列举安娜婚后无聊的生活，为下文发展做铺垫。

方说积下一百个戈比就是一卢布，说他把宗教和道德看得高于一切。最后，他握着餐刀，像举剑的战士似的，庄重地宣誓一样说：

“每个人都应当尽职尽责！”

每当此时，安娜在一旁听着，又恐惧又难过，总是吃不下东西，常常饿着肚子离开餐桌。午饭后丈夫休息了，不久就鼾声大作，她回到了自己的家。父亲和弟弟们看她的眼神有点异样，好像之前他们刚刚对她表示过不满，说她是为了钱才嫁给一个那样的男人。她那窸窣作响的衣裙，叮当的手镯，她那太太的装扮，使他们感到拘束和屈辱。他们之间好像隔了点什么。但他们还像以前一样爱她，习惯于有她在家吃饭。她坐下来，跟他们一道喝菜汤和粥，吃着带蜡烛味的羊油煎的土豆。父亲用颤抖的手抓起酒瓶，给自己斟满一杯，他用那贪婪、厌恶的神情盯着酒杯，然后一饮而尽，接着是第二杯，第三杯……别佳和安德留沙，两个有着大眼睛而面色苍白的男孩子夺过酒瓶惶恐地说：

“别喝了，爸爸……再喝就醉了……”

安娜也央求他别喝了，他一下子生气起来，用拳头捶桌子，怒喝着：

“别管我！坏小子！坏丫头！我应该把你们都赶出去！”

可是他的声音里还是流露出软弱和温情，所以谁都不怕他。午饭后，他要装扮一下。他站在镜子跟前，镜子里映出他苍白的脸色，下巴上又添了一道刮破的口子，他伸出细长脖子，梳了梳头，又捻了捻黑胡子，

【细节描写】

突出家人对安娜嫁给阿列克谢伊奇的态度。

【用词准确】

“贪婪”“厌恶”两个词准确地表现出父亲对酒依赖而又厌恶的矛盾心情。

【动作描写】

外出前还要装扮一番，表现这个老男人既对自己的形象非常注重，又因生活不宽裕而装束简单。

一会儿还往身上洒点香水，再打个蝴蝶领结，然后戴上手套和高礼帽，这才走出家门。如果是节日，他就留在家里，有时画画水彩画，有时弹弹风琴。那台风琴早就要散架了，一动就四处吱吱乱响，他偏偏要逼它奏出和谐悦耳的乐声来，还要自弹自唱着陶醉其中，想起来就冲着两个孩子发脾气：怪他们把乐器都弄坏了！晚上的时光，安娜的丈夫常常跟公寓里的同事们玩牌。这时文官太太们也聚到一起。这些太太长相不美，服饰不雅，举止粗鲁，倒像是厨娘。她们在房间里说长道短搬弄是非。有时莫杰斯特·阿列克谢伊奇也带安娜上剧院看戏。中间休息的时候，他对她寸步不离，他要她挽着自己的胳臂并肩在走廊里或休息室里踱步。有时候，他对某个人躬身致礼，然后悄声告诉安娜："五品文官……大人接见过他……"或者嘟囔道，"这人很有钱，……有房子……"当他们经过小卖部时，安娜想买点甜食，她喜欢吃巧克力和苹果馅小蛋糕，但她没钱，又羞于向丈夫讨要。他捏起一个梨，看了看，迟疑地问道：

【侧面描写】表现这些太太的粗俗，从侧面反映安娜对这些人的厌恶。

【语言描写】从阿列克谢伊奇的介绍中，我们可以看出他对权力和金钱的向往。

"这个，多少钱？"

"二十五戈比。"

"是吗？"说着他很快把梨放回原处。为了避免尴尬，他要了一瓶矿泉水，一个人把它全喝光，喝得他的眼睛里都流泪了。安娜恨恨地看着，毫无办法。

【细节描写】阿列克谢伊奇虽然声称很富，但他却非常吝啬，连零食都不会给安娜买。

有时候，他一下子涨红了脸，突然对她说：

"向那位过来的老夫人鞠躬！"

"我不认识她。"

"没关系。她是税务局局长太太！鞠躬呀，你的脑

【语言描写】势利眼的本色暴露无遗。

袋掉不了。”

安娜只好鞠躬致礼，脑袋也果真没有掉下来，但她是多么痛苦，她像个木偶任人摆布，可她只能生自己的气：她本来只是为了钱才嫁给他，可是现在她的钱比结婚前还少。原先父亲还常常给她二十戈比，现在呢，她连一个子儿也没有。她不敢偷偷拿钱或伸手向他要，因为她觉得她对这个人的恐惧感由来已久。小时候，她总认为中学校长是最可怕的，这可怕的力量像头上的乌云、像冲过来的火车头想把她压死。另一种威严的力量，就是经常提起、不知何故大家都对之诚惶诚恐的大人。另外还有一些值得害怕的力量，比如中学里那些铁青胡楂、神色严厉、冷酷无情的教员。现在的莫杰斯特·阿列克谢伊奇，这个循规蹈矩的人连长相都像中学校长。在安娜的想象中，这一切合成一股巨大的力量，变成一头可怕的大白熊，正一步一步朝像她父亲那样一些弱小而有过失的人逼近。她不敢违背丈夫，每当她受到粗暴的爱抚，被对方恶心的拥抱吓得惊慌失措、受到玷污时，她只能强颜欢笑。

【对比】

通过和婚前相比，表现安娜婚后更加拮据的生活，完全得不到一点儿财政权利。

【比喻】

把对校长的恐惧比作头上的乌云和冲过来的火车头，形象生动，给人压迫感。

【比喻】

把丈夫给自己的压迫感、恐惧感比作大白熊，形象地表现了这种恐惧感。

只有那么一次，为了偿还一笔拖了很久的债务，彼得·列翁季伊奇硬着头皮向他借五十卢布，那情形真是令人难堪啊！

“好吧，钱我可以借给您。”莫杰斯特·阿列克谢伊奇考虑了一会儿后说，“不过我得警告您：如果您不戒酒的话，今后我不会再接济您。身为国家公职人员，酗酒是可耻的。众所周知：这种嗜好葬送了许多才能出众的人，他们不懂得克制，令人惋惜。这些人本来是可以飞黄腾达、官居高位的。”

【详略得当】

略写阿列克谢伊奇对岳父的说教，反而更给读者想象的空间，让人能感受到他的尴尬。

接下去便是滔滔不绝的长篇大论：“根据……”，“鉴于……”，“由此……”，可怜的彼得·列翁季伊奇——他的岳父，忍受着屈辱的折磨，反而更想喝酒了。

两个弟弟有时到安娜家来做客，他们穿着破裤子和破靴子，照样要听他的长篇训导。

“每个人都应当尽职尽责！”莫杰斯特·阿列克谢伊奇严肃地告诉他们。

钱他是一个子儿也不给的。但他送给安娜戒指、手镯和胸针，说这些东西遇到艰难日子就能解决难题。他经常拿钥匙打开她的柜子，检查这些东西是否安然无恙。

二

【暗示】

阿列克谢伊奇的奇怪表现暗示了他希望通过妻子的姿色去获取自己的政治前途，为后文安娜的变化做铺垫。

转眼又到冬天了。圣诞节以前，报纸早就发出广告：一年一度的圣诞舞会将于十二月二十九日在贵族俱乐部举行。晚上打完牌之后，莫杰斯特·阿列克谢伊奇总要焦急不安地跟官太太嘀咕一阵，还不时忧心忡忡地看安娜一眼，好像有什么心事。后来，有一天夜里，他在安娜面前站住，说：

“你还是做一身舞衣吧，听好了，请你先跟玛丽亚·格里戈里耶夫娜和娜塔利娅·库兹米尼什娜商量一下。”

他给了她一百卢布。她收下钱，但是她在定做舞衣时，跟谁都没有商量，只是在父亲面前提了一句。她绞尽脑汁的回想，母亲在世时，参加舞会会怎么打扮。因为母亲向来穿得时髦，也肯为安娜花心思，把她打扮得像一个漂亮的洋娃娃，还教她说法语，跳玛祖卡舞——而且跳得很出色。安娜继承了母亲的心灵手巧，会把旧裙改成新装，用汽油洗手套，租用珠宝首饰，她也学着母亲的神情，眨着睫毛让眼睛淡淡地流光，娇滴滴地说话，摆出种种妩媚的造型，时而神采飞扬，时而一脸忧伤，叫人揣摩不透和着迷。她从父亲那里继承了黑头发、黑眼睛、神经质和随时注重打扮的习惯。

【做铺垫】

描写安娜在母亲和父亲那里继承来的各种品质，为下文她能在舞会上一举成名做铺垫。

赴舞会以前半个小时，莫杰斯特·阿列克谢伊奇没穿礼服走进她的房间，想在她的镜子前把勋章挂在脖子上。他看到打扮好的安娜，一下子被她的美貌和那身新做的华丽夺目的薄纱舞衣迷住了。他得意地理着自己的络腮胡子，说：

“瞧，多漂亮！我的安娜！”忽然他想起了什么，就换了一本正经的语气接下去说：“是我给了你幸福，今天你也要使我得到幸福。我求你跟大人的夫人搭上关系！看在上帝的分上！通过她我就能弄到主任奏事官的职位了！”

【语言描写】

妻子在他眼中只是借以向上爬的工具。

他们坐车去参加舞会了。贵族俱乐部的大门口站着侍卫。进了大厅，衣帽架上挂了不少昂贵的皮大衣，侍者们穿梭其间，袒胸露背的仕女们用扇子挡着穿堂风。空气里混杂着煤气灯和军人的气味。安娜挽着丈夫的胳膊踏上楼梯，在音乐声里，安娜瞧着大镜子里被辉煌灯火照亮的自己，她心中的欢乐苏醒了，像那次在月光下的小站上一样，她清醒地预感到幸福即将向她走来。她不由自主地模仿起母亲的步态和风度，高傲自信地走着。她平生第一次觉得自己是个体面、自由的贵夫人。即使丈夫在场，她也不感到拘束，因

【语句理解】

安娜内心的欢乐被舞会的情绪所感染，所激发，她又能感受到自己的幸福了。

【心理描写】

在舞会上安娜前所未有地自信。

为在她踏进俱乐部的那一刻，她已经本能地意识到，年老丈夫不但不会贬低自己，相反，反而给她增添一层诱人的神秘色彩，这正是男人们最向往的。大厅里乐声悠扬，舞会已经开始了。从简朴的公寓到这灯火辉煌的大厅，她就像在做梦一样：多么美妙的生活！她心思流转，立刻在人群中认出了她所有的熟人、以前的军官、教员、律师、文官、地主、大官、阿尔特诺夫和上流社会的太太小姐们。这些女士一个个都打扮时髦，袒胸露背，有的漂亮典雅，有的粗俗鄙陋。她们在义卖市场的小木屋和售货亭里已经各就各位，为周济穷人举行义卖。一个佩戴带穗肩章的魁梧的军官（她是在上中学时在老基辅街上跟他相识的，现在已记不起名字）像从地底下钻出来似的，邀请她跳华尔兹舞。她像一只蝴蝶从丈夫身边翩翩飞走，她觉得此刻她像一叶扁舟在暴风雨中随波漂荡，而丈夫已远远地被抛在岸上……她跳得热烈奔放、兴致高亢，华尔兹、波尔卡、卡德里尔，一曲接一曲，一个舞伴接着另一个舞伴，音乐和喧闹使她心醉神迷，她和他喁喁私语，俄语里夹杂着法语，她吃吃地笑，脑子里什么也不想。她赢得了男人的欢心，这是显而易见的。她兴奋得喘不过气来，心慌地攥着手里的扇子，她口干舌燥。她的父亲彼得·列翁季伊奇穿一件皱皱巴巴的有汽油味的礼服，走到她跟前，递给她一小碟红色冰淇淋。

“你今天真漂亮！”他高兴地瞧着她说，“我真是后悔你这样匆匆忙忙地出嫁……也许……我知道，你是为了我们，可是……”他用发抖的手掏出一小沓钞票，

【语句理解】

在舞会上，在灯火辉煌中，安娜如鱼得水。

【用词准确】

一个“钻”字，形象表现出在她的美貌召唤下，这些军官迅速出现的场景。

【比喻】

把安娜比作蝴蝶和扁舟，表现她的随波逐流。

【细节描写】

只有她的父亲才真正关心她，而那些围在她身边的男人们只是被她的姿色吸引，包括她的丈夫，也只是把她当作仕途的梯子而已。

说："今天我领到的薪水，我可以还清欠你丈夫的钱了。"

她把小碟子塞到他手里，有人上来搂住她的腰把她带走了。她越过舞伴的肩头，瞥了一眼，看到父亲在镶木地板上轻快地滑行，和一位太太在大厅里满场飞旋。

"他不醉酒的时候多么可爱啊！"她说。

她又跟那个魁梧军官跳玛祖卡舞。他傲慢地、僵直地踏着舞步，活像一头被宰后套上军装的牲口，他不时耸耸肩膀、挺挺胸，脚跟很勉强地踏着拍子——一副极不愿跳舞的样子。她却在他身边像花蝴蝶一样飞来飞去，用她美丽的面孔和裸露的脖颈逗弄他。她眼里的热情像火一般在燃烧，她的动作像扬起的风帆充满了激情，而他却像国王恩赐似的向她伸出手去。

【比喻】形象地表现出军官的笨拙。

【对比】把安娜的舞姿比作花蝴蝶，把她的热情比作火，形象生动地表现出安娜在舞会上精彩的表现。而军官的表现与她形成呼应，两人相得益彰。

"好，好！"人群里有人喝彩。

但是，渐渐地连魁梧的军官也抵挡不住了，他活跃起来，热烈起来，情不自禁地陶醉在她柔软的臂弯里，热血令他狂热，现在他的动作变得轻快灵活，而她只是摆动肩头，狡黠地望着他：她已经摇身变作女王，他现在是臣服在自己脚下的奴隶。大厅里的人都在看着他们，所有这些人都看呆了，心里充满疯狂的嫉妒。一曲终了，军官躬身谢过，人群中突然闪开一条道，男人们则奇怪地挺直身子，双手贴在裤缝上……哦，原来，礼服上佩戴着两枚星章的大人正朝她走来。是的，大人正是冲她而来的，因为他的眼睛死死盯着她，像猎鹰盯着猎物。脸上则堆着媚笑，嘴巴不停地动着，像在吃东西——他看见漂亮女人时一向

【比喻】大人的出现，更让安娜感觉自己的命运真的改变了。

如此。

“我很高兴，很高兴……”他开始说话，“我要下令关您丈夫的禁闭，因为他把这样一件宝贝一直藏着。”

【语言描写】
通过军官前言不搭后语的话表现了他急切的心情和虚伪的内心。

“我受太太之命前来邀您，”他向她伸出手去，“您得帮帮我们……嗯，应当发您一笔美人奖金才对……就像美国那样……嗯，是的……我太太正着急地等着您呢。”

【夸张】
把军官太太下半截脸比作嘴里塞了一块大石头，极言这位太太的丑陋，形象而印象深刻。

他把她领到小木屋里，去见一位上了年纪的太太。这位太太的下半截脸大得出奇，就好像她的嘴里塞着一块大石头。

“看在上帝的分上，来帮帮我们，”她鼻音浓重地慢慢说来，“这些漂亮太太小姐们都在义卖市场上忙碌，您一个人只顾玩乐，您应该帮帮我们呢！”

【对比】
那位奇丑的太太坐在这里没有生意，到安娜坐在这里生意好起来，一方面衬托安娜的美貌，另一方面也表现出沙皇官场的丑恶。

她走开了，安娜就坐在她的位置上，守着一把银茶壶和几只杯子。这里的生意马上见起色。喝一杯茶，安娜至少收一个卢布，那个军官让她逼着喝了三杯。阿尔特诺夫也来了。这个鼓眼睛的富翁患有哮喘病，身上穿的已不是安娜夏天看到的那身古怪衣服，而是跟大家一样的燕尾服。他目不转睛地盯着安娜，喝了一杯香槟酒，付了一百卢布，接着又喝一杯，又付了一百——这其间一句话也没说，因为哮喘病犯了……安娜招徕顾客，收钱，此刻她已经深信不疑，她有着无限的魅力，能给这些人带来极大的快乐。她这时候终于明白，她生来是为了享受这音乐、舞蹈、有崇拜者的奢华生活的。想到长期以来她所害怕的那股逼迫她的力量，她觉得可笑极了。现在，她，安娜，谁都不怕了。她只惋惜母亲去世了，否则她此刻看到她的成功，不知有多高兴。此时彼得·列翁季伊奇脸色已经发白，但两条腿还站得住，他来到小木屋前，要了一杯白兰地。安娜脸羞红了，只怕他会说出什么不得体的话来，但他喝完酒，从一沓钞票中扔出十卢布，一句话没说就傲慢地走了。后来她看到他跟舞伴一起跳舞，这时他已经磕磕绊绊，不停地嚷叫，弄得舞伴十分厌烦。安娜想起了三年前的一次舞会上，他也是这样东歪西倒、不停地嚷叫，结果让警察分局长弄回家去睡觉，第二天校长就威胁要辞退他。这段回忆多么不光彩啊！

【神态、动作描写】表现了安娜内心的厌恶和鄙视。

【动作描写】生动形象地写出他酒后的醉态。

售货亭里的茶炊都熄火了，疲倦的女慈善家们把各自的善款都交给了那位嘴里像含着石头的老太太。这时阿尔特诺夫挽起安娜的胳膊把她带到餐厅，那里已经为全体参加义卖的人摆上酒宴。参加晚宴的有二十来个人，席间热闹非凡。大人首先举杯祝酒，在这个豪华的餐厅里，“应当为本次义卖的宗旨——为廉价的慈善食堂的兴旺发达干杯。”一名陆军准将则建议为“连大炮也甘拜下风的力量”干杯，于是男士们探过身子纷纷跟女士们碰杯。气氛愉快融洽！

当安娜让人送回家时，已经是凌晨时分，厨娘们都上市场了。她带着醉意还沉浸在昨晚的愉悦之中，同时又疲惫不堪，她脱去衣服，倒在床上，睡着了……

【过渡】由舞会到回家，过渡自然。

下午一点多钟女仆把她叫醒，禀报说，阿尔特诺夫先生登门拜访。她很快梳妆打扮好，来到客厅。阿尔特诺夫刚走，大人亲自前来感谢她参加义卖工作。

他色迷迷地瞧着她，努动着嘴巴，亲昵地吻她的小手，并且请求她允许他以后再来拜访，然后乘车离开。她站在客厅中央，兴奋地发懵，不相信她的生活这么快就发生了如此惊人的变化。正在这时候，她的丈夫莫杰斯特·阿列克谢伊奇进来了……他站在她面前，不再命令她，竟也拿出一副哈巴狗一样、摇尾乞怜的奴才相，这副模样她已经看惯了；他在那些有权有势的大人物面前总是如此。她料定自己此时如何对他，他也拿她没办法，于是又高兴、又气愤、又轻蔑地咬着每个字吐向他：

【对比】

丈夫现在的样子与之前对自己的样子进行对比，辛辣地讽刺阿列克谢伊奇为巴结上司不择手段的丑恶嘴脸。

“滚出去，蠢东西！”

从此以后，安娜再也没守着家老老实实呆着。她有时参加野餐，有时参加郊游，有时参加演出。她每天凌晨才回到家里，经常一进客厅就倒在地上睡着了。事后还风趣地对别人说，她怎么睡在花丛底下。她需要很多钱，但她已经不怕莫杰斯特·阿列克谢伊奇了，她花他的钱得心应手。她不会卑微地伸手讨要，只是把账单给他送去，或者写张便条：“来人交二百卢布”，或“速付一百卢布”。

【排比】

安娜忙碌的日程安排，说明了她不再整天被关在家中了。

复活节那天，莫杰斯特·阿列克谢伊奇得了一枚二级安娜勋章。他同样要去大人府上道谢，大人正在看报纸，此时，他把报纸放到了一边，在圈椅里把身体埋得更舒服些。

“这么说，您现在有三个安娜了，”他一面说，一面摆弄着自己的白手和粉指甲，“一个在扣眼里，两个在脖子上。”

【前后照应】

和前文相照应，印证当时只是阿列克谢伊奇对妻子的暗示。

莫杰斯特·阿列克谢伊奇小心翼翼地伸出两个手

指，按住嘴巴，免得笑声从里面蹦出来。他说："现在就等小弗拉季米尔出世了。我斗胆请求大人做他的教父。"

他这是暗示四级弗拉季米尔勋章，而且头脑里已经浮出这样一幅画面：他将把这句机智大胆含义丰富的俏皮话四处宣扬。他本想再说些妙语，但大人不再理会他，又埋头看报去了，还朝他点了一下头……

安娜照常坐着三套马车兜风，同阿尔特诺夫出去打猎，演独幕戏，在外面吃晚餐，她越来越少回家看望父亲和弟弟了。他们现在自个儿吃饭。彼得·列翁季伊奇的酒瘾越来越大，并且日渐贫穷，那架风琴早已卖出去抵债。两个男孩子现在不敢放他独自上街，总跟在后面，怕他跌倒，再也不起来。有时他们在老基辅街上遇见坐着三套马车兜风的安娜，阿尔特诺夫则亲自驾车。这时，彼得·列翁季伊奇摘下高礼帽，总想对她喊一声，可是别佳和安德留沙一人拽他一条胳膊，央求他：

"别这样，爸爸……走吧，爸爸……"

【借代、双关】

贪得无厌的阿列克谢伊奇还想着更高的奖赏，而这一切，都是建立在年轻漂亮的妻子身上。

【叙述】

此时的安娜，彻底享受了这种纸醉金迷的生活，忘记了自己最初的目标和亲情，整个人性都彻底被金钱异化了。

【读读想想】

两个弟弟为什么会那么说？安娜发生了哪些变化？（从最初的淳朴善良，到现在的放荡不羁，甚至对老父亲的死活也不管了。）

阅读小悟

安娜是契诃夫笔下一个颇具悲剧色彩的女性。她本来是一个淳朴的少女，为了改变命运，减轻家里的负担，嫁给了一个有钱但是年老丑陋的男人。她开始受丈夫控制和欺压，卑微可怜。安娜原本对这种社会体制和那些官僚抱着蒙昧的恐惧，可是她不是选择逃避或对抗，而是在意识到美貌的作用后，接受丈夫的怂恿，更好地利用起自己的资本和人际关系，从被丈夫"挂在脖子上"变得可以在家、在社交场上随心所欲。她觉得自己脱胎换骨了，就与过去一刀两断，从而成了那些让人畏惧、敬仰、奉承的“上流人物”之一。

人性被巫师的魔杖一挥，彻底变异，被压迫者成了压迫者。她由一个纯洁善良的少女逐渐堕落成名利场上冷酷无情的坏女人。作者最大限度地暴露和讽刺了当时整个社会的体制结构和道德观念的扭曲，抨击了小市民庸俗的习气和追求虚荣、庸俗无聊、鼠目寸光的人生哲学。

阅读思考

1. 安娜的丈夫莫杰斯特是个怎样的人？（答题思路：结合关于莫杰斯特的外貌、动作、心理描写等和他的所作所为分析。）

2. 安娜对待父亲与弟弟的态度前后一致吗？这说明了什么？（答题思路：结合文中前后态度进行分析。）

3. 题目《脖子上的安娜》具有什么样的含义？（答题思路：结合安娜在文中的表现分析。）

写作加油站

写作素材积累

【主题】　安娜在舞会上的精彩表现

【适用话题】　人生价值　无拘无束　发挥

【素材点拨】　当安娜来到炫目的灯光下，她成为整个舞会的核心，找到了自己的价值。每个人都有自己的价值所在，只是有时候很多人暂时还没有找到自己的价值，或者有的人因为一时的失意而灰心丧气而不愿再去努力寻找属于自己的一片天空。其实，只要我们有足够的耐心，总会迎来属于我们自己的辉煌与成功。

好词好句积累

【好词】　风姿绰约　心花怒放　寸步不离　喁喁私语　口干舌燥

摇尾乞怜　得心应手

【好句】　他中等身材，是个胖子，大腹便便，保养得极好；脸上留着浓密的络腮胡子，嘴上却刮得干干净净；下巴圆圆的，看上去倒像脚后跟。他脸上最令人称奇的是没有唇髭，这块新刮过的不毛之地肥嘟嘟的，与旁边两个胖乎乎、颤悠悠、像果冻一样的腮帮子连成一片了。

从此以后，安娜再也没守着家老老实实呆着。她有时参加野餐，有时参加郊游，有时参加演出。她每天凌晨才回到家里，经常一进客厅就倒在地上睡着了。事后还风趣地对别人说，她怎么睡在花丛底下。她需要很多钱，但她已经不怕莫杰斯特·阿列克谢伊奇了，她花他的钱得心应手。她不会卑微地伸手讨要，只是把账单给他送去，或者写张便条："来人交二百卢布"，或"速付一百卢布"。

"这么说，您现在有三个安娜了，"他一面说，一面摆弄着自己的白手和粉指甲，"一个在扣眼里，两个在脖子上。"

莫杰斯特·阿列克谢伊奇小心翼翼地伸出两个手指，按住嘴巴，免得笑声从里面蹦出来。他说："现在就等小弗拉季米尔出世了。我斗胆请求大人做他的教父。"

相关知识链接 》》

俄罗斯帝国勋章

俄罗斯帝国勋章，俄罗斯帝国为表彰军功和其他功绩而设立的国家荣誉奖赏。

所设勋章如下（括号内为设立年代）：

安德烈·佩尔沃兹万内勋章（1698年）——帝国最高奖赏；

一级和二级叶卡捷琳娜勋章（1714）；

亚历山大·涅夫斯基勋章（1725）；

安娜勋章（1735）——1797 年起分为三级，1815 年起分为四级；

一、二、三、四级乔治勋章（1769），1807 年起设立这种军事勋章的奖章，授予对象为作战勇敢的士兵或士官。1856 年起，这种奖章分为四级：一、二级为金质十字章，三、四级为银质十字章。1903 年改称乔治十字章；

一、二、三、四级弗拉季米尔勋章（1782）；

白鹰勋章（1831）；

一、二、三、四级斯坦尼斯拉夫勋章（1831）——1839 年分为三级；

约翰·耶路撒冷勋章（1798），又称马耳他勋章；

一、二、三级奥尔加勋章（1913）。

以上每种勋章各有其专门的颁发条例和相应的绶带。

另外，俄国金质十字章是一种特殊奖章，其意义近似勋章，授予十八世纪末至十九世纪初参加攻克奥恰科夫（1788）、伊兹梅尔（1790）、巴扎尔吉克（1810）以及参加普廖希什一埃劳战斗（1807）但未能获得勋章的军官。这种奖章是挂在乔治勋章绶带上的。

第8篇

打　赌

银行家拿两百万赌年轻律师十五年监禁生活，这本来就是一场荒诞无聊的游戏，为什么会发生这样的事？银行家完全是因为饱食终日，一时心血来潮，而律师方面，则纯粹是贪图钱财。

一

秋夜，黑沉沉的。老银行家在他的书房里来回地踱着步，十五年前，也是在秋天，他举行过一次晚会。晚会上来了许多有识之士，谈了许多颇有意思的话题。他们顺便还谈起了死刑。客人们中有学者和新闻记者，大多数人对死刑持否定态度。他们认为这种刑罚有违人性和道德，不适用于信奉基督教的国家。他们的看法是，死刑应当一律改为无期徒刑。

“我不这样认为，”银行家说，“我既没有尝试过死刑，也没有体验过无期徒刑，不过就我个人的看法来说，我以为死刑比无期徒刑更合乎道德和人情。死刑是把人一下子处死，而无期徒刑却慢慢地把人处死。究竟哪一个刽子手更人道？是那个几分钟内处死你的人，还是在漫长的岁月里把你慢慢折磨死的人？”

“两种刑罚同样不道德，”有个客人说，“因为它们

【倒叙】开头写银行家在黑沉沉的秋夜回忆十五年前的事情，采用倒叙的记叙顺序，引出下文。

【做铺垫】引出客人们讨论的话题——死刑，为下文银行家和律师关于无期徒刑打赌做铺垫。

【设问】“刽子手”是比喻的修辞，把“死刑”和“无期徒刑”比作两个“刽子手”；后面虽然是一个选择问句，但是银行家的答案其实在前面自己的论述中。

的目的是相同的——夺去人的生命。国家不是上帝，谁都没有权利夺去他。”

有人问一位年轻的客人，他二十五岁左右，是个律师。他说：“不论死刑还是无期徒刑都是不道德的，不过要我选择的话，我当然选择无期徒刑。活着总比死了要好很多。”

于是大家开始热烈地争论起来。银行家当时年轻气盛，他很不赞同律师的观点，一拳擂到桌上，对着年轻的律师嚷嚷道：

【语句理解】两个人不懂得珍惜自由和幸福，任性而为。

“呵！我用两百万打赌，你在囚室里待不了五年！”

“此话当真！”律师说，“那我也打赌，我可以不只坐五年，而是更长——十五年，怎么样?”

“十五年？好啊！”银行家大声地喊道，“诸位先生，我下两百万赌注。”

“我同意！我用我的自由当赌注，十五年！”律师说。

【用词准确】“野蛮”是指以限制别人的人身自由为赌注，“荒唐”是指这个赌博毫无意义。

就这样，这个野蛮而荒唐的打赌在其他客人的见证下，就算成立了！银行家当时有多少家底，几百万还是更多，他自己也是糊涂不清的，他从小娇生惯养，轻浮冲动，打完赌后，非常高兴。晚饭期间，他与律师玩笑着说：

“年轻人，醒醒吧，现在反悔还不算晚。两百万对我来说是小菜一碟，而你却在拿青春冒险，它会让你丧失一生中最美好的三四年时光。对，我说三四年，因为你不可能坚持到很久。请相信，自愿受监禁比强迫坐牢要难熬得多。因为你会想起自己有权利随时出去享受自由——这种想法会把你折磨得痛苦不堪。我替你感到难过！”

此刻银行家在书房里踱着步，他回想着这件往事，不禁扪心自问：

【前后照应】叙事再次回到现在，结束回忆。

“何苦打这种赌呢？律师白白搭上十五年大好光阴，而我则会损失两百万，这有什么益处呢？这能否向人们证明，死刑比无期徒刑坏些或者好些？不能，不能。荒唐，毫无意义！于我，完全是因为无所事事，一时头脑发热，在律师方面，显然就是贪图钱财……”

【过渡】银行家反思这场赌博的荒唐无稽，但此刻的论断仍然是“律师是贪图钱财”，为下文做铺垫。

银行家的思绪又回到以前。当时决定，律师必须搬到银行家后花园里的一间独屋里过完他的监禁生活，而且必须在最严格的监视下完成。比如十五年间他不能跨出门槛一步，不能看见活人，不能听见人声，不能自己收信件和报纸。允许他有一样乐器，可以读书、写信、喝酒和抽烟。跟外界的联系，他只能通过一个特设的小窗口进行，而且不许说话。他必需的东西，可以写在纸条上，要多少给多少，但只能通过窗口。契约规定了非常详细的条款，保证监禁的严格到位，律师必须坐满十五年，即从一八七零年十一月十四日十二时起至一八八五年十一月十四日十二时止。律师一方任何违反契约的行为，哪怕是在规定期限之前早离开两分钟，即可解除银行家支付他两百万的义务。

【做铺垫】列举对于律师严格的约定，为下文对律师监禁生活的描写做铺垫。

监禁的第一年，根据律师递出的便条来看，他很孤独，很烦闷，一个人的监禁生活简直糟糕透了。他的小屋里不分昼夜地传出钢琴声！他拒绝喝酒抽烟。他的便条上写着：酒能激起欲望，而欲望是囚徒的头号敌人。再说，没有比独自喝酒更烦闷的事了。第一年，律师索要的都是内容轻松的读物：情节生动的言

【做铺垫】第一年律师在监禁生活中的需求，为与下文在监禁中的思想变化对比做铺垫。

情小说，侦探小说，神话故事，喜剧等等。

【对比】

与第一年对比，表现律师一年后思想的变化，没有乐声，说明他真正静下心来；读古典作品，说明他的思想正变得深刻。

第二年，小屋里不再有乐声，读书篇目换成了古典作品。第五年又传出音乐声，并且囚徒要酒喝了。那些从小窗户监视他的人说，整整这一年他只是吃饭，喝酒，睡觉，还总是睡不醒似的，偶尔醒着的时候就满腹怒气地喃喃自语。有时，他在夜里爬起来写点东西，一写就很长时间，清晨，又把写好的东西撕得粉碎。他们在窗外经常听到他的哭泣声。

五年半以后，囚徒开始热衷于研究语言、哲学和历史了。他手不释卷地钻研，弄得银行家都来不及买到他所要的书。在后来的四年里，他总共索要了六百册书。在律师沉醉于阅读期间，银行家还收到了他的一封信：

【说明】

"六种文字"突出了律师在"监狱"中的成就，他日复一日地研究，使他成为这一方面的专家。

亲爱的典狱长：我用六种文字给您写了这封信。请将信交给有关专家审阅。如果毫无错误，那么就请在花园里鸣一声枪响。那时我就知道，我的辛苦没有白白付出。各国各代的语言天才们尽管发音不同，可是他们心中燃烧的激情都是一样的炽烈。啊，我希望您能了解，我亲近他们，与他们倾心交流，我的内心体验到多么巨大而神圣的幸福！

【照应前文】

与前文律师的请求相照应，说明律师的学习成果得到了认可。

囚徒得偿所愿。银行家吩咐人在花园里连放了两枪。十年之后，律师纹丝不动地坐在桌旁，只专心研读一本《福音书》。银行家很是惊奇，既然他在四年里能读完六百本深奥的著作，这样一本薄薄的、基督徒都知晓的书怎么要读上一年工夫？读完《福音书》，他接着研究宗教史和神学著作。

在监禁的最后两年里，囚徒不再甄别和选择。有时他研究自然科学，有时读拜伦和莎士比亚的作品。有时，在一张纸条上往往要求同时给他送化学书，医学书，长篇小说，某篇哲学论文，或者神学著作等。他读书的速度之快和种类之多让人觉得就像落水者抓住了最后一根救命稻草，急不可耐地爬上去！

二

老银行家一边回忆往事一边思索：

“明天十二点他就要获得自由了。按契约我应当付他两百万。如果我付清钱款，我就彻底破产，一无所有了……”

十五年前他无需弄清自己到底有多少个一百万，如今却害怕问自己：我的财产多还是债务多？交易所里的赌博，冒险的投机生意，总也改不了的急躁脾气，渐渐地使他的事业每况愈下。这个自负、无畏、傲慢的富翁现在变成了一个中产的银行家，证券的一起一落总让他提心吊胆。

【伏笔】对自己失去两百万的极度恐惧终于演变成恨不得律师死去。为下文情节发展埋下伏笔。

“该死的打赌！”老银行家自言自语着，绝望地抱住头，“他怎么能坚持到现在，他为什么不去死呢？他现在只有四十岁。不久，我口袋里的钱就会转姓他姓，这位中年律师堂而皇之地拿着本属于我的钱去结婚，享受生活的乐趣，搞证券投机。而我呢，则成了一名不文的乞丐，只能嫉妒地看着他，不得不听着他那令人讨厌的表白：‘多亏您，先生，我才得到现在的幸福，让我来帮助您。’不，这太让人难过了！摆脱破产和耻辱的唯一办法就是——让这人永远闭嘴！”

【想象】在约定时间到来前，极度恐惧的银行家想象律师变成富翁，而自己变得不名一文的情况。

时钟响了三下。银行家侧耳倾听：房子里的人都

【烘托】
把风吹枯树的声音比作树木的哭泣，为"杀人"渲染气氛。

睡着了，只有窗外的树木被冻得呜呜哭泣。他蹑手蹑脚地从保险柜里取出十五年来从未用过的小屋钥匙，穿上大衣，走向花园。

【衬托】
再次写树木在寒风中的声音，衬托银行家杀人前内心的恐惧。

四周一片黑暗，下着冰冷的雨。潮湿而刺骨的寒风呼呼地掠过花园，不让那些可怜的树木有一丝安静。银行家摸索着前行，仍然看不见白色雕像，看不见那座小屋，看不见树木。他好歹摸到了小屋附近，招呼了两次看守人，无人应答。显然，这样湿冷的天气，看守人肯定偷懒去了，此刻也许正睡在厨房里或者花房里。

"如果我有足够的勇气干掉他，"老银行家想，"那么嫌疑最大的会是看门人。"

【环境描写】
小屋前厅的情景，说明律师十五年来没有走出小屋一步。

他在黑暗中摸索着台阶和门，进了小屋的前厅，然后摸黑进入小过道，划着了一根火柴。这里空无一人。只有一张床，床上没有被子，角落里还有个黑漆漆的铁炉。囚徒房门上的封条完好无缺。

【语句理解】
律师十五年来寂寞孤独的时间靠这些书籍来打发，其思想的转变也是来自这些书籍。

火柴很快灭了，老银行家心跳得厉害，那颗颤抖的心脏好像要从嗓子眼儿里蹿出来，他哆嗦着摸到小窗口向里面望去。

囚徒室内燃着一支昏黄的蜡烛。那位律师就坐在桌前。但从这里只能看到他的后影。在桌子上，在两个圈椅里，在旁边的地毯上，到处放着摊开的书籍。

【注释】
枯竭的老井已不会再起波澜。比喻心境沉寂，不会因外界的影响而动感情。

五分钟过去了，囚徒一动没动。十五年的监禁生涯教会了他古井不波。银行家用手指敲了敲小窗，囚徒毫无反应。这时银行家才小心谨慎地撕去封条，用钥匙费劲地把锁打开。生锈的锁"嘭"的一声闷响，房门被打开了。银行家猜测着他会立马听到惊叫声和脚步声，可是两三分钟过后，屋子里还是死一样的寂静。他想：发生什么事了吗？于是走进房间里。

桌子后面一动不动坐着个怪物，像是一具皮包骨的骷髅。骷髅头外裹着一头比女人还长的鬈发，胡子乱蓬蓬的。他所谓的脸是土黄色，双颊凹陷，背部只剩下窄窄的一道，胳膊又细又长，一只手无力地托着乱草一样的头，那样子真是活见鬼。他的头发早已灰白，瞧他一张枯木一样的脸，谁也不会相信他现在只有四十岁。他睡着了……头垂在桌子上，头前方铺着一张纸，上面密密麻麻地写满了字。

【外貌描写】

十五年的监禁让一个风华正茂的年轻人变成了一头枯瘦的“怪物”，表现了这次打赌对年轻律师的摧残。

“可怜的家伙！”银行家想着，“他睡着了，大概正梦见那两百万近在眼前呢！只要我托起这个半死不活的人，把他放到床上，用枕头压上去，只要那么一小会儿，神不知鬼不觉的，事后连最有经验的医检也找不出蛛丝马迹。不过，还是先来看看他写了些什么……”

【心理描写】

通过心理描写突出银行家邪恶的想法，好在律师的一个纸条救了他自己一条命。

银行家拿起桌上的纸，看到了下面一段话：

明天十二点我将获得自由，获得与外界正常交往的权利。不过，在我离开这个房间、见到太阳之前，我认为我必须把这几句话说出来。这是我的肺腑之言，我以上帝的名义向您声明：我蔑视自由、生命、健康，蔑视你们的书里称之为世间幸福的一切。

十五年来，我潜心研究这所谓的人世间的生活。在这里，虽然我看不见天地和人们，但在你们的书里我喝着醉人的美酒，我唱着愉快的歌，在树林里追逐鹿群和野猪，和女人谈情说爱……由你们天才的诗人凭借生花之笔创造出的如云美女，她们像妖精一样常

【排比】

描写自己沉醉在书中所描绘的美好世界中。想象中便享受了这世间的一切，还有什么必要去亲身经历呢？

常在夜间来探访我，在我耳边讲着神奇的故事，我如醉如痴。在你们的书里，我还攀登上艾尔布鲁士和勃朗峰之巅，在那里观看壮美的日出，观看如血的晚霞染红了天空、海洋和兀立的山峰。我站在那里，看到我头顶上的天空中，雷电如何劈开乌云，像蛇精一样游弋；我看到森林、原野、河流、湖泊、城市，听到塞壬的歌唱和牧笛的吹奏；我甚至摸到了美丽的精灵的翅膀，它们飞在空中居然跟我热切地谈论上帝……在你们的书里我也坠入过无底的深渊，我创造奇迹，行凶作恶，消灭城市，创立新的宗教，征服了无数王国……

【注释】

希腊神话中半人半鸟的海妖，以歌声诱惑水手，使之灭亡。

你们的书给了我无与伦比的智慧。不断进步的人类思想千百年来所创造的一切，如今已浓缩进我的头颅。我坚信我现在比你们所有的人都聪明。

同时，我也蔑视你们的书，蔑视人间一切幸福和智慧。什么都是虚幻莫测，有如海市蜃楼，雾里看花。虽然你们自己觉得骄傲、智慧、美丽，然而死亡会把你们消灭得一干二净，就像消灭地窖里的老鼠不费吹灰之力，而你们的子孙后代，你们的历史，你们的不朽功绩，将随着地球一起冻结或者燃成灰烬。

你们丧失理智，走上邪路。你们把谎言当成真理，以丑为美，如果由于某种环境的变异，苹果树和橙树上不结果实，却长出蛤蟆和蜥蜴，或者玫瑰花不香而发出马汗味，你们会感到奇怪；同样，我对你们宁愿舍弃天国来换取人世的行为也感到奇怪。我不想去了解你们。

【语句理解】

十五年远离人世的生活，让律师能够以旁观者的角度审视“人类”，进而对人类生活进行深入的批评和讥讽。

为了向你们表明我蔑视你们赖以生活的一切，我决定放弃那两百万，虽说我当初对它像对天堂一样渴求，可是现在我发自内心地蔑视它。为了放弃这一权利，我决定在规定期限之前五个小时离开这里，主动违反契约……

【用词准确】

把律师叫作“怪物”，是银行家仍然没有理解律师所做选择的表现。

银行家读到这里终于弄明白了，他把纸放回桌上，在这个怪物头上亲了一下，含泪走出小屋。他一生中其他任何时候，哪怕在交易所输光之后，也不曾像现在这样深深地蔑视自己。回到家里，他倒在床上，激动使他久久不能入睡……

【衬托】

银行家把自己和律师比较，对自己视金钱为生命的蔑视。

第二天早晨，吓坏了的看守人慌慌张张地跑来向他报告，说他们看到住在小屋里的怪人爬出窗子，进了花园，往大门走去，后来就不知去向。银行家带领仆人立即赶到小屋，证实囚徒确实逃跑了。为了杜绝流言四起，他悄悄取走了桌上那份放弃权利的声明，回到房间，把它扔进了保险柜里。

【语句理解】

所谓“流言”是指人们如果看到这封信，会对律师的言论更加激愤，银行家出于对律师的理解与感激，把信封存了起来。

阅读小悟

银行家拿两百万赌年轻律师十五年监禁生活，这本来就是一场荒唐无聊的游戏，居然在荒诞的环境里付诸实施。十五年来他为了赌赢二百万赌资，付出了自己的全部：自由、青春、健康、幸福生活……十五年后他形容枯槁，别说金钱地位了，就连最基本的健康乃至生命几乎都搭上了，还在到期的前一夜留下一张纸条后翻窗逃走，为的是放弃这即将赢得的赌注。他提前走了，以自己失败的姿态拓展了银行家的生活空间。他在自我的精神空间寻找到了胜利：蔑视一切，参透一切。他已经不需要在欢呼声中寻找自信和成功的俗世喜悦，不需要如浮云一样的酒肉和美女，更不需要从感恩之中抬高自己的声誉地位。事实上，这一切外在的“成功”已经不在他的人生视野之内了。年轻律师的这十几年经历很像佛教里的参禅：通过安静身体，集中精神，排除内心的干扰和外界的诱惑，专注地观察、思考，以根除烦恼，转痴为智，以得到精神解脱。在生活中这种匪夷所思的情况是不太可能发生的，作者旨在采用一种极端撕裂日常生活与习惯的思维，向我们来剖析人格的升华与倒退，生命的价值和其存在的意义。

阅读思考 >>>

1. 银行家和律师的打赌，最后谁赢了？（答题思路：谁都没有赢。银行家输掉了信誉和道义、良心；律师失掉十五年的大好年华换来虚无的顿悟。其他言之有理也可。）

2. 律师这十五年以来怎样度过他难熬的囚徒生涯？（答题思路：从对十五年中律师不断要的东西和从事的活动中概括。）

3. 结合文章思考一下：律师的人生价值和意义体现在何处？（答题思路：从律师以自己的自由打赌来分析他对待人生价值和意义的态度，进而分析律师的人生价值和意义。）

写作加油站 >>>

写作素材积累

【主题】 银行家和律师为了证明自己的观点而打赌

【适用话题】 坚持的意义 输与赢 荒诞无聊

【素材点拨】 我们每个人都知道应该坚持自己的信念和梦想。能敢于坚守自己，做一个有原则，不放弃原则的人是必要的。但是如果我们像文中的银行家和律师一样，所坚持的事情没有任何意义，甚至是荒唐的，那么这种坚持毫无意义。

好词好句积累

【好词】 年轻气盛 娇生惯养 每况愈下 无与伦比 虚幻莫测

海市蜃楼　一干二净

【好句】　年轻人，醒醒吧，现在反悔还不算晚。两百万对我来说是小菜一碟，而你却在拿青春冒险，它会让你丧失一生中最美好的三四年时光。对，我说三四年，因为你不可能坚持到很久。请相信，自愿受监禁比强迫坐牢要难熬得多。因为你会想起自己有权利随时出去享受自由——这种想法会把你折磨得痛苦不堪。我替你感到难过！

时钟响了三下。银行家侧耳倾听：房子里的人都睡着了，只有窗外的树木被冻得呜呜哭泣。他蹑手蹑脚地从保险柜里取出十五年来从未用过的小屋钥匙，穿上大衣，走向花园。

银行家读到这里终于弄明白了，他把纸放回桌上，在这个怪物头上亲了一下，含泪走出小屋。他一生中其他任何时候，哪怕在交易所输光之后，也不曾像现在这样深深地蔑视自己。回到家里，他倒在床上，激动使他久久不能入睡……

第二天早晨，吓坏了的看守人慌慌张张地跑来向他报告，说他们看到住在小屋里的怪人爬出窗子，进了花园，往大门走去，后来就不知去向。银行家带领仆人立即赶到小屋，证实囚徒确实逃跑了。为了杜绝流言四起，他悄悄取走了桌上那份放弃权利的声明，回到房间，把它扔进了保险柜里。

第8篇

醋栗

《醋栗》是个一百多年前的故事。那时，俄国正是民主解放运动繁盛时期，社会正需要有热情、有信仰、有勇气的人去奋斗、去开拓，而尼古拉却只固守着自己“醋栗”一样的幸福。

从早晨起，天空彤云密布。没有一丝风，也不算热，但空气闷得令人心烦。雨来之前，总是如此。兽医伊凡·伊凡内奇和中学教员布尔金走累了，他们极目远望，这片田野好像永无尽头。往前很远的地方，隐约可见米罗诺西茨村的风车。右边山峦起伏，远远地消失在村子后头。他们都知道那是河岸，那边有草场、绿柳和庄园。如果登上山丘，放眼望去，可以看到同样开阔的一片田野，电线杆，以及远方像条毛毛虫一样爬动的火车。如果天气晴朗，可以看到更远的城市。当下，在这无风的天气里，整个大自然显得温馨而静谧。伊凡·伊凡内奇和布尔金内心里深爱着这片土地，两人都在内心默念着：这片土地是多么辽阔、多么壮美啊！

【环境描写】描写气闷的天气，为下文大雨的到来做铺垫。

【比喻】把火车比作爬动的毛毛虫，说明看到的是非常远的地方。

【语句理解】为全文定下基调，暗示小说主题。

“上一次，我们同在村长普罗科菲的家里过夜，”布尔金说，“当时您想讲讲谁的故事了？”

“是的，当时想讲讲我弟弟的事。”

【承上启下】布尔金的话开启故事，引出下文。

伊凡·伊凡内奇重重地叹一口气，点上烟斗，刚要说下去，可是外面突然下起雨来。四五分钟后，大雨如注，漫天卷地而来，不知什么时候才能停。伊凡·伊凡内奇和布尔金迟疑地站住了。他们的狗被淋得耷拉着脑袋，夹着尾巴站在那里，可怜地望着他们。

【做铺垫】为转而去阿列兴家做铺垫。

“我们赶紧找个地方避避雨吧，”布尔金说，“去阿列兴家，他家住得近。”

“走吧。”

他们立即拐弯，走进收割完的庄稼地里，照直走一会儿，再右拐走一会儿，最后上了大路。不久前方出现了杨树林，果园，然后是有着红屋顶的谷仓。一条小河在雨中泛着粼粼的波光，眼前是一段深水湾、风车和一座白色浴棚。这就是阿列兴居住的索菲诺村。

风磨正在隆隆地转着，那巨大的声响覆盖了雨声，水坝在颤动。几匹淋湿的马垂下头站在大车旁，人们披着麻袋走着。因为下雨更显得潮湿，泥泞，憋闷。看上去让人觉得阴冷而凶险。伊凡·伊凡内奇和布尔金已经浑身湿透，双脚因在烂泥跋涉而步履沉重。他们一声不吭地越过堤坝，爬坡登上地主的谷仓，湿漉漉的天气和难走的道路令他们心情颓丧。谷仓门开着，簸谷的风车轰隆作响，从里面扬出一团团烟尘。阿列兴正站在门口，这个男人看上去四十岁左右，又高又胖，头发长长的，那模样一点也不像地主，倒像个艺术家。他穿一件不太干净的白衬衫，腰间系着绳子，一条长衬裤外穿着，靴子上沾满了烂泥和草屑。粉尘把他的鼻子和眼睛都熏黑了。他看到伊凡·伊凡内奇

【环境描写】突出环境的恶劣，强调大雨阻住了两人的旅途，不得不暂住在阿列兴家。

【语句理解】表现阿列兴的邋遢、忙乱，作为伊凡内奇弟弟的一个侧面比对，让读者从另一个侧面了解农场主的生活，即伊凡内奇弟弟终生追求的东西。

和布尔金显得非常高兴。

“两位先生，快到屋里来坐，”他笑着说，“我这就过来。”

这是一座两层楼的大房子。阿列兴住在一楼，两间屋子都带拱顶、窗子很小，原来管家们住在这里。屋里的陈设比较简陋，房间里弥漫着黑麦面包、廉价的伏特加和马具的气味。楼上的正房里他很少去，除非来了客人。一名女仆接待了两位来客，这女人挺年轻，面貌也不错，两人不由得同时停住脚，互相看了一眼。

【环境描写】屋里陈设的简陋和连正房也不去住的状态，显示农场主生活也并不是很舒适。

“见到你们真是高兴得不得了，两位先生，”阿列兴随后也跟着他们进了门厅，说，“真没想到今天见到你们两位！佩拉吉娅，”他回头对女仆说，“快去给客人们找两身干净衣服换上。我也要换一下。哦。我得先去洗个澡，好像开春后还没洗过澡哩。两位先生，要不要一起去浴棚？趁这工夫好让他们把这里收拾一下。”佩拉吉娅那么殷勤，那么温柔，给他们送来了浴巾和肥皂。阿列兴就领着客人们到浴棚里去了。

【夸张】开春后没有洗过澡，表示很忙碌！

“不好意思，我已经很久没有洗澡了，”他边脱衣服边说，“我这浴棚挺不错的，还是我父亲盖的呢，可是总倒不出时间来洗澡。”

他坐在台阶上，往头发和脖子上抹着肥皂，周围的水一下子变成了褐色。

【侧面描写】还没真正洗，水就变颜色了，突出了身上脏的程度。

“是啊，我看也是……”伊凡·伊凡内奇耐人寻味地看着他的头，说道。

“我的确很久没有洗澡了……”阿列兴不好意思地重复道，他又擦洗身子，他周围的水变成浑浊的灰黑色。

【夸张】突出阿列兴身上脏的程度。

【比喻】

将人比喻成大鱼，写出伊凡·伊凡内奇的泳姿，生动形象。

伊凡·伊凡内奇紧跑两步到了外面，扑通一声跳进水里，使劲挥动胳臂，冒雨游起泳来。他像一条大鱼翻起波浪，白色的睡莲便随波漂荡。他游到深水湾中央，一个猛子扎下去，一会儿又出现在另一个地方，他不断潜入水中，想触到河底。“噢，天啊……”他快活地重复着，“噢，天啊……”他一直游到磨坊跟前，同几个农民聊了一会儿天，又游回来，游到深水湾中央，便仰面浮在水上，任雨水淋着他的脸。布尔金和阿列兴已经穿好了衣服，准备离开了，他却一直在游泳，扎着猛子。

【语言描写】

表明布尔金想回家的想法。

“您也该尽兴了吧！”布尔金对他喊道。

他们回到楼房。客厅里点了灯，布尔金和伊凡·伊凡内奇都穿上了柔软的绸长袍和暖和的便鞋，坐在圈椅里。阿列兴洗完澡、梳理了长头发，显得清爽干净，他穿了新上衣，在客厅里踱着步，洁净的身体和轻便暖和的服饰使他身心愉悦。容貌秀丽的佩拉吉娅无声地踏着地毯，一脸微笑，端着托盘送来了茶和果酱。这时，伊凡·伊凡内奇开始讲他的故事了。看来热衷于听故事的不只是布尔金和阿列兴，那些镶在金边镜框里的老少太太和将军们在墙上平静而严肃地望着他们，似乎也在侧耳倾听。

【语句理解】

诙谐的说法，那些镶在金边镜框里的老少太太和将军们实际上指的是墙上阿列兴祖先的画像。

“我们兄弟俩，”他说，“我叫伊凡·伊凡内奇，他叫尼古拉·伊凡内奇，尼古拉比我小两岁。我完成学业后，当了兽医，尼古拉从十九岁起就成了省税务局的办公室职员。我们的父亲奇木沙-马拉雅斯基是世袭兵，但后来因功升为军官，给我们留下了世袭贵族身份和一份小小的田产。他死后，那份小田产被迫拿去抵债，但不管怎么样，我们的童年是在农村无忧无虑地度过的。我们跟农家子弟一样，不论早晚都待在田野里，树林里，牧马，剥树皮，捕鱼，以及做其他农活……你们晓得，谁哪怕一生中只钓到过一条鲈鱼，或者在秋天只见过一次鸫鸟南飞，在那秋高气爽的日子里，它们成群飞过村子上空，他再也不愿做城里人，他至死都会向往这种自由的生活。我的弟弟身在省税务局，心里却老惦记着乡下。年复一年，他坐在同一个地方，写着老一套的公文，想着同一件事情：回乡下去。渐渐地这种思念成为了一种目标、一种理想——要在一块地方的河边或湖畔置办一座小小的田庄。

【夸张】运用夸张的手法，表现农村生活的惬意。

“我弟弟性情善良温和，我爱他，可是对他这种把自己一辈子关在个人庄园的理想，我向来不敢苟同，人们常说：一个人只要三俄尺的地儿就够了。可是要知道，那三俄尺地儿，是给死尸，而不是给活人的。人们又说，如果我们的知识分子都向往土地，向往庄园，那是一件开明的事。可是，这样的庄园无异于三俄尺墓地。离开城市，离开斗争，离开沸腾的生活，跑得远远的，躲进自家的土地——这不是生活，这是自私，懒散，逃避，当然这也是一种修道隐居，是一种毫无功绩的修道隐居。人的一生不是只求三俄尺土地，不是自己的庄园，而是整个地球，整个大自然，在这个广阔天地里人才能展现出他自由精神的全部能力和特征。

【排比】连续运用排比的修辞，强调弟弟不追求上进的惰性思想。

【语句理解】这是作者对自由、广阔天地向往思想的体现。

“我弟弟尼古拉坐在他的办公室里，梦想着哪一天才能喝上自家满院飘香的香菜汤，在绿油油的草地上吃饭，在阳光下打盹，不用计算时间，坐在大门外的长凳上欣赏田野和树林的景色。他非常热衷于农艺方面的书籍和日历上的这类建议，这成了他心爱的精神食粮。他喜欢看报，但只读报纸上的广告栏，比如某地方出售若干俄亩的耕地和草场，连同庄园、果园、磨坊和若干活水池塘。于是他就在脑子里想象果园里的小路、花丛、水果、椋鸟笼、池塘里的鲫鱼。当然这些想象的画面是各不相同的，因为他每次所看到的广告内容不一定相同，而由此展开的想象也一定不同。可是不知为什么所有的画面里必须有醋栗。他不能想象一座庄园，一处富有诗情画意的地方，如果没有醋栗会是什么样子。

【引用】引用弟弟的话，表现他对乡间生活的向往。

“‘乡间生活自有它的乐趣，’他常常这样说，‘你可以坐在阳台上喝茶，水塘里有自家的小鸭子在戏水，鸟语花香，而且……而且醋栗成熟了。’

“他不停地绘制着自己田庄的草图，但每次图上的东西都是一样的：一，主人的正房；二，仆人的下房；三，菜园；四，醋栗。他经常半饥半饱，不多饮茶水，穿得破破烂烂，只为了不断攒钱存到银行里。他成了吝啬鬼！我看见他心里就难过，常常给他点钱，过节前也给他寄点，可是他连这个也存起来。一个人要是打定了主意，那就拿他没有办法了。

【语句理解】表现弟弟省吃俭用立志实现自己的梦想。

“几年以后，他到另一个省去工作了，他当时已经四十多岁了，但还在攒钱。后来，我听说他结婚了。出于买一座有醋栗庄园的目的，他娶了一个相貌丑陋的老寡妇，他对她毫无感情，只因为她手里有一笔钱。他仍旧非常吝啬，只让自己的妻子吃个半饱，把她的

【语句理解】弟弟之所以会娶一个又老又丑的寡妇，就是因为她手里的钱。

钱存到自己名下。她过惯了富庶的生活，吃惯了馅饼和果子露酒，现在家里连黑面包也不常吃。这种生活把她折磨得憔悴不堪，不到三年便去见了上帝。当然，我的弟弟从来不认为这是他的过错。金钱如同伏特加，能把人变成怪物。以前我们城里有个商人病得快死了。临终前他把自己所有的钱和彩票就着蜂蜜都吃进肚里，叫谁也得不着。”

【比喻】把钱比作烈酒，说明金钱对人的吸引力。

“哎，您跑题了，”布尔金说。

“妻子死后，”伊凡·伊凡内奇沉默了半分钟才接着说，“我弟弟开始物色田庄。当然啦，但找到的和想要的不可能完全一致。我的弟弟用分期付款的方式购得占地一百多俄亩的田庄，有主人的正房，有仆人的下房，有花园，但美中不足的是，没有果园，没有醋栗，没有活水池塘和小鸭子。不过庄园附近有一条河，但河水非常浑浊，因为田庄一侧是砖瓦厂，另一侧是烧骨场，可是我的弟弟并不因为这些事而气馁，他立即订购了二十丛醋栗，动手栽下，过起地主的生活来了。

【语句理解】还是没有实现自己的梦想。

“去年我去看望他。我想，我得去看看他那里到底怎么样。他在来信里管自己的田庄叫‘丘姆巴罗克洛夫荒园’，又叫‘喜马拉雅村’。我是下午到达‘喜马拉雅村’的。天气很热。到处都是沟渠、篱笆和围墙，到处栽着成排的云杉——弄得你不知道怎样才能走到他家，把马拴在哪儿。我朝一幢房子走去，迎面来了一条毛色红褐的狗，肥得像一头猪。它想叫几声，可是又懒得张嘴。厨房里走出来一个厨娘，光着脚，胖得也像一头猪。她告诉我，老爷吃过饭正在休息。我

【语句理解】对弟弟的庄园进行诋毁，表现自己对弟弟拥有自己庄园想法的不支持。

走进屋里找弟弟，他坐在床上，膝头盖着被子。他苍老了，发胖了，皮肉松弛。他的脸颊、鼻子和嘴唇都向前突出，眼看就要发出像猪那样的哼唬声，钻进被窝里去了。

【外貌描写】运用夸张的手法，描写已显老态、丑陋的弟弟，表现他为实现自己的梦想所付出的艰辛。

“我们互相拥抱，流下了又高兴又伤心的眼泪：想当年我们都很年轻，现在却白发苍苍，不久于人世了。他穿上衣服，领我去参观他的田庄。”

“哦，你在这儿过得怎么样？”我问他。

“还不错，感谢上帝，我过得挺好。”

“他已经不是从前那个胆小怕事的可怜的小职员了，而是真正的地主老爷。他已经习惯这里的生活，过得很有滋味。他吃得很多，在澡堂里洗澡，已经跟村社和两个工厂都打过官司，遇到农民不叫他‘老爷’时他就大为恼火。他相当关心自己灵魂的得救，一副老爷气派，他做好事不是实心实意，而是装模作样。那么他做了哪些好事呢？他用苏打和蓖麻油给农民包治百病，每到他的命名日必定在村子里做感恩祈祷，之后摆出半桶白酒，他认为他应当这样做。哎呀，多可怕的半桶白酒！今天这个胖地主还拖着农民向地方行政长官控告他们的牲口祸害了他的庄稼，可是到了明天，遇上他隆重的命名日，他就给他们摆出半桶白酒。他们喝了酒就高呼‘乌拉’，喝醉的人还给他叩头。生活变富裕了，酒足饭饱，游手好闲，养成了俄罗斯人的自命不凡和厚颜无耻。尼古拉·伊凡内奇当初在税务局里甚至害怕持有个人的见解，现在呢，说的都是至理名言，而且用的是大臣的口气：‘教育是必不可少的，但对平民百姓来说还为时尚早。’又如‘体

【对比】对比弟弟现在和原来小职员生活时的不同。

【语句理解】表现骑在农民头上作威作福的地主老爷形象。

【对比】在对农民进行欺压和压榨后，还要装模作样摆出施恩的样子，表现其虚伪。

【对比】通过对比，表现弟弟伊凡内奇发生的巨大变化。

罚一般来说是有害的，但在某种场合下又是有益的、不可替代的。’

“‘我了解老百姓，善于对付他们，’他说，‘老百姓也喜欢我。我只消动一动手指头，他们就会替我办好我想要办的所有事情。’

“这一切，请你们注意，他都是面带精明而善良的微笑说出来的。他不下二十遍反反复复地说：‘我们这些贵族’，‘我作为一名贵族……’显然已经不记得我们的祖父是个庄稼汉，父亲当过兵。我们的姓奇木沙—马拉雅斯基本来有点古怪，现在依他看来却响亮，显贵，十分悦耳动听。

“但是问题不在于他，而在我自己这方面。我想对你们讲讲，我在他庄园里逗留的时间不多，但几个小时里我内心却发生了变化。傍晚，我们喝茶的时候，厨娘端来满满一盘醋栗，放在桌子上。这不是买来的，而是自家种的，自从栽下这种灌木以后，这还是头一回收摘果子。尼古拉·伊凡内奇眉开眼笑，足有一分钟默默地、泪汪汪地看着醋栗，他激动得说不出话来。随后他把一枚果子放进嘴里，得意地瞧着我，那副神态就像一个小孩子终于得到了自己心爱的玩具。

“‘真好吃！’他说。

“他津津有味地吃着，不断地重复道：‘嘿，真好吃！你也尝一尝！”果子又硬又酸，不过正如普希金所说：‘对我们来说，使我们变得高尚的谎言较之无数真理更为珍贵。’我看到了一个幸福的人，他梦寐以求的理想无疑已经实现，他已经达到生活中的目标，得到了他想要的一切，他对自己的命运和他本人都感到满

【用词准确】

对待老百姓用“对付”，老百姓对自己用“喜欢”，表现出地主阶级欺压人民的本质。

【语句理解】

表现出弟弟拥有金钱后脱离农民，高高在上的形象。

【神态描写】

夸张地表现伊凡内奇对醋栗的执着的喜爱。

【比喻】

运用比喻修辞，把伊凡内奇的神态比作小孩子得到自己喜爱的玩具，生动形象。

【引用】

引用普希金的名言，表现自己决定用谎话来满足弟弟的幸福感。

意。每当我想起人的幸福，不知为什么思想里常常夹杂着伤感的成分，现在，面对着这个幸福的人，我的内心充满了近乎绝望的沉重感觉。夜里我的心情更加沉重。他们在我弟弟卧室的隔壁房间里为我铺了床，夜里我听到，他没有睡着，常常起身走到那盘醋栗跟前拿果子吃。我心里琢磨：实际上，心满意足的幸福的人是很多的！这是一种多么令人压抑的力量！你们看看这种生活吧：强者蛮横无理，游手好闲，弱者愚昧无知，过着牛马不如的生活，到处是难以想象的贫穷，拥挤，堕落，酗酒，伪善，谎言……与此同时，每一个家庭和每一条街道却安安静静，人们心平气和。在城里五万居民中，没有一个人会大声疾呼，公开表示自己的愤慨。我们所看到的，是人们上市场采购食品，白天吃饭，夜里睡觉，他们说着自己的生活琐事，结婚，衰老，平静地把死去的亲人送到墓地。可是我们看不见那些受苦受难的人，听不见他们的声音，看不见在幕后发生的生活中的种种惨事。一切都安静而平和，提出抗议的只是不出声的统计数字：多少人发疯，多少桶白酒被喝光，多少儿童死于营养不良……这样的秩序显然是必需的；显然，幸福的人之所以感到幸福只是因为不幸的人们在默默地背负着自己的重担，一旦没有了这种沉默，一些人的幸福便不可想象。这是普遍的麻木不仁。真应当在每一个心满意足的幸福的人的门背后，站上一个人，拿着小锤子，经常敲门提醒他：世上还有不幸的人；不管他现在多么幸福，生活迟早会对他伸出利爪，灾难会降临——疾病，贫穷，种种损失。到那时谁也看不见他，听不见他，正

【语句理解】通过弟弟的事情反思现实生活中贫富差距以及人们的愚昧无知，接受和默默忍受命运。

【排比】增强语言气势，表现令人失望的社会现状。

【语句理解】提醒为富不仁的人们，不要只记得自己的幸福，追求自己的幸福，要时刻记得，这个世上还有不幸的人。

如现在他看不见别人，听不见别人一样。可是，拿锤子的人是没有的，幸福的人照样过他的幸福生活，只有日常生活的小小烦恼才使他感到有点激动，就像微风吹拂杨树一样。一切都幸福圆满。

【比喻】

小烦恼根本不会对他的生活产生多大影响。

“那天夜里我才明白，原来我也是心满意足，也是幸福的，”伊凡·伊凡内奇站起来接着说，“我在饭桌上、在打猎时也一样教导别人怎样生活，怎样信仰，怎样管理平民百姓。我也常常说：学问是光明，教育必不可少，但对普通人来说目前只要能读会写就足够了。自由是好东西，我也这样说，没有自由就像没有空气一样是不行的，但目前还得等待。是的，我就是这样说的，不过我现在要问：为什么要等待？”伊凡·伊凡内奇生气地望着布尔金，问道，“我请问你们，为什么要等待？出于什么考虑？别人对我说，凡事不能一蹴而就，任何理想总是在生活中逐步地、在适当的时候实现的。不过，这是谁说的？有什么证据说明这是对的？你们会引证事物的自然规律和社会现象的合法性。但是我请问：我，一个有思想的活人，站在一道沟前，本来我也许可以跳过去，或者在上面架一座桥走过去，我却偏要等着它自己合拢，或者等着淤泥把它填满，这样做有什么规律和合法性可言？再说一遍，为什么要等待，等到活不下去的时候吗？可是人需要生活，渴望生活啊！”

【语句理解】

强调自由的重要性以及自己目前的矛盾心理。

【语句理解】

对于追求自由的强烈渴望，对于封建统治的强烈反抗意识。

“我一清早就离开弟弟的庄园。从此以后，我就感到城市的生活难以忍受。那份平静和安宁令我压抑，我害怕看别人家的窗子，因为现在对我来说，没有比围桌而坐一起喝茶的幸福家庭更令人难受的场景了。

【比喻】一个有思想而缺乏斗争条件的人内心矛盾的表现。

我已经老了，已经不适宜当一名斗士，我甚至不会憎恨了。我只是心里悲哀，气愤，懊丧，每到夜里我的脑子里种种思想如潮水般涌来，弄得我十分激动，不能安睡……唉，要是我还年轻该多好啊！”

伊凡·伊凡内奇激动得在两个屋角间不停地走来走去，反复说：

“要是我还年轻该多好啊！”

他突然走到阿列兴身边，握住他的一只手，之后又握他的另一只手。

“巴维尔·康斯坦丁内奇！”他用恳求的语气说，“您永远不要感到满足，不要让自己麻木不仁！趁您年轻、强壮、朝气蓬勃，您要不知疲倦地做好事！幸福是没有的，也不可能有；如果生活中有意义有目标，那也绝不是我们的幸福，我们的幸福在于更明智、更伟大的事业。做好事吧！”

【语言描写】否定幸福，而树立追求更明智、伟大的事业的远大目标。

这番话伊凡·伊凡内奇是带着可怜的、央求的笑容说的，仿佛他是为自己央求他的。

【照应前文】与伊凡·伊凡内奇的慷慨激昂照应、对比，表现多数人是缺乏反抗意识的，是满足于眼前生活的。

后来这三人坐在客厅里不同角落的圈椅里，都默不作声了。伊凡·伊凡内奇的故事既没有让布尔金也没有让阿列兴感到满足。在昏黄的光照中，金边画框里的将军和太太像活人似的瞧着他们，在这种时候听一个爱吃醋栗的可怜的小职员的故事不免乏味。不知为什么他们很想听听文人雅士或女人的故事。他们坐着的这个客厅里的一切，从蒙着套子的枝形吊灯架、圈椅，到脚下的地毯，都说明这些此刻在画框里看着他们的人从前也在这里走过，坐过，喝过茶。现在漂亮的佩拉吉娅在地毯上不出声地走着——这比任何故

【语句理解】意思是多少代人们曾经像他们今天一样慷慨激昂地谈论，但是他们至今还过着这种没有改变的生活。

事更美妙动人。

阿列兴困得不行；他早上三点就起床操持家务，现在他的眼睛都睁不开了。但他担心客人们在他不在时会讲什么有趣的故事，所以不肯离开。伊凡·伊凡内奇刚才讲的是否机智是否正确，他不去琢磨。客人们不谈麦种，不谈焦油，他们谈的事跟他的生活没有直接关系，这就让他很高兴，他希望他们继续谈下去……

【神态描写】

阿列兴仍然要忙于家务，无法理解伊凡·伊凡内奇的高谈阔论。

【排比】

运用排比修辞，说明他不希望朋友们谈他生活中的事情。

“不过该睡觉了，”布尔金站起身来说，“祝各位晚安。”

阿列兴道过晚安，回到楼下的住室去了，两位客人留在楼上。他们被领到一个大房间过夜，那里有两张老式的雕花木床，屋角挂着耶稣受难的象牙十字架。床上的被褥又宽大又干净，由漂亮的佩拉吉娅刚刚铺好，散发出一股好闻的清爽味。

【环境描写】

一个典型的宽敞洁净的客房，为下文的难闻气味做铺垫。

伊凡·伊凡内奇默默地脱去衣服，躺下了。

“主啊，饶恕我们这些罪人吧！”他说完就蒙头睡了。

他放在桌上的烟斗散发出一股浓重的烟油子味。布尔金一直睡不着，怎么也弄不明白，哪儿来的这股难闻的气味。

【语句理解】

象征伊凡·伊凡内奇一番高谈阔论让别人热血沸腾，而自己却没有丝毫影响。

雨整宿敲打着窗子，一刻也未停。

阅读小悟

在这个故事里，作者借哥哥的眼睛和嘴巴，用犀利的言辞生动剖析了尼古拉这个自私庸俗小人物的空虚和堕落。告诉我们生活中仅有“醋栗”是不够的，生活还需要既不是物质也不被金钱决定的东西，比如爱、信仰、自由、尊严；良心、公平、正义；应有的权利、为远大理想而奋斗的高尚幸福观等等。

破落贵族出身的小官员尼古拉的理想是当一名庄园主，他经年省吃俭用，半饥半饱，穿着破烂，甚至不惜为钱娶一个他不爱的寡妇，四十几岁后达成所愿，买下了一个小庄园，过上了自己梦寐以求的生活。虽然他实现了自己的理想，但他的理想只有“醋栗”那么大，也像“醋栗”一样“又硬又酸”，“醋栗”成为平庸生活的象征。在现实社会里，有多少人是这样的！他们漠视理想和信仰，怀疑道德和良心；没有高远的目标和行动的勇气；他们逃避辛苦、害怕劳作，追求感官的享受，甘于满足口腹之欲，心灵生活和精神追求一片空白。契诃夫鄙视这样庸俗、浅薄的生存哲学，从而深刻批判了当时俄国乡绅阶层狭隘的人生价值观，读来令人受益匪浅。

阅读思考

1. 作者写作本文的目的是什么？（答题思路：从哥哥对弟弟尼古拉自私庸俗的描写中总结。）

2. 说一说“醋栗”的象征意义。（答题思路：将醋栗的特点和尼古拉·伊凡内奇的平庸、狭隘、自私的个人幸福相比较，不难得出它的象征意义。）

3.《醋栗》是要把无意义的生活展示给人看，把有意义的道路指示给人走。但是从听众的反应看，有什么效果？（答题思路：从启蒙者伊凡·伊凡内奇讲述时的激情和听众布尔金、阿列兴的反应分析启蒙思想传播的困难。）

写作加油站

写作素材积累

【主题】　尼古拉·伊凡内奇坚持自己的理想

【适用话题】　坚守　梦想　理想　执着

【素材点拨】　小说中尼古拉·伊凡内奇虽然受到作者的指责和讽

刺，但是他为了自己的梦想而终生不懈追求的精神却值得我们敬仰和学习。人的一生，可以没有金钱、没有宽敞的住房、豪华的座驾、令人羡慕的职业，但决不可能没有梦想。梦想，是激励我们不断前进的动力；梦想，是让我们的人生大放异彩的焰火；梦想，是推动我们人生甚至整个社会前进的那股神秘的力量。不管梦想有没有实现的那一天，我们都不应放弃追求。正如古人说的：朝闻道，夕死可矣！直到死前才实现自己的梦想，这也是值得的，这样的精神，才是我们青年应该具有的。

好词好句积累

【好词】　彤云密布　朝气蓬勃　犀利　漫天卷地

【好句】　他们极目远望，这片田野好像永无尽头。往前很远的地方，隐约可见米罗诺西茨村的风车。右边山峦起伏，远远地消失在村子后头。他们都知道那是河岸，那边有草场、绿柳和庄园。如果登上山丘，放眼望去，可以看到同样开阔的一片田野、电线杆，以及远方像条毛毛虫一样爬动的火车。如果天气晴朗，可以看到更远的城市。

他坐在台阶上，往头发和脖子上抹着肥皂，周围的水一下子变成了褐色。

“是啊，我看也是……”伊凡·伊凡内奇耐人寻味地看着他的头，说道。

“我的确很久没有洗澡了……”阿列兴不好意思地重复道，他又擦洗身子，他周围的水变成浑浊的灰黑色。

第9篇

歌　女

“歌女”回忆自己当年的一件往事，向我们揭示了那些花天酒地的有钱人是不会和卖艺为生的歌女一条心的。歌女只不过是他们乏味生活里的一剂调料，到头来歌女的命运只能是“家山北望泪沾襟”！

【引出下文】

开头第一句话点明歌女当年的风姿，说明即将要讲的故事是当年的事情。引出下文。

【用词准确】

强调“劣质”，说明尼古拉·彼得罗维奇·科尔巴科夫并不是一个大手花钱的人，巧妙设置一个伏笔，为下文歌女的话佐证。

【详略得当】

一个“疑惑而警惕”点明他和歌女的不正当关系，省略很多不必要的解释，用语精练。

当年，她有着一张更为年轻漂亮的面孔，一副更悦耳、婉转的歌喉。有一天，尼古拉·彼得罗维奇·科尔巴科夫——她的崇拜者，正好在她的别墅里坐着。天气十分闷热。刚吃完午饭，科尔巴科夫喝了一大瓶劣质葡萄酒，心情不怎么好，浑身潮热难受。两人觉得无聊得很，只等暑气渐消，好出外走走。

前厅里突然响起了门铃声。没穿外衣、趿拉着拖鞋的科尔巴科夫一下子站起来，疑惑而警惕地望着帕莎。

“大概是邮差或是女友。”帕莎说道。

科尔巴科夫倒是不回避帕莎的女友和邮差，但为了以防万一，他还是抱起自己的一堆衣物，到隔壁房间里去了。帕莎跑出去开门，让她吃惊的是，门口站着的是一位陌生的女士。看上去年轻漂亮，端庄大方，衣着考究，应该是一位有身份的太太。

陌生女人脸色苍白，气喘吁吁，看来一路走得很急。

【外貌描写】简洁的外貌描写突出她的端庄和身份，为后文她的表现做铺垫，形成对比。

“请问您是……”帕莎迟疑地问道。

太太没有回答她的话，而是迈进了厅里，四下里打量着房间里的一切，然后径自坐下来，一副病恹恹、累坏了的样子。她一直鼓着嘴唇，想要说点什么。

“我的丈夫在你这儿吗？”她终于问道，帕莎看到她的眼睛可能是刚刚哭过。

“丈夫？”帕莎小声说，立即吓得浑身冰凉了，“什么丈夫？”她又颤抖地问了一遍。

【语言描写】帕莎并不过激的反应，表明她心虚。

“我的丈夫，尼古拉·彼得罗维奇·科尔巴科夫。”

“不……没有……太太……我……我不认识您的丈夫。”

【语言描写】尼古拉就藏在隔壁房间，所以说谎的帕莎话都说得不连贯，紧张恐惧。

接下来就是静默，一分钟过去了。陌生女人不时用手绢颤抖着擦她苍白的嘴唇，她努力屏住呼吸来克制住内心的战栗，帕莎则目瞪口呆地立在她面前，恐惧、不解地望着她。

“怎么，他不在你这儿？”太太已经稍微平静下来了，不知怎的还露出一丝古怪的微笑。

“我……我不知道您指的是谁。”

“你卑贱、无耻、可恶……”陌生女人脱口而出，眼里满是仇恨和厌恶，那眼神像是一把匕首能把帕莎杀死，“是的，是的……你卑贱、无耻，我终于当着你的面把这句话说出来了！”

帕莎蒙住了，她一定给这位愤怒的太太留下某种下流而丑陋的印象，她不由得低头打量了一下自己：

【心理描写】听到别人辱骂自己而没有反驳，却猜测自己因为什么而被人看作卑贱无耻，表现出歌女在上层人士面前的自卑自贱心理。

也许是脸蛋有点胖，也许鼻子上有雀斑，额上还有一绺怎么也梳不上去的刘海。她觉得，如果自己再瘦一些，不抹脂粉，不留刘海，那么她看上去也许更端庄高贵一些，那样或许使她站在这个陌生而神秘的女人面前也就不至于如此恐慌和羞愧了。

【语句理解】把自己丈夫挪用公款的事情栽赃在歌女的头上，把自己的怨气随便发泄，不顾及别人的感受。

“我丈夫在哪儿?”太太气愤地接着问，“不过，现在他在不在这里也无所谓，可是我要告诉你，他盗用公款的事已经被查出来了，政府部门到处寻找尼古拉·彼得罗维奇……他们要逮捕他。瞧你干的好事!”

太太站起来，激动不已地在房间里来回地走。帕莎望着她，吓得六神无主。

“今天就要来抓他，带走他，”太太说着说着抽泣起来，那抽泣声中满是屈辱和懊丧，“我知道，是谁把他引诱到这般落魄的田地！下贱的坯子！出卖皮肉的荡妇。”说着，那太太厌恶得皱起眉头，撇着嘴唇，“我恨自己无能……你听着，下流货！……我是无能，你真是比我强多了，但是有人会站出来保护我和我的孩子们！上帝是公正的！上帝会看到我的每一滴眼泪，为我所有的不眠之夜惩罚你！让你去下地狱！到那一天你会记起我这番话的。”

【神态描写】生动形象地表现出官太太对歌女的厌恶。

然后是沉默。太太继续在房间里走，背着手，而帕莎依旧呆呆不解地望着她，到目前为止仍弄不清楚她的来意，帕莎只能被动地等着她做出可怕的举动来。

【对话描写】弱势的歌女被这位官太太的气势吓住，没有再隐瞒。

“太太，我，什么也不清楚!”她说完就哭了起来。

“你撒谎!”太太大声地呵斥道，用恶狠狠的目光瞪着她，“别以为我不知道，这个月他天天在你这里鬼混!”

“是的。那又怎么样？我也没有办法。我这里经常有许多客人来，可是我从来没有强迫过谁。来不来可不是我说了算！”

“借口，我告诉你：他盗用公款的事已经败露！他利用职务之便侵吞了公款！为了你这种……为了你，他甚至去犯罪。听着，”太太站在帕莎面前，坚定地说，“你们这种人还谈什么原则，你们活着就是为了作恶，你已经出卖了自己的灵魂和肉体，还能留下一丝一毫的人情味吗？他有妻子儿女……一旦他判了罪，被送去流放，那我和我的孩子们就要活活饿死……你明白吗？不过眼前还有办法救他，救我和孩子们免得受穷和丢脸。如果我今天能送去九百卢布，补上窟窿，那他就平安无事了。只要九百卢布！”

【语句理解】用简单的语句写出官太太的道貌岸然。

“什么九百卢布？”帕莎小声问道，“我，我不明白……我可没拿过……”

“我不是跟你要九百卢布……你没有钱，再说我也不会要你这种人的钱。我要的是东西……你把我丈夫送的东西还我就是了！”

【语句理解】表示出自己的来意，其实就是要讹诈可怜歌女的钱。

“太太，老爷他什么东西也没有送过我！”帕莎突然明白过来了，开始弄清楚她的来意。

“那么那钱哪儿去了？他挥霍了自己的钱，我的钱，公家的钱……所有这些钱都上哪儿去了？听着，算我求你了。刚才我在气头上，对你说了一些过分的话，我向你道歉。你恨我所说的，这我知道，可是如果你还有一点点良心，那就请你设身处地为我想一想！我请求你把他的东西还回来！”

【疑问】钱被丈夫挥霍了，认为在歌女这里，这也是一种污蔑。

“嗬……”帕莎嘟囔着，耸耸肩膀，“我倒乐意这样做，可是，我敢对上帝发誓，老爷他真的什么东西也没有给过我。请相信我的良心。不过，”歌女慌张起来，“有一次，老爷他是给我带来两样小玩意儿。您想要的话，我去拿给你……”

帕莎拉开梳妆台上的一个小抽屉，拿出一个空心的铜镯子和一只品相很差的宝石小戒指。

她把这两样东西交给了来客。

那位太太脸腾地就涨红了，并且脸上的肌肉哆嗦起来。她觉得受到了莫大的侮辱。

【神态描写】

不相信丈夫只拿了这么点东西，反应强烈，这也从侧面表现了歌女生活环境的恶劣。

“这算什么东西！”她说，“我不是来要饭的，我是来讨回原本不属于你的东西……你利用你的手段，榨干了我的丈夫。星期四，我看到你和我丈夫在码头上，那天你戴着贵重的胸针。你用不着在我面前装可怜！我最后一次问你：东西给不给我？”

【语句理解】

看到别人的东西就要占为己有，还理直气壮，与前面的“端庄”“高贵”形成反差。

“您这人，真是奇怪……”帕莎说着，开始生气了，“我向您保证，除了这铜镯和小戒指，我从您的尼古拉·彼得罗维奇那里没有见到过别的。他通常只是带点甜馅饼来。”

“甜馅饼……”陌生女人冷笑说，“家里的几个孩子都吃不饱，你这里倒有甜馅饼！看来你是不打算退回东西了？”

不等回答，太太又坐了下来，眼睛直直的，不知心里在想什么。

“现在我该怎么办？”她说道，“要是我弄不到这九百卢布，那他就完了，我和孩子们也完了。我该杀了这个坏女人，还是跪下求她呢？”

【语句理解】

看压榨不出什么东西，开始思考换其他方法继续压榨。

太太用手绢捂着脸，大哭起来。

【语言描写】

开始换另外一种策略，通过央求打动歌女。

“我求你了！”她边哭边说，“是你害得我丈夫一无所有，是你毁了他的前途，你但凡有一点良心，就救救他吧……即便对他一点同情心也没有，可是孩子们……孩子们有什么过错呀？”

【心理描写】

听到别人的哭诉，就大声痛哭，表现歌女的善良。

帕莎一想到几个小孩子站在大街上，饿得哇哇哭，她便大声痛哭起来。

“太太，我能做些什么呢？”帕莎不无同情地说，“您刚才说我是坏女人，害得尼古拉·彼得罗维奇一无所有，可是我对您，就像面对上帝一样问心无愧……我以上帝的名义对你说，我没有得到你家老爷一点儿好处……在我们这班歌女中，只有莫蒂一人有财主供养她，其余的人都靠面包勉强度日子。尼古拉·彼得罗维奇是一位有教养、很斯文的先生，所以我才接待他。我们有什么办法呢，不能不接待呀。”

【语句理解】

以下跪威胁，再次变换手段，目的只有一个，一步步逼歌女交出自己的财产。

“我要我的东西！把东西还给我！我……拉下脸来……好吧，我给你下跪！这样行了吧？”

【用词准确】

以“骄傲的神情、高贵的气度”给歌女下跪，让人感到备受屈辱，仿佛歌女做了什么欺侮别人的事情。

帕莎吓得尖叫一声，拼命摇摆着双手。她感到，这个苍白而美丽的太太，像舞台上的演员在表演，并且演得极其出色，她带着骄傲的神情、高贵的气度给她下跪，从而抬高自己而羞辱歌女。

“好，我给你东西就是！”帕莎擦着眼睛，胡乱找起来，“好吧。不过东西不是尼古拉·彼得罗维奇的……是别的客人送我的。给你，太太……”

帕莎拉出柜子上面的抽屉，拿出一枚钻石胸针，一串珊瑚，几只金戒指，一个金镯子，她把这些东西统统交给了那位太太。

“您要的话，拿走吧，只是我没有得到您丈夫的一点儿好处。别人的东西，拿走吧，发财去吧！”帕莎继续说道，陌生女人威胁要给她下跪，这让她觉得受了莫大的侮辱，“既然您出身高贵……又是他的合法妻子，那就该让他时时刻刻留在您身边。我可没有招惹他，是他自己来的……”

太太泪眼蒙眬地瞧着那一堆东西，说道：

“这不是全部……这些东西……值不了五百卢布！”

【语句理解】面对不属于自己的东西，还不知足，表现了官太太得寸进尺的心理。

帕莎气急了，干脆又从柜子里扔出一块金表，一个烟盒，几颗金纽扣，摊开双手说：“这下我什么也没有了……您来搜吧！”

来客叹了一口气，颤抖着把东西包在手绢里，一句话没说，甚至没点一下头，径直走了出去。

这时隔壁的房门打开了，科尔巴科夫走了进来。他脸色苍白，神色恍惚，眼里泛着泪光，像是刚刚喝了一杯苦药汁。

【神态描写】运用比喻的修辞，表现他在隔壁听到两个女人的争吵后思想上的反省。

“您到底给过我什么东西？”帕莎冲着他大声责问，“请问老爷，什么时候给的？”

“东西……东西不东西不足挂齿，”科尔巴科夫说着摇了一下脑袋，“我的上帝！她居然在你面前痛哭流涕，低三下四……求饶！”

【语言描写】认识到自己妻子的重要，但却把歌女完全忽略，更为无耻。

“我问您：您到底给过我什么东西？”帕莎大声喊道。

“上帝啊，她高贵、骄傲、纯洁……自爱，她竟想下跪求……求你这种娼妇！唉，是我把她逼到了这一步，瞧我犯的罪过！”

他抱住头，呻吟着说。

“不！我永远不能原谅自己的行为！永远不能！你

【语言描写】没有想自己的错，把全部过错推到歌女身上。表现科尔巴科夫无赖、蛮横的本质。

滚远点……下流货！”他厌恶地大声训斥，从帕莎身旁急急地后退，用颤抖的手推搡她，“她竟想下跪……求谁？求你！啊，上帝呀！”

【补叙】

再次回忆更早的事情，一句话点明歌女社会底层的身份，备受人欺凌。

他迅速穿好衣服，鄙弃地躲开帕莎，向大门外跑去了。

帕莎一下子躺倒了，然后放声大哭。这时她已经后悔自己一时冲动交出去的东西，感到满腹的委屈无处可诉。她回忆起三年前有个商人无缘无故就把自己打了一顿，想到这里，她哭得更难过了。

阅读小悟

《歌女》描写了俄国社会所谓“上流人”如何恬不知耻地凌辱一个无依无靠的歌女，表露了作者对污浊现实的不满，讽刺了资本主义的黑暗与腐朽，以及对生活在底层社会的女性同胞的同情。文中的歌女帕莎年轻可爱，有着动听的歌喉。有一天，一位衣着考究、身份高贵的太太找上门来，太太声称丈夫因为歌女帕莎而挥霍公款，事情败露，现在必须用九百卢布去弥补这一亏空。太太声色俱厉地辱骂帕莎卑鄙、下流、无耻，之后要帕莎交出丈夫挥霍在她身上的钱财，帕莎一再声称，自己并没有收到那位太太丈夫的贵重礼物，但是她居然用下跪来威胁帕莎，俄国社会森严的等级制度使帕莎知道，让一位有身份的贵妇人给下贱的歌女下跪是大逆不道的，会受到严厉的谴责。无奈之下，帕莎赌气交出了自己全部财物。谁知一直躲在房间里的丈夫出来后，不但不感激帕莎，反而又一次羞辱了帕莎，指责帕莎离他高贵的妻子远一点。这些所谓的上流人物，堕落、无耻、卑鄙、虚伪、欺诈、故作姿态，他们虽然拥有贵族的身份，表面上高尚、优雅、得体，骨子里却不如一位身份卑贱的歌女纯洁、自尊、富有同情心。颠倒的众生，错乱的现实，社会的悲剧。

阅读思考

1. 请评价一下歌女和官太太谁更善良、高贵，为什么？（答题思路：结合歌女和官太太的所作所为进行分析。）

2. 尼古拉·彼得罗维奇为什么不但不感激歌女，还要羞辱她？（答题思路：从尼古拉·彼得罗维奇的角度看，他是怎样看待歌女和妻子的身份地位的，由此便不难理解尼古拉为什么要和妻子步调一致。）

3. 在文中找出一处对官太太的神态或语言描写，试赏析一下。（答题思路：示例：从官太太的言行中找任意神态或语言描写，结合她的心理性格进行分析。）

写作加油站

写作素材积累

【主题】 帕莎为了自己的尊严舍弃所有的东西给尼古拉夫人

【适用话题】 尊严 付出 伤害 痛苦

【素材点拨】 尊严，是我们每个人最重要的东西，一个旧社会的歌女，为了维护自己的尊严，不惜把属于自己的东西送给那个“可怜”“可恶”的“高贵”“端庄”的太太。

尊严，往往不是别人给的，而是自己争取来的，所以我们才把它叫作“自尊”。只有我们懂得尊重自己，不轻易把自己的尊严抛弃，才会真正赢得别人的尊重。一切社会、一切时期莫不如此。

好词好句积累

【好词】 暑气渐消 端庄大方 气喘吁吁 不眠之夜 一无所有

【好句】 当年，她有着一张更为年轻漂亮的面孔，一副更悦耳、婉转的歌喉。有一天，尼古拉·彼得罗维奇·科尔巴科夫——她的崇拜者，正好在她的别墅里坐着。天气十分闷热。刚吃完午饭，科尔巴科夫喝了一大瓶劣质葡萄酒，心情不怎么好，浑身潮热难受。两人觉得无聊得很，只等暑气渐消，好出外走走。

前厅里突然响起了门铃声。没穿外衣、趿拉着拖鞋的科尔巴科夫一下子站起来，疑惑而警惕地望着帕莎。

接下来就是静默，一分钟过去了。陌生女人不时用手绢颤抖着擦她苍白的嘴唇，她努力屏住呼吸来克制住内心的战栗，帕莎则目瞪口呆地立在她面前，恐惧、不解地望着她。

帕莎气急了，干脆又从柜子里扔出一块金表，一个烟盒，几颗金纽扣，摊开双手说："这下我什么也没有了……您来搜吧！"

"不！我永远不能原谅自己的行为！永远不能！你滚远点……下流货！"他厌恶地大声训斥，从帕莎身旁急急地后退，用颤抖的手推搡她，"她竟想下跪……求谁？求你！啊，上帝呀！"

他迅速穿好衣服，鄙弃地躲开帕莎，向大门外跑去了。

第10篇

哀 伤

旋匠格里戈里·彼得罗夫是一个可恨又可怜的老头儿，浑浑噩噩过了四十年酒鬼生活，妻子跟着他受穷受累，临到妻子死了，他才想起悔改，可一切都晚了，人生还有比这更不幸的吗？当他认识到了自己的卑劣而且要重新来过时，却没有谁再给他机会。

格里戈里·彼得罗夫是当年加尔钦乡非常出色的旋匠，这里无人不知他的手艺，同时他却又活得最没出息。此刻旋匠正赶着一辆雪橇车前往地方自治局医院，去送他生病的老伴。一段三十来俄里的路，简直糟透了，连官府的邮差都不愿涉足，更别说这位懒汉——格里戈里了。寒风刀子一样削在脸上。往空中看去，不论东西南北，到处都是密密层层、漫天迷雾一样的雪花。雪大得叫你分不清是从天而降，还是由地而起。白茫茫一片，看不到田野、电线杆和树林。强劲的寒风一波波袭来，格里戈里连眼睛都睁不开，也看不见眼前的车辕。那匹瘦弱的老马蹒跚地拖拉着雪橇。它全身的力量都耗在从深雪里拔出腿来，并挣起头部向前。旋匠真是着急呀！他心神不宁地从赶车人的座位上跳起，不时挥动马鞭，抽打着那匹

【解词】

将金属板料在旋床上加工成物件的旋床操作者。

【对比】

通过对比，表现出暴风雪中这段路的艰难，同时点明格里戈里的“懒汉”性格，为展开下文奠定基础。

可怜的老马。

【语言描写】

自言自语地胡乱说话，反映了格里戈里的无助、懊悔。

“哎呀，玛特廖娜，停下来，别哭了……”他小声嘟哝，“你忍一下。上帝保佑，我们这就赶到医院了。只一小会儿，然后，就有盼头了，巴维尔·伊凡内奇会给你药水喝，或者吩咐人给你放血，或者他一高兴，还会用酒精给你擦身，你那个腰痛病说好就好了。医生会尽力……”他嚷一阵，使劲跺着脚，“多好的老爷，待人又和气，求上帝保佑他身体健康……接着就又数落着：‘怎么回事?’他会嚷嚷，‘为什么现在才来？难道我是一条狗，随时围着你们这些鬼东西转来转去？滚回去！明天再来！’我就哀求他：‘医生大老爷！巴维尔·伊凡内奇！好心的老爷，求您！’哎，你这该死的家伙倒是迈腿呀，叫你磨蹭，坏蛋！驾！”

【动作描写】

不停地抽打马表现出格里戈里焦急的心情。

格里戈里不停地抽打他的瘦马，并没有回头看他老伴一眼，兀自低声嘟囔着：

“‘老爷！我说的全是实话，凭着上帝的面我不敢撒谎……我可以对着十字架起誓：天亮前，我们就出发了。可哪能按时赶到呀？圣母她老人家……生气了，凭空添了这样大的一场暴风雪。就是马儿再壮实，也赶不到的，何况我那匹不济事的老马，简直丢人现眼！’可是巴维尔·伊凡内奇会不耐烦地嚷嚷：‘你们这些碌碌的庸人，总能为自己的荒唐千方百计找出理由来！尤其是你，格里戈里！别说我不知道你的为人！一路上恐怕又跌进了五六家小酒馆去灌了吧！’我就说：‘我是恶人、异教徒吗？老太婆命都快没了，我哪有心思一趟趟去灌酒！瞧您说的，饶了我吧！此时我巴不得那些小酒馆都他妈见鬼去！’巴维尔·伊凡内奇

【读读想想】

为什么旋匠不能及时到医院？（答题思路：从旋匠的自言自语中可以得出结论：暴风雪和老马误了他的行程。）

可能就吩咐人把你抬进医院去。我就给他跪下……对他说：'巴维尔·伊凡内奇！老爷！我们对您千恩万谢啦！您不要生我们这些庄稼人的气！您老人家为我们多么操心，瞧您的脚都沾上雪了！'巴维尔·伊凡内奇会瞪着我，像要打我似的，说：'你这个傻瓜，与其现在才想起为你老婆下跪，还不如平时少灌几杯酒，好好对待你的老太婆。真是个欠揍的家伙！''说得对，真欠揍，巴维尔·伊凡内奇，您尽管揍我一顿吧！不过我们的恩人，我的亲爹，我们怎能不下跪呢？老爷，我说的是老实话……只要我的老太婆能治好病，又能操持家务了，那么不论您老人家吩咐我做什么，我都给您做好！一分钱不收！若在莫斯科，我做的这种小烟盒能卖四个卢布。'医生会笑着说：'好，行啊，行啊……我心领了！只可惜你是个酒鬼……'我，老伴儿，可会跟那些老爷们打交道呢，现在，只求上帝保佑，别迷路才好。瞧这暴风雪！把我的眼睛都迷住了。"

【语言描写】

通过旋匠的自言自语，我们可以看出他对自己的缺点心知肚明，也为此而感到惭愧。

【用词准确】

把医生称作"亲爹"既反映了格里戈里救妻子的勇气，也让我们窥见了他这个小人物身上的自卑、惶恐。

旋匠就这样没完没了地自言自语。他信口唠叨，只求能稍稍减轻一下他那沉重的心情。嘴里的话虽多，但脑子里的念头却更多。哀伤毫无征兆地向旋匠袭来，完全出乎他的意料，弄得他一时糊里糊涂了，他要平静下来，认真想一想。在此之前，他一直过着无忧无虑的生活，就像处在醉后那种昏昏沉沉的状态，既不哀伤，也不欢乐，可是现在却突然感到心情沉重，痛苦极了。这个无忧无虑的懒汉和酒鬼不知不觉中居然变成了另一个人，居然心事重重地急着赶路，甚至愿意跟暴风雪对着干了。

【语言理解】

此处是格里戈里人性醒悟的精彩描写，因为知道了"哀伤"，所以像变了一个人一样，可悲的是，格里戈里却体会不到为什么会有这样的哀伤。

旋匠记得，不幸是从昨天傍晚开始的。昨晚他回到家里，像往常一样喝得醉醺醺的，像往常一样，开始骂人，开始挥舞拳头。老太婆瞧了一眼她的冤家，那眼神却是他从来没有见过的。以前，她那双不再明亮的老眼里充满了苦痛和顺从，就像那些经常挨打却填不饱肚子的可怜狗，可现在她的眼神严肃而呆板，像是圣像上的圣徒或者将死之人。哀伤就是从这双奇怪的、不祥的眼睛开始的。吓坏了的旋匠赶紧向邻居借了一匹老马，拉着老太婆立即送往医院，一心指望巴维尔·伊凡内奇能用些药粉或者油膏让老太婆的眼神变回以往。

【比喻】通过两组比喻，表现老太婆平时对老旋匠的顺从和这一次的不同，暗示老太婆病得很重。

【语句理解】照应主题——哀伤，同时暗示了老婆子不幸的结局。

“哎，我说玛特廖娜，那个……什么……”他又嘀咕着，“要是医生问起你挨不挨打，你就说：‘从来没有！’而且往后我再也不打你了。我对着十字架向上帝起誓！再说，我是那生性狠毒的人吗？随手就打，毫无道理。我心里在意着你哩。要不怎么会现在急着送你去看病……我可是尽力了。瞧这该死的暴风雪，上帝啊，你发怒吧！只求你保佑我们别迷路……玛特廖娜，腰痛啊？你怎么老不吱声？出个声啊：腰还痛吗？”

他有点奇怪，老太婆脸上的雪怎么积在上面老也不化。上帝呀，那张脸怎么那么瘦，灰白里透着蜡黄，神色严肃、呆板。

【心理描写】突出旋匠害怕妻子死去的心理，他越是不敢想，事实却越这样。

“嗨嗨，蠢婆娘！”旋匠嚷着，“我是凭良心对你，上帝作证……可是你，……蠢婆娘！别这样，我干脆不送你去医院了！”

旋匠放下缰绳，迟疑起来。他不敢回头看了：他害怕！她为什么不答应。最后，他下定决心，为了探个明白，他并没有回头，只是伸出手去摸她的手。冰冷冰冷的，拉起后像马鞭一样又垂下去了。

“她死了，不是吗？麻烦事！”

旋匠一下子哭了起来。他不只是可怜老太婆，还更感到颓丧。他思索着：这世上的事变得可真够快！他才懂得的哀伤，怎么立即见了结尾。他还没来得及跟老太婆正经过日子，疼爱她，照顾她，她怎么就死了呢。他们共同生活了四十年，但这四十年像灰色的烟雾一样就飘忽过去了。酗酒，打架，受穷，哪一天是好日子呢？可他醒悟了，想要疼爱老太婆，离了她就没法生活，想到实在对不起她的时候，老太婆却撒手而去了。

【心理描写】真实生动地反映出人物懊丧、伤感的心理。

“是啊，因为没得吃，她还常常去要饭！”他回想往事，“是我打发她去向人家讨面包的，麻烦事！她，蠢婆娘，再活上十年就好了，要不然，恐怕她以为我当真是那种人。万能的圣母啊，我这是前往什么鬼地方？现在好了，不用去看病了，该下葬了。往回走！”

【语句理解】连用感叹句，再现了旋匠激动的情绪，抒发了强烈的自责心情。

旋匠掉转马头，再次使劲抽他的马。道路更加难走了。雪橇有时撞到小树上，黑糊糊的东西擦伤了他的手。视野之内白茫茫一片，风吼雪舞。

【环境描写】反复渲染了这种肃杀、凄凉、冷酷的气氛，使“哀伤”的主题不断地得到了深化。

“再从头活一次该多好啊……”旋匠想道。

他回忆起往事，四十年前，玛特廖娜是个年轻、漂亮、活泼的姑娘，家境富裕。父母把女儿嫁给他，就图他有门好手艺，能让女儿过上好日子，但不幸的是，婚礼后他烂醉如泥，一头倒在暖炕上，从那以后，就迷迷糊糊一直胡乱过到现在，也许直到这一刻都还

【语句理解】
用极为精简的语言概括出老太婆几十年间过的悲惨生活，也突出了主题——哀伤。

没有清醒过来。喝酒，睡觉，打老婆，四十年就这样过去了。

密密层层的大雪随着天色渐渐变得灰暗了。已是黄昏时分。

“我这是往哪儿赶呀？”旋匠突然惊醒过来，“该把她埋了，我却去医院，……真是傻透了！”

旋匠又掉转雪橇，又抽起马来。老马鼓足全身的劲，喷着鼻子，开始小跑起来。旋匠接二连三地挥舞着鞭子……身后响起撞击声，他即使不回头，也知道那是死去的老太婆的头撞在雪橇上。天色越来越黑，风越来越硬，越来越刺骨……

【语言描写】
加重了主人公对妻子的深深歉疚和无限哀痛之情。

“再从头活一次就好了……”旋匠想，“我要添置一套新工具，接受订货……把钱都交给老太婆……是的！”

【做铺垫】
把缰绳弄丢，以及手活动不了，暗示了他已经被冻僵了，为下文的叙述做铺垫。

后来他不知怎的把缰绳弄丢了。他低头四处寻找，想把缰绳捡起来，可他的手却活动不了了……

“算了……”他想，“反正老马识途，它会找到家的。这会儿真是困急了……还是趁老太婆下葬以前，安魂祭还没有开始，我歇一歇吧。”

旋匠开始闭上眼睛打盹。不久他听到马停下了。他睁开眼睛，自己面前是一堆黑糊糊的东西，好像是小木屋，或者是一个大草垛……

【心理描写】
在冰天雪地的大暴风雪中“静静地睡着了”，暗示了旋匠即将面临的命运。

他想从雪橇上下来，看看是怎么回事，可身上实在懒极了，宁愿冻死，也不想动弹……于是他又静静地睡着了。

他醒了过来，发现自己躺在一间四壁涂着油漆的宽敞的大房间里。明亮的阳光从窗外射进来。旋匠一下子看到床前站了不少人，他第一要做的就是想向大伙证明自己的沉稳和干练。

“请来参加我不幸的老太婆的安魂祭，乡亲们！”他不无哀伤地说，“对了，要告诉东家一声……”

“唉，算了！你还是躺着吧！”有人打断他。

“天哪，是巴维尔·伊凡内奇！”旋匠看到医生也站在身边，吃惊地说，“老爷哪！恩人哪！”他想翻身跳下床去，扑通一声给医生跪下，可发现自己手脚都动不了了。

“老爷！我的腿？胳膊？他们都怎么了？”

“你跟胳膊和腿告别吧……都冻伤，坏掉了！唉，哭什么哭，你已经活了恐怕六十年了吧——你也活够了！”

【语句理解】

看似幽默的说法，实则饱含了作者的心酸、无奈与痛苦，在丧妻之际，旋匠自己也命不久矣，还何来告别呢？

“痛心呀，老爷，我难受死了呀！请您宽恕我，原谅我！我要再活上那么五六年就好了……”

“为什么？”

“老马是借来的，得还人家……要给老太婆下葬……这世上的事怎么说变就变！老爷！木烟盒没有做，槌球也还没有做……”

【语言描写】

在生命的最后一刻，生性懒惰的旋匠才想起还有很多事情需要自己去做，而这一切都已经晚了。

医生摆了摆手，走出了病房。这个旋匠——算是完了。

阅读小悟 >>>

旋匠格里戈里·彼得罗夫的哀伤在作者缓缓的叙述中慢慢展开，如凄婉的哀乐在空气中蔓延，进而把哀伤的情绪渗透到读者的内心深处，产生令人感同身受的悲剧力量。作者秉承一贯客观、冷静的叙述，所有的情节都在主人公的内心独白中缓缓展开，甚至于连那静静的哀伤，都是由主人公自己抒发的。而越是如此，越能够产生打动人心的效果——

这是一个多么可怜的老头儿，他们夫妻共同生活了四十年，可那四十年就是“喝酒，睡觉，打老婆”，当他意识到这些，决心从此不再打老婆，要和老婆好好生活的时候，老婆却死了。人生还有比这更不幸的吗？从懵懂中惊醒而要自新的时候，却没有了机会。《哀伤》的整个基调是哀婉的、悲怆的，但从写作手法上讲，却又是抒情的、客观的和冷静的，因为作者没有把自己塞到作品当中去指手画脚，而是让读者自己去感受，用自己的体验和主人公一同哭泣，一同悲伤，去体味作者潜藏在冷酷严峻的字里行间的深刻寓意，从而想到人活在世上应该怎样和不应该怎样。从这个意义上讲，《哀伤》这个短篇小说可以称得上是契诃夫整个“乐曲”创作中的绝唱。

阅读思考

1. 旋匠格里戈里·彼得罗夫为什么会有这么悲惨的命运？（答题思路：可以从时代对贫苦农民的压迫、自身的堕落等角度去解答。）

2. 小说的环境描写非常成功，请结合原文相关情节简要分析其表达作用。（答题思路：可从交代事情发生的地点或背景、塑造人物、抒发感情等角度作答。）

3. 这篇小说以“哀伤”为题，寓意深刻，请试着解释一下“哀伤”的含义。（答题思路：从文章内容和主题入手思考。）

写作加油站

写作素材积累

【主题】　旋匠无法面对生活

【适用话题】　自尊自爱　有责任感　学会珍惜

【素材点拨】　生活中你可以有一千个理由一蹶不振，但只要有一个理由你就要坚强地站起，勇敢地去面对、去担当、去有所作为，所以请珍惜你健康的身体、清醒的头脑、大好的时光、挚爱的亲人，去为自己和他们做点什么吧！

人们很多时候就是这样的，在我们拥有大把时间和充沛精力的时候，往往想到的是，我还有很多时间，我还年轻，我还经得起任性，我还有资本玩耍、疯狂。即使做错了什么，拥有年轻这个万能的资本，我就还有很多重新再来的机会。可是，我们往往是忘记了，并不是所有的机会都能永远落在我们身上，有时我们面对的机会可能会是我们一生面对的唯一一个，错过了永远都不会再邂逅。正如小说中的主人公，在他幡然醒悟的时候，他的妻子却离他而去，没有给他改过的机会，甚至他自己的生命也走到了终点，连把借来的老马还给人家的机会都没有。

青春无悔，是因为我们要正直无畏地面对，要学会珍惜，学会承担应该承担的责任。

好词好句积累

【好词】 密密层层 丢人现眼 无忧无虑 昏昏沉沉 烂醉如泥

【好句】 寒风刀子一样削在脸上。往空中看去，不论东西南北，到处都是密密层层、漫天迷雾一样的雪花。雪大得叫你分不清是从天而降，还是由地而起。白茫茫一片，看不到田野、电线杆和树林。

旋匠放下缰绳，迟疑起来。他不敢回头看了：他害怕！她为什么不答应。最后，他下定决心，为了探个明白，他并没有回头，只是伸出手去摸她的手。冰冷冰冷的，拉起后像马鞭一样又垂下去了。

第11篇

代　表

古今中外，造反的原因大多是官逼民反，看故事里，官老爷真是逼迫民众无尊严、无地位地苟活于世，但“造反派”们选出来的代表却乱哄哄闹了什么洋相，造了什么反呢？作者对于国民劣根性的批判言尽于此。

“嘘！……我们到门房去聊，这里不太方便……他也许能听得到……”

他们进了门房。为了不让看门人马卡尔偷听告密，他们打发他去了地方金库。马卡尔拿起收发簿，戴上帽子，但他没有马上离开，而是躲到了楼梯底下：他知道他们要干一件秘密的事——造反……第一个发言的是卡沙洛托夫，然后是杰兹杰莫诺夫，第三个是兹拉奇科夫……激情澎湃的气氛一发而不可收，一张张脸庞开始变红、抽搐，进而一个个捶胸顿足……

【伏笔】写马卡尔躲了起来，为下文埋下伏笔。

【先扬后抑】描写“造反派”的激情澎湃，为下文铺垫。

“我们生活在十九世纪下半叶，而不是落后、野蛮的年代，更不是洪荒时代！”卡沙洛托夫气愤地说，“这些脑满肠肥的家伙过去作威作福，现在，我们已经受够了！现在已经到了什么年代，还想延续过去的老规矩，他们可以……”他们慷慨激昂地控诉。

【详略得当】省略了他发言中的具体内容，强调和突出了他的义愤填膺，与后面进行对比，突出主题。

杰兹杰莫诺夫接着演讲，内容大致相同。兹拉奇科夫甚至开始高声叫骂……人人都在呐喊！不过在这群情激愤的人当中，还是有人稍微保持着一点理智。这位有识之士满脸忧郁，用一块擤满鼻涕的脏手帕擦着脸说：

【讽刺】称呼软弱者为“有识之士”，突出对其软弱的讥讽。

“哎，值得这样吗？唉……，好吧，就算是这样，又能如何呢？你们用什么方法对待别人，别人也同样回敬你们：一旦你们当了上司，别人同样会造你们的反！真的！你们只会害了自己……”

但是大家哪里听得进去，没等他把话说完，就把他推搡到了房门口。有识之士也失去了理智，跟着激动起来了。

“是时候了，现在该让那些大老爷们明白，我们也是人，不是天生的贱种！”杰兹杰莫诺夫说，“我们，我重申，不是奴才，不是贱民！更不是古罗马的角斗士！我们要有尊严地活着！他对我们总是你呀你的；给他行礼，他不还礼；向他报告事情，他不理不睬；他还骂人……如今对听差都不说你你你的了，何况对我们！这些话都该告诉他！”

【排比】三句话，一句比一句更有气势，表现说话者的愤怒和激动。

【列举】列举了上司的一系列傲慢言行，突出他对人的不尊重。

“前几天他冲着我嚷嚷，问我：‘瞧你那副嘴脸，去找马卡尔，叫他拿墩布给你擦擦干净！’该死的玩笑！还有一回……”

【语言描写】让别人用墩布擦擦嘴脸，对别人一点儿也不尊重，难怪他的下属都要反对他。

“有一回我同妻子一道走着，”兹拉奇科夫抢过来说，“正好遇到他。‘喂，厚嘴唇’，他说，‘老跟窑姐儿鬼混在一起成什么体统！况且还在光天化日之下！’我对他说，‘这是我妻子，大人……’他没有道歉，只是吧唧了一下嘴唇！脸上连一点歉意也没有。我妻子受到了莫大的侮辱，不吃不喝，哭闹了三天。她不是窑姐儿，正相反……你们都了解的……”

“总而言之，先生们，不能这样屈辱地生活下去了！要么我们，要么他，再这样和他共事是绝难进行的！要么他走，要么我们走！宁愿赋闲在家，不能脸面全无！现在是什么年代，十九世纪了。谁都有自尊心！我是小人物，可我不是空气，我是有血有肉的人。我不容许他这样对我！就这样照直说！派一个代表去告诉他：照这样下去坚决不行！代表我们大家！去吧！谁去？不用害怕，不会出事的！有谁？呸……见鬼……我嗓子都喊哑了……”

【语言描写】意志坚决，气势十足，为后文的表现铺垫。

他们开始推选代表。经过长时间的辩论争吵，他们一致推举头脑机灵、口才绝佳、胆大刚毅的杰兹杰莫诺夫去。他在图书馆里挂了名，写得一手好字；他结识了不少有教养的太太小姐们——可见他聪明；他知道怎样说得体。至于胆量，更不必提，是人所共知的。有一次他竟然坚持让警察分局长向他赔礼道歉，因为分局长在俱乐部里把他当成“仆人”看待。警察分局长还没来得及皱起眉头的时候，杰兹杰莫诺夫胆量过人的消息便传开了，而且大快人心……

【伏笔】既然要表达自己的不满，还要考虑谁说话得体，可见这些所谓“革命者”“造反派”的胆小。

“去吧，谢尼亚！别怕！就这么对他说！你太过分了，大人，你一贯的胡作非为！你找别人当你的奴才去吧！我们一点也不比别人笨，大人，我们会把那些自命不凡的家伙撵走！谢尼亚……朋友……去吧……只是你要把头发梳一梳……就这么办……”

【注释】杰兹杰莫诺夫的小名。

“我脾气暴躁，先生们……弄过了头反而对大家有害。还是兹拉奇科夫去好！”

"不，谢尼亚，你去最好……兹拉奇科夫对付绵羊还行，而且还得喝醉了酒壮胆……他头脑糊涂，思路不清，你呢，不一样……去吧，亲爱的。"

【暗示】
怂恿别人去做自己不敢做的事情，已经暗示了事情的结局。

杰兹杰莫诺夫只好梳了梳头发，拉平坎肩，攥起拳头干咳了一声，就走了……大家屏住呼吸。杰兹杰莫诺夫进了办公室之后，站在门口，用颤抖的手摸摸嘴唇：哦，我该怎么说呢？当他瞅见上司秃顶上那颗醒目的黑痣时，他感到心里冰凉一片，心脏一下子缩紧了……脊梁骨上冒起一股寒气……其实不习惯罢了，是的，拿出勇气来，不该胆怯……来吧！

【心理描写】
看到上司的一颗黑痣就吓成这个样子，心理描写写出了注定他会失败。

"哎……你干什么来了？"

杰兹杰莫诺夫向前迈了一步，喉咙咕噜了一下，但舌头打着卷，没能吐出一个字。这时，他才觉察到，不仅嘴里塞了棉花，五脏六腑也一样郁结……那股推着他进来的勇气一路下泻到腹部，拧了个滚，又顺大腿溜到脚后跟，最后卡在靴子里……恰好靴子又是破的……

【讽刺】
用幽默形象的语言形容杰兹杰莫诺夫的勇气随着脚底的靴子溜走了。

"哎，干什么呢？鬼鬼祟祟的？"

"嗯……我，我没什么……只是顺便来看望您一下。我，大人，听说……"

杰兹杰莫诺夫想收住话头，但他的舌头背叛了他的头脑，那话语像圆润的珠子从他的嘴里源源不断地滚出来：

【比喻】
将话语比喻成珠子，表明谎言随口而出。

"我听说尊夫人中彩得了一辆四轮轿式马车……恭喜大人……彩票，……嗯嗯嗯……大人……"

"彩票？好……我这里只剩五张了……你全要？"

"不……不……不要，大人……一张……足够了……”

“五张你全要了？是吧！”

“好吧，大人。”

“每张六卢布……你呢，只收五卢布……签字吧……祝你好运，亲爱的……”

“呵呵呵……谢谢……大人……哈哈，真是令人高兴……”

【对话描写】简短的几句话，不但自己要表达的反抗没有说出来，还买了几张上司不要的彩票，突出其胆小。

“好了，走吧！”

一分钟后，杰兹杰莫诺夫已经站在门房中央，脸红得像熟透了的大虾，他眼里含着泪花，不得不向朋友们借钱。

“我给了他，兄弟们，二十五卢布，那可是我丈母娘要我付房租的钱……借给我钱吧，先生们！帮帮忙吧！过关要紧啊！”

【语言描写】瞬间变成一个乞丐，刚才的嚣张气焰烟消云散。

“你哭什么呀？很快你就可以中大奖，坐上马车出游了……”

【照应上文】之所以让马卡尔离开，就是因为马卡尔反对造反。

“马车……马车……我要他有什么用？拿它吓唬人吗？我又不是神职人员！再说，要是当真中奖的话，我把马车塞哪儿呀？”

他们又聊了很久。他们聊的时候，马卡尔（他能读会写）一直在不停地记。记完之后，便……如此这般……，先生们！不管怎么说，由此可以引出教训：别造反！

【总结全文】之所以得出这样的结论，是因为“革命者”们的懦弱、胆小，这样的革命、造反只能注定失败。这是对“革命者”的讽刺。

阅读小悟

小说写了一群准备“造反”的人，开始义愤填膺地怒斥上司，最后却又屈从上司的故事。从大家的争论中可以看出，他们的确受到了上司太多不公正的甚至侮辱性的对待，大家一致推选杰兹杰莫诺夫去理论，表面上都说是因为他最聪明、最有口才、最勇敢。其实并不是所有人都想参与斗争，好多人都不想做出头鸟。尤其是小说最后写道："由此可以引出教训：别造反!"从所谓"造反"的整个过程来看，这些小人物的造反只是一时的情绪发泄，并没有思想、行动上的充分准备。

这些人对权势骨子里感到恐惧，距离自觉"造反"的思想意识还很远。特别是几个人相互推诿，用选"代表"的方式去"造反"，更显得滑稽可笑。小说语言诙谐幽默，情节生动曲折，结局尤其令人忍俊不禁，使作品的批判效果更加入木三分。

阅读思考

1. 杰兹杰莫诺夫推荐兹拉奇科夫去和上司斗争是因为怕自己说过头吗？为什么？（答题思路：从大家的争论和对话来分辨。）

2. 从性格的角度来看，杰兹杰莫诺夫具有怎样的弱点？请结合全文简要分析。（答题思路：结合杰兹杰莫诺夫开头部分慷慨激昂的控诉和后文见了上司的表现回答。）

3. 小说最后写杰兹杰莫诺夫买了上司的彩票，请简要说明这一情节有何作用。（答题思路：从情节、人物刻画、主题表达、写作手法等多角度思考。）

写作加油站

写作素材积累

【主题】　"造反派"为了不出头而选择代表

【适用话题】　自私　怂恿　逃避　明哲保身

【素材点拨】　小说中的"造反派"在行动中的退缩表现了他们的自私。在面临一些问题的时候，人不能一味自私、一味退缩，否则就失去了做人的原则。自私的人是无法得到人们爱戴的，即使他拥有整个世界，他的世界也是一片荒芜。

好词好句积累

【好词】 捶胸顿足　慷慨激昂　胆大刚毅　自命不凡　如此这般

【好句】 激情澎湃的气氛一发而不可收，一张张脸庞开始变红、抽搐，进而一个个捶胸顿足……

派一个代表去告诉他：照这样下去坚决不行！代表我们大家！去吧！谁去？不用害怕，不会出事的！有谁？呸……见鬼……我嗓子都喊哑了……

相关知识链接

卢　布

卢布最早为沙皇俄国的货币单位。1800 年开始确立与黄金的比价，1897 年卢布纸币的含金量为 0.774234 克。十月革命后，苏俄政府继续使用沙俄卢布。1991 年 12 月 25 日，苏联解体后，卢布成为俄罗斯的本位货币单位。为了让具有 800 多年历史的卢布跻身为国际货币之一，2006 年俄罗斯决定为卢布票选出一个专属标志。同年 7 月 1 日，卢布成为可自由兑换货币。

第12篇

柳　树

柳树下发生了一个惊心动魄的故事，故事里的老汉阿尔希普是一个普通又正直的好人，那马车夫、黄房子里的官老爷，他们孰优孰劣，你来给评判一下吧！

谁走过“勃”“特”两地之间的驿道？

凡是走过的人都会记得科兹亚夫卡河岸上那座孤单的安德烈耶夫磨坊。小小的磨坊，才两方磨盘……它在那里已经矗立了上百年的时间，但是早已废弃不用，看上去它像个弯腰驼背、衣着破烂、遇风能倒的小老太婆。如果不是它背后倚着一棵粗大的老柳树，这小磨坊早就倒下了，柳树很粗很粗，两人合抱都围拢不过来。它那油亮墨绿的树叶落到屋顶上，落到堤坝上；下面的枝条有的垂进水里，有的耷拉在地面上。这柳树也上了年纪了，弯腰驼背了。它那佝偻的树干上有一个丑陋的大黑洞。你把手伸进去，就会粘上黑糊糊的蜂蜜。一群野蜂会飞出来在你头上嗡嗡乱叫，不住地螫你。这树有多少岁了？据它的朋友阿尔希普描述，很久以前他在一位老爷家当差时，那棵柳树就已经很老了。

【设问】

通过一个问题引出下文，直截了当。

【比喻】

形象的比喻表现了这座磨坊的历史悠久，已经有些破败不堪了。

【前后照应】

老磨坊、老柳树、老人阿尔希普构成了一幅特有的乡村风景图。

这老柳树还支撑着衰老不堪的老人——阿尔希普，他经常一个人坐在柳树根上，一天到晚在钓鱼。他上了年纪，背也驼了，跟老柳树一样；他那脱光了牙齿的嘴巴就像黑色的树洞。白天他钓鱼，夜里就坐在树根上深思。老柳树和老汉阿尔希普，整日整夜地说着悄悄话……树和人都饱经了世事沧桑。现在请来听他们的故事……

【比喻】

把没有牙齿的嘴巴比作黑色的树洞，形象生动，又和眼前的景色相契合。

大约三十年前，那是复活节前的一个礼拜天，在柳树过命名日的那一天，老汉又在老地方静坐着，一边欣赏着春天的景色，一边钓着鱼。周围一片寂静……只听到人和树的私语，偶尔会有鱼儿跃出水面，打破这寂静的场面。老人慢悠悠地钓着鱼，静待中午时光的到来。中午他就动手做鱼汤。当柳树的影子离开对岸的时候，正好是中午。另外，阿尔希普一听到邮车的铃铛声就知道中午十二点到了，这时，一辆由“特”城来的邮车必定经过拦河坝。

【想象】

人和植物之间不可能产生交流，这是为了突出人与树长期相处产生的感情，形象生动。

在这个礼拜天的中午，阿尔希普又听到了铃铛声，他放下钓竿，朝堤坝上张望着。一辆三套马的大车翻过山丘，下了坡，眼看就要来到堤坝上。邮差睡着了。马车上了堤坝，不知什么原因停住了。很久以来，阿尔希普对周围的事已波澜不惊，但这一次他却大惊失色。因为发生了一件非同小可的事。赶车人慌慌张张地四下里看了看，就颤抖着扯下了邮差脸上的布巾，迅疾地朝邮差挥起一把短柄链锤，邮差当时就不动了。他浅色头发里，露出了鲜红鲜红的伤口。赶车人赶紧跳下车，挥起链锤，又给了他一下。不一会儿，阿尔希普听到近处响起了脚步声：赶车人从岸上下来，径

【衬托】

一个对什么事都不在意的老人大惊失色，衬托他看见的事情非同寻常。

【神态描写】

脸色“苍白”说明因恐惧而失血；浑身“颤抖”则说明他过于紧张。

直朝他这边跑来……他那晒得黑黑的脸膛看上去十分苍白，眼睛发直，浑身颤抖，径直跑到柳树跟前，也没有发现阿尔希普，就把邮包塞进了树洞，之后他跑上堤坝跳上大车，而且让阿尔希普更意想不到的是，他朝自己的太阳穴猛地一击。流血了，他把血涂了一脸，然后抽打起马匹来。马车疯狂地奔跑着。

“救命啊！救命啊！出人命啦！”他大声呼叫着。

【语句理解】

突出这个声音给阿尔希普的印象深刻。

他的喊声引起了回声，很长时间里阿尔希普都听见这“救命啊！”的声音。

大约过了六天，有几个人来磨坊附近调查。他们画了磨坊和堤坝的平面图，还测量了河水的深度。那些人在柳树下吃了饭，又都坐车走了。在那些人调查的时候，阿尔希普一直坐在水轮下，浑身打着战，眼睛不由得望着那个邮包。他看到里面有不少盖着五个戳子的信封。他整日望着这些戳子深思，而柳树老婆婆白天沉默不语，到了夜里就呜咽不止。“傻婆子！”阿尔希普倾听着柳树的哭泣暗想。一周后，阿尔希普带着邮包进了城。进城后他向人打听：

“官府在哪儿？”

【肖像描写】

在老爷的外貌上着重突出了闪闪发光的纽扣，突出了这个老爷外表的光鲜。

有人给他指点一幢黄房子，门口有个条纹岗亭。他走进前厅，见到了一位老爷，那老爷制服上的纽扣是闪闪发光的。老爷吸着烟斗，不知为了什么事正训斥着看守人。阿尔希普走到老爷跟前，战战兢兢地讲了老柳树旁发生的事。那长官接过邮包，解开细皮带，脸上一阵白一阵红。

“我马上回来！”他说完就跑进办公室。办公室里立刻乱成了一团……人们跑来跑去，小声谈论着……

十分钟后，长官把邮包交给阿尔希普，对他说：

“你找错了地方，老伙计。你到下街去吧，那里会有人告诉你怎么处理，这里是地方金库，朋友！你该去警察局。”

阿尔希普接过邮包，走了出来。

“怎么邮包变轻了！”他思忖，“比原来少了一半！”

【暗示】

邮包从纽扣闪闪发亮的老爷手中回来变轻了，暗示邮包中的东西被老爷拿走一部分。

到了下街，有人指给他另一幢黄房子，门口有两个岗亭。阿尔希普走了进去。那里没有前厅，上了台阶直接就是办公室。老人向几名文书讲了邮包的来历。那几个人夺了他手中的邮包，一起对着他大声说着什么。他们派人去找来一个胖胖的大胡子的长官。大胡子简单地问了几句，拿了邮包，进了另一个房间，把门插上了。

【用词解释】

“夺”表现了这些官员们没有好好对待这位报案人。

“钱到哪儿去了？”时间不长，房间里传来说话声，“邮包里竟然什么都没有！让那个老头子走！要不把他抓起来！带他会见伊凡·马尔科维奇！算了算了，还是让他走吧！”

阿尔希普鞠了一躬，走了出来。一天后，河里那些鲫鱼和河鲈又看到他那把灰白胡子了……

【人称转换】

从鲫鱼和河鲈的角度写老头子又回到河边钓鱼。

当时已是深秋。阿尔希普依旧坐在河边钓鱼……

他的脸阴暗难看，就像已经枯黄的柳树。他讨厌秋天。当看到那个赶车人出现在身旁时，他的脸色越发阴暗了。赶车人还是没有发现他，径直来到柳树前，把手伸进树洞。一些湿湿的、懒懒的蜜蜂爬了他一袖子。手在树洞里摸索了一阵以后，他的脸一下子变得苍白了。过了大约一个钟头，他才来到河边坐下，傻傻地望着水面。

【对比】

第一次“阴暗”是因为从夏天到秋天，阿尔希普报案还没下文；第二次“阴暗”是因为赶车人来找那个邮包了。

“那东西在哪儿?”他问阿尔希普。

阿尔希普扭过脸去，没有出声，但不久又可怜起他来了。

【语句理解】阿尔希普没有告诉官员看到的一切是想留给赶车人忏悔的余地。

“我送交官府了!”他说，“不过，别害怕，蠢货，……我告诉他们，那东西是我在柳树下捡到的……”

赶车人一下子跳了起来，大吼着，朝阿尔希普扑去。他把老汉痛打了一顿。用拳头捶他的老脸，把他摔在地上，用脚踹他。打完之后，他却没走。他在磨坊里留下来，跟阿尔希普一起生活了。

白天他睡觉，一言不发，到了夜里就在堤坝上游荡。邮差的幽灵也在堤坝上游荡，于是他就跟幽灵谈话。春天到了，赶车人依旧一言不发，继续游荡。一天夜里，老汉过去找他。

【语句理解】一言不发是他在忏悔自己的罪行。

“够啦，你这蠢货，别再闲逛了!”他对赶车人说，又偷偷打量邮差的幽灵，“你走吧!”

邮差的幽灵也这么说……老柳树也这么说……

“不行啊!”赶车人回答，“我倒是想走，可是我的腿疼，心也痛。”

【对比】在赶车人的反衬下，更突出地表现出这些长官毫无羞耻之心的丑恶嘴脸。

阿尔希普扶起赶车人，把他带到城里。他把他领到下街，走进那间他上交邮包的办公室。赶车人跪倒在长官脚下，连声忏悔。大胡子惊讶地张大了嘴巴。

“你说什么胡话，傻瓜!”他说，“你是喝醉了?还是要我把你关进拘留所?这些恶棍都疯了!什么都乱说一气……凶手没有找到——好吧，这就完了!你还想干什么?滚!滚远点!”

【读读想想】他们真的是都不记得了吗?(不是，他们贪污了邮包里的钱财，装作不记得了。)

当阿尔希普提到那只邮包时，大胡子大笑起来，那几个文书都露出惊恐的样子。看来他们都不记得了……这样，赶车人在下街赎罪不成，只好又回到柳树旁……

为了躲避良心的谴责，赶车人投河自尽了，身体搅混了水面，水面上正漂着阿尔希普的浮标。赶车人溺水死了。现在，老汉和柳树老婆婆在堤坝上能看到两个幽灵……他们是不是在跟幽灵交谈呢？

阅读小悟 》》

《柳树》写的是一桩荒唐透顶又离奇曲折的抢劫杀人案。罪犯赶车人行凶得逞，却没有如愿以偿得到财物。他承担了杀人的罪行，好处却阴差阳错地被各级各行官僚窃为己有。当他幡然悔悟，自首赎罪时，却被官员骂了出来，由于备受良心折磨，无奈自杀谢罪。罪犯良心上受着折磨，尚且能迫切要求赎罪；官老爷们却毫无愧色地将财物瓜分，据为己有，并且不给车夫不安的良心赎罪的机会，而导致他自杀。官员的贪婪和不作为比罪犯的锤子更杀人不见血。作者强烈地讽刺和批判了旧制度下恶劣、扭曲的社会风气。在那个充斥着虚伪、唯利是图、拜金的社会，许多正直纯洁的好人，比如老汉阿尔希普，因为社会的黑暗而变得倦怠、颓唐起来，只好麻木地活着，不问世事。契诃夫让读者看清了当时社会下，那些身处卑污的环境里的人努力挣扎、勇敢承担，却又不得不为罪恶的社会所吞噬的悲哀，批判的效果因此得以彰显。

阅读思考 》》

1. 结合第一段“谁走过‘勃’‘特’两地之间的驿道？”谈谈问句开头的妙处。（答题思路：可从以下几个方面分析：①构成悬念，吸引读者带着问题往下探究。②引出话题，启发读者思考。③开门见山，直接进入故事情节或话题。）

2. 柳树在文中起到了什么作用？（答题思路：从线索、故事发生地以及与老汉形象互为呼应的角度思考。）

3. 文中谁是真正的刽子手？（答题思路：从作者对各种官员的描写分析。）

写作加油站

写作素材积累

【主题】 赶车人无法忍受灵魂的谴责而投河自尽

【适用话题】 守法 良知 约束自己 反省

【素材点拨】 古人云：人之初，性本善。每个人来到世间的时候，生命之神就赋予了每个人良知。良知是一个人活在世上的基本条件之一，它是造物主赋予人类的财富。或许一个人能逃脱法律的制裁，但他无法逃避良知。就像小说中的赶车人，虽然他没有被法办，但他无法面对自己良心的谴责。

好词好句积累

【好词】 弯腰驼背 波澜不惊 迅疾 呜咽不止 战战兢兢

【好句】 小小的磨坊，才两方磨盘……它在那里已经矗立了上百年的时间，但是早已废弃不用，看上去它像个弯腰驼背、衣着破烂、遇风能倒的小老太婆。如果不是它背后倚着一棵粗大的老柳树，这小磨坊早就倒下了，柳树很粗很粗，两人合抱都围拢不过来。它那油亮墨绿的树叶落到屋顶上，落到堤坝上；下面的枝条有的垂进水里，有的耷拉在地面上。这柳树也上了年纪了，弯腰驼背了。

赶车人慌慌张张地四下里看了看，就颤抖着扯下了邮差脸上的布巾，迅疾地朝邮差挥起一把短柄链锤，邮差当时就不动了。他浅色头发里，露出了鲜红鲜红的伤口。赶车人赶紧跳下车，挥起链锤，又给了他一下。

相关知识链接

邮 戳

邮戳是邮政部门经办邮政通信业务使用的各种邮政戳记的统称。从邮票的功能而言，邮戳是邮政部门加盖在邮件和邮政业务单上表示收寄、投递局名和时间的戳记。它的存在为后来查证某项业务的踪迹留下了可靠的证据，既可以考证邮政发展历史，又可以考证邮票使用的首、尾日期或邮资变化的情况，还可以验证某些不明邮戳的真伪，甚至在某些民事纠纷判决中，也常将邮戳作为物证。

第13篇

出事

漫天雪地里，无恶不作的劫匪见财起意，但是聪明机灵的孩子还是让他们的美梦破灭，而他们也得到了自己应得的报应。

老爷，看到山沟后面的那片小树林了吗？那里曾发生过很严重、很不幸的事呢！

我过世的爹，噢，但愿他老人家早已升入天堂，有一天赶着大车给东家去送租金——一笔五百卢布的款子，大伙儿半年的田租。以前，我们村和舍佩列沃村的农民都租那位老爷的地种。我爹特别虔诚地敬奉上帝，常读圣书，说到克扣别人，或者欺负人，或者诈骗人家钱财——这些事上帝不许可，他是从来不干的，所以农民都很爱戴他。遇到村里需要派人进城去见长官或者给地主送钱的事，大伙儿总是推举他去。他老人家人品出众，我敢报打包票；就是有一样，我说这话请别见怪，他这人缺少点毅力，有个小毛病——老人家贪杯。通常路过小酒馆脚就迈不动道，总要拐进去喝上几杯，简直拿他一点办法都没有，糟透了！他老人家自己也知道这个毛病，所以遇到要他送公款的时候，总要把我或者我的小妹妹安纽特卡带上，

【引出下文】

开篇直入主题，由车夫给人讲故事开头，引出下面的故事内容。

【做铺垫】

说明自己父亲被推举送钱的原因，为下文做铺垫。

【伏笔】

由于车夫父亲的贪杯，造成了后面所有的悲剧，这里为后文情节发展埋下了伏笔。

生怕出点事把钱弄丢了。

其实，我们一家都喜欢喝酒。我上过学，认识几个字，在城里的烟草店里当过六年店员，碰到各色各样的有教养的老爷我都能应付一阵，乖巧礼貌的体面话也能说不少。可是我在一本小书里读到过，说伏特加是魔鬼的血，这话可是一点不假，老爷。因为酗酒，我的脸色发青，脑子里迷迷瞪瞪，一团糨糊，什么事都搞不清楚。后来，这会儿您也看到了，只好当了马车夫，就像一个目不识丁的庄稼汉，一个胸无点墨的粗人。

【承上启下】结束上文的回忆，继续刚才的叙述。

刚才我们说到我爹给东家送钱，那回他把安纽特卡也带上了。那年安纽特卡不是六岁就是八岁——一个小傻瓜，又瘦又矮。一直到卡朗契克以前，他们一路顺畅，我爹也没喝酒，脑子还算清醒。可是快到卡朗契克时，路过莫谢卡，他老人家看到一家小酒馆，他那酒虫子就在肚子里作祟了。鬼使神差地走进去，三杯酒下肚，他在众人面前信口大吹大擂起来：

【比喻】把馋酒比作酒虫子作祟，生动地表现了看到酒馆就走不动的形象。

“别看我是个貌不起眼的小老百姓，口袋里可揣着真玩意儿——五百卢布哩。只要我愿意，这酒馆，这些坛坛罐罐，连同镇上的那些犹太娘们和犹太崽子们，我全能买下来。我全买了，包干了。”

【做铺垫】在旅途中的大忌：露富了。为后文的情节发展做铺垫。

不用说，老人家这是开玩笑，吹牛。随即他又自怨自艾起来：

“教友们，当个财主或者富商，可真是烦恼。没钱的日子，无牵无挂；有了钱以后，你就得成天捂着口袋，提防坏人打主意。可怜那些阔佬活在世上总是不踏实的。”

那些顾客当然听得出他话里的意思，有的就记在心上了。那年月，卡朗契克一带正在修铁路，形形色色的刁民和光脚汉像过路的蝗虫，多得不得了。我爹清醒过来就后悔了，但为时已晚。话不像麻雀——飞出去是捉不回来的。老爷，他们当时就走的这片小树林。正走着，忽然听到后面有人骑着马追赶的声音。我爹可不是胆小鬼，但他还是有点心惊肉跳。小树林里的路，高低不平，车马无法行走，谁会骑马到这里来，又赶上农忙的季节。骑马飞奔肯定不会是去做好事。

【夸张】

运用比喻修辞，表现当时社会的混乱。

【比喻】

这是一个否定的比喻，麻雀飞走了还能再捉回来，而话说出去了就收不回来了。

【细节描写】

根据这里的地形和季节特点，老人迅速断定来人一定不是好人，从而提高了警惕。

“好像有人在追咱们，”我爹对安纽特卡说，“他们跑得可真快。都怪我这张误事的嘴，刚刚在酒馆里我……，嗨……我宁可叫舌头上长疮。闺女啊，可能要出事了！”

老人家略一沉思，做出了一个决定，他对我妹妹安纽特卡说：

【照应】

照应题目“出事”。

“我们有点麻烦了，他们大概在追我们。不管怎么样，亲爱的孩子，你拿上这些钱，把它们藏在衣服里面，快钻进树丛里躲起来。万一那些混蛋来抢劫，你先藏好，瞅好时机再跑回去找你娘，把钱交给她，让她给村长。只是你千万要当心，别让人看见你，专拣树林子、小山沟跑，拼命跑吧，愿仁慈的上帝保佑你，愿基督与你同在！”

我爹把钱包塞给安纽特卡。她找了一处密密的灌木丛钻了进去。不一会儿，三名骑马的人，赶到我爹跟前，截住了去路。其中一人身强力壮，肥头大耳，穿着红布衬衫和大靴子。另外两人衣着破烂，邋里邋

【外貌描写】

着重突出一人的外貌衣着，因为他是主谋。

【借喻】把三个土匪中的主要的人比作铁塔，突出其魁梧壮硕。

遢，像是修铁路的。不幸当真发生了，老爷。那个穿红布衬衫的铁塔汉勒住马，随后一起动手收拾我爹。

“站住，老家伙！钱在哪儿？交出来！”

“什么钱？说什么鬼话！”

“你给东家送的田租呀！拿出来，麻利点！臭秃子，不识相就干掉你，叫你来不及忏悔就去见上帝！”

他们开始想尽办法恐吓我爹，他老人家没有表示出一点软弱，相反，他勃然大怒，开始义愤填膺地痛骂他们。

“你们是一群魔鬼，心中没有上帝的魔鬼，老子巴不得你们得上霍乱才好！你们凭什么拿到钱，你们该挨鞭子抽，叫你们肩背上的鞭疮三年也好不了！都滚远点，不然我要自卫了！我揣着一把手枪，有六发子弹！”

【衬托】以劫匪的毒打表现车夫父亲的顽强、不屈服，把车夫父亲的形象树立起来。

强盗们听了这话变得更凶了，他们围着我爹暴打起来。翻遍了板车，又把我爹浑身上下里里外外搜了个遍，甚至连靴子都拽了下来。他们越打我爹骂得越厉害，他们把他折磨得死去活来。可怜安纽特卡，这时正躲在灌木丛里，她什么都看见了，她吓坏了。后来她看到爹爹躺在地上，喘着粗气，就赶紧爬起来，穿过小树林，沿着山沟子，拼命想往家里跑。她那么小，没见过世面，什么也不懂，又不识路，只能跑到哪儿算哪儿。其实那地方离我家也就是八九里路。换了大点的个把钟头就能跑到，她呢，常常是进一步，绕两步，再说也不是谁都能光着脚板在荆棘丛生的树林里跑的，那得习惯才成。而我们那里的小姑娘不是在炕头上蹲着，就是在院子里忙活，几乎不进什么树

【补叙】补充交代妹妹安纽特卡是赤脚在树林中跑，表现家庭的贫困和孩子奔跑的艰难。

林子的。

傍晚时分，安纽特卡好歹看到一户人家，是一幢木屋。那是苏霍卢科沃村外守林人的住房，他替官家看守树林，当时有经商的租了这片林子干烧炭的营生。她前去敲门。有个女人出来给她开门，大概是守林人的老婆。安纽特卡看到是个女人，立刻就哭了起来。然后一五一十把事情经过对她讲了一遍，连钱的事也讲到了。守林人的老婆挺同情她。

“我可怜的孩子，宝贝儿！你才这么小，上帝会保佑你的！好闺女！快进屋吧，让我给你弄点吃的！”那女人竭力让安纽特卡相信她的善良，急忙忙地弄吃弄喝，甚至陪她一块儿掉眼泪。她让安纽特卡觉得亲近极了，您猜怎么着，这小傻子把钱包都交给了她。

【用词准确】

“竭力”“急忙忙”“陪她”等词语暗示我们这个女人并不一定是好人，为下文情节做铺垫。

“我呀，小乖乖，先替你把它藏起来，到明早上送你回家的时候再还给你，怎么样小宝贝？”

那女人拿了钱，把安纽特卡安顿在炉台上，炉台上正烘着许多食物。守林人的女儿——她跟安纽特卡一般大小——已经躺在有炉台上的床上。事后安纽特卡跟我们讲，那些食物香得很，有一股蜂蜜味！安纽特卡一点也睡不着，一个人偷偷地哭：她担心爹爹，怕他遭遇什么不测。过了一两个钟头，有人进屋来了。她一看，老爷，你猜，她看到谁了？天可怜见！正是那三个折磨爹爹的强盗。他们的头领，那个穿红布衬衫的人走到女人跟前说：

【做铺垫】

特别强调这个小女孩跟安纽特卡一般大，为下文安纽特卡成功脱逃和土匪错杀守林人的女儿铺垫。

“哎，老婆，今天我们是白白打死人了。晌午的时候，我们打死了一个人。可是连一个小钱也没有翻出来。”

不用说，说话的就是那个穿红布衬衫的人，他就是守林人，是那女人的丈夫。

“那老家伙白白送了命，”他的两个同伙说，“我们也是白白让灵魂背上了罪孽！”

守林人的老婆这时候却嘿嘿笑起来。

【照应】照应上文，丑恶的女人这才露出真面孔。

“傻婆娘，笑什么笑？这事可笑吗？”

“我笑你们几个笨透了。瞧老娘我既没有沾血弄脏手，灵魂也没有背上罪孽，可那钱却到手了。”

“什么钱？你瞎扯什么？”

“你们倒是来看看，我有没有瞎扯。”

那女人解开鼓鼓囊囊的钱包，这该死的婆娘把钱炫耀给那三个强盗看。接着就原原本本地把安纽特卡怎么来找她，怎么主动拿出钱包都说了。那些杀人凶手高兴疯了，赶紧坐地分赃，甚至差点打起来，后来，就坐下来大吃大喝，庆贺抢劫成功。可怜的安纽特卡没睡着，他们说的话她全听见了，小傻瓜吓得浑身筛糠，像蚂蚱掉进热锅里。这下该怎么办？从他们的话里她知道爹爹死了，尸体横在路上，她恍恍惚惚地，好像看到一群狼和狗在撕食可怜的爹爹，好像我们家的马跑进林子深处，也叫狼分吃了，又好像她自己被扔进了地狱，有人要打她，怪罪她不该把钱弄丢了。

【比喻】类似中国的俗语：像热锅上的蚂蚁。指遇到事情后不知所措。

【想象】听到土匪的对话，知道自己的父亲已经葬身于他们手中，想象惨烈的场面，无比悲痛。

那些强盗胡吃海喝一顿，就又打发女人去买酒。给了她五卢布，叫她买伏特加和甜葡萄酒。他们花着要命钱作乐，毫不惭愧。“索性喝个通宵！”他们吵吵着，“现在我们有的是钱，用不着那么小气！喝吧，尽情地喝！”

就这样到了半夜，三个人都喝得酩酊大醉，那婆娘第三次去买酒，守林人在屋里来回走了两趟，身子已经要站不住了。

“哎，弟兄们，”他说，“那个小丫头得收拾掉！我们可不能放过她，要不她一定跑去告发我们。”谁都知道，要对一个无辜的小孩下毒手，那是件令人无比惊骇的事，只有醉鬼或疯子才下得了手。他们争论了快一个钟头，该谁去杀死她。三人互相推搡，又差点打起来。最后只得抓阄，守林人抓着了。他又灌了一大杯壮胆，然后清清嗓子，到外屋取斧子去了。

【语言描写】丧心病狂的劫匪要对一个毫无反抗能力的小姑娘下手，表现了劫匪的毫无人性和狠毒。

可是安纽特卡这小妞还挺有两下子。别看她平时傻傻乎乎的，这一回她多长了个心眼。她悄悄地爬起来，先是向上帝祈求保佑，然后拿起守林人老婆盖在她身上的羊皮袄。您知道，守林人的女儿跟她并排躺在炉台上，她们两个差不多大。安纽特卡把羊皮袄轻轻盖在她身上，再把盖在小姑娘身上的那婆娘的棉袄披在自己身上。就是说，她们调了个包。她用棉袄蒙住头，穿过房间，从那些醉鬼身边提心吊胆地走过，那些醉汉以为她是守林人的女儿，谁都没在意。算她运气好，那婆娘出去打酒了。要不然，安纽特卡也许躲不过那把斧子，因为女人眼尖，像隼一样。那婆娘瞅得出谁是自己女儿。

【语句理解】聪明的安纽特卡把披在自己身上的衣服和披在守林人女儿身上的衣服掉了包。

安纽特卡出了屋子，撒腿就跑。她迷了路，在林子里转悠了一夜，直到早晨才到了林边空地，她奔上了大路。上帝保佑，她碰到了文书叶戈尔·丹尼雷奇，他拿着鱼具正要去钓鱼。安纽特卡气喘吁吁地把事情大概对他说了一遍。他赶紧往回跑——这会儿哪儿还顾得上去钓鱼？回到村里，他即刻召集了一帮农民，

【设置悬念】安纽特卡是否能安然脱险，引起读者兴趣。

赶到守林人家里。

他们撞开门，看到那几个杀人犯醉得东倒西歪，胡乱躺在地板上。那婆娘也醉倒了。首先搜他们的身，把钱弄了回来。他们朝炕上一看，哎哟——求上帝宽恕我们吧！守林人的女儿还睡在笤帚上，盖着羊皮袄，可是满头鲜血，湿漉漉一大片，是让他父亲亲手给砍的。大伙把三男一女推搡醒，绑了，押到乡里去了。那婆娘便呼天抢地地哭起来，守林人还在那儿晃着脑袋嘟囔着：

【前后照应】呼应前文安纽特卡把自己和守林人女儿的衣服掉包，结果守林人真错杀了自己的女儿。这真是恶有恶报。

“再给点酒喝，乡亲们，让我醒醒酒！我头痛死了！”

后来按程序在城里开庭审判，他们受到了法律的严惩。

这件不幸的事，老爷，就发生在小山沟后面那片树林里。这会儿林子已经看不大清楚，太阳该落到树林后头去了。我只顾跟您讲话，连这些马都不走了，好像它们也听得起劲呢。马儿呀！跑得再快一点，坐车的是位好人，会给赏钱的！得儿驾，我的好马！

【首尾呼应】呼应开头，结束全文，结构严谨。

阅读小悟

《出事》向我们昭示了：以恶为念，害人害己；抢来的不是幸福，而是祸患。在老爹身上固然有好多性格缺陷，但他不向邪恶势力低头，宁肯被打死也不出卖大家的血汗钱，鼓励孩子离开危险之地，送还钱财。在这里我们看到了劳动人民身上人性的真、善、美。同时强盗一伙毫无人性、妄想着靠抢劫过寄生虫一样的生活，甚至强盗老婆连个小孩子也不放过，骗到家来，榨出钱物，于此我们也窥见到了人性的假、丑、恶。

当然，恶有恶报，强盗的被抓和自己孩子的替死暗示了邪恶终会得到鞭笞，正义得以伸张；由此看来，心存善念，正派做人，勤恳做事，才是正道。

生活中，虽然没有像文中这样善恶鲜明的选择，但我们往往也会有很多时候会面对一些问题。当我们面临一些难以确定的选择时，只要坚持善恶标准，就不会误入歧途。

阅读思考

1. 这篇小说故事情节的叙述方面有哪些与众不同的地方？（答题思路：从故事的叙述角度分析。）

2. 故事中的主人公是谁？请解析。（答题思路：由文章的中心和主旨可得出结论。）

3. 文中哪两个情节都表现了“喝酒误事”？（答题思路：总结文中内容即可。）

写作加油站

写作素材积累

【主题】 安纽特卡偷梁换柱

【适用话题】 随机应变 冷静 智斗

【素材点拨】 安纽特卡能够脱险，全靠她在面临生死抉择时能冷静应对。在当今社会，人们似乎太容易就有情绪上的波动。喧闹的都市往往让人烦躁不安，时常做出一些令人后悔莫及的事，因此我们要学会控制自己，因为生活需要冷静，只有学会冷静，生活才能多一些和谐。

好词好句积累

【好词】 人品出众 大吹大擂 鬼使神差 自怨自艾 死去活来 胡吃海喝 提心吊胆 呼天抢地

【好句】 他老人家看到一家小酒馆，他那酒虫子就在肚子里作祟了。鬼使神差地走进去，三杯酒下肚，他在众人面前信口大吹大擂起来。

那年月，卡朗契克一带正在修铁路，形形色色的刁民和光脚汉像过路的蝗虫，多得不得了。我爹清醒过来就后悔了，但为时已晚。话不像麻雀——飞出去是捉不回来的。

可怜的安纽特卡没睡着，他们说的话她全听见了，小傻瓜吓得浑身筛糠，像蚂蚱掉进热锅里。这下该怎么办？从他们的话里她知道爹爹死了，尸体横在路上，她恍恍惚惚地，好像看到一群狼和狗在撕食可怜的爹爹，好像我们家的马跑进林子深处，也叫狼分吃了，又好像她自己被扔进了地狱，有人要打她，怪罪她不该把钱弄丢了。

守林人的女儿跟她并排躺在炉台上，她们两个差不多大。安纽特卡把羊皮袄轻轻盖在她身上，再把盖在小姑娘身上的那婆娘的棉袄披在自己身上。就是说，她们调了个包。

相关知识链接

俄罗斯人和酒

俄罗斯人好酒举世闻名，尤其是男人。在俄罗斯，不论文化层次、社会地位，不分经济收入、性别年龄，人们随时随地就可豪饮，饮酒已经成为他们难以改变的民族生活习性。他们一般只喝本国特产伏特加，不大接受外国酒。据统计，人口仅 1. 45 亿的俄罗斯，每年消费伏特加达 40 亿升，每年因酒致死的人数多达 15 万。酗酒据说是俄罗斯男人寿命不长的一个因素。俄罗斯人为何如此好酒呢？原因有两个：一是俄罗斯幅员辽阔、人烟稀少，大部分地区处于高寒地带，冬季漫长寒冷。酒，可以御寒、暖身、解乏，还可以提神、壮胆。二是卫国战争的胜利，“伏特加”助战有功，加助了人们对它的喜爱。苏联卫国战争期间，为让将士们趋寒暖身提高战斗力，斯大林批准每天给部队战士派发相应数量的伏特加酒，据记载，苏联官兵仅 1942 年 12 月这一个月，就喝光了 569 万升伏特加。

第14篇

带阁楼的房子

舍尔科夫卡真是个好地方，那里有美丽的林荫路，有白色的楼房，有古老的果园、芬芳的花园，有亲切的贵妇人，最主要的是还有画家情投意合、日夜思念的可爱姑娘。

可是，在现有观念和制度的前提下，有情人能终成眷属吗？

一

六七年以前，我住在T省某县地主别洛库罗夫的庄园里。别洛库罗夫是个年轻人，每天清晨按时起床，穿一件紧腰长外衣，每天晚上要喝啤酒，总是跟我抱怨，说没有人同情他。他住在花园的厢房里，我则住在地主老宅的大厅里。大厅里矗立着许多圆柱，摆放着一张宽大的长沙发，我就睡在沙发上。大厅里还有一张我摆纸牌作卦的桌子，再没有别的家具。里面的几个旧式的阿莫索夫壁炉发出嗡嗡的声音，在晴朗的天气里也是如此。一旦遇上大雷雨，整座房子便颤抖起来，似乎再有一点力量加在上面就土崩瓦解了。尤其是在夜里，当大厅里的十扇大窗户骤然被闪电照亮时，那情景真是恐怖至极。

我生性懒散惯了，干脆什么事都不做了。我长时

【引出下文】

写没有人同情他，引起读者阅读兴趣，引出下文。

【环境描写】

通过大厅里的布置表现大厅的空荡。

【夸张】

“整座房子便颤抖”“土崩瓦解”运用夸张的手法，表现房子的破败。

间地望着窗外的天空、飞鸟和林荫道，翻看着给我寄来的书报，或者睡睡觉。我偶尔也走出家门，在某个地方徘徊畅游，玩到很晚才回来。

【语句理解】说明“我”的生活单调、无聊，毫无生趣。

有一天，我走在回家的路上，无意中发现了一处陌生的庄园，就走了进去。这时夕阳西下，晚霞的影子在麦地里蔓延开去。两排高耸茂密的老云杉，像两面连绵起伏的高墙，打造出一条幽深而美丽的林荫路来。我轻盈地跨过一道栅栏，沿着这条林荫道走去，地上铺着一层厚厚的针叶，走上去都有点打滑。四周寂静而幽暗，在高高的云杉树梢上，明亮的金光不时跳动着，映在一些巨大的蜘蛛网上，变幻出虹霓般的色彩，针叶发散出浓烈的气味，让人透不过气来。我拐弯走上一条长长的椴树林荫道。这里同样充满了荒凉而古老的味道。陈年腐烂的树叶在脚下悲鸣，暮色剪出树木隐藏着的无数的暗影。右侧是一座古老的果园，果园里一只黄莺正自娱自乐地唱着细长的歌，那歌声仿佛也蒙上了灰尘，想必它也上了年纪了吧。总算走到椴树林荫道的尽头了，我走过一幢白色的带阁楼的房子，眼前出现了一座院落和一个宽阔的池塘。池塘四周绿柳成荫，有一座洗澡棚。池塘对岸是村庄，还有一座又高又窄的钟楼，在夕阳的映照下，钟楼上的十字架闪着金光。恍惚间，一种亲切又熟悉的感觉弥漫心间，让我一下子心旷神怡起来，眼前的景象似曾相识。

【比喻】把道路两旁的云杉树，比作两面连绵起伏的高墙，表现大树的高大茂密。

【拟人】运用拟人修辞写景，“陈年腐烂的树叶”说明久无人来，歌声也蒙上“灰尘”，更用通感的手法，让我们感受到庄园的古老沧桑。

【伏笔】说明“熟悉”，为下文埋下伏笔。

一道白色的砖砌大门由院落通向田野，大门古老而厚重，两旁各有一只石狮子。门口站着两个姑娘。其中一个年纪稍长，身材苗条，脸色白皙，是个美人。

一头浓密的栗色头发，嘴巴小巧而轮廓分明，神态端庄严肃，看到我似乎颇为不屑。另一个要年轻许多，大概有十六七岁，也是一样的苗条而白皙，嘴巴稍大些，她看到我打一旁走过显得有些吃惊，悄声说了一句英语，又害羞起来。我仿佛觉得这两个可爱的姑娘在哪里见过似的。我兴致盎然地回到住所，好像还在梦中一样。

【伏笔】再次点明这两个姑娘也“熟悉”，为下文埋下伏笔。

在这以后的一天中午，我和别洛库罗夫在屋外散步，忽然听到草地上索索作响，一辆弹簧四轮马车驶进院子，车上恰好坐着那位年长的姑娘。她是来为遭受火灾的乡民募捐的，还带着认捐财物的单子。她没有正眼看我们，而是极其庄重而详细地对我们讲起西亚诺沃村遭受火灾的惨状：烧了多少家房子，有多少男女和儿童无家可归，作为救灾委员会的成员之一，她告诉我们这个委员会正打算起草什么措施，然后她让我们认捐签字，收起单子就告辞了。

“您是否把我们忘得一干二净了，彼得·彼得罗维奇？”她对别洛库罗夫说，向他伸出手去，“您来我们家吧，如果这位先生也光临舍下，想看一看崇拜他天才的人是怎样生活的，那么妈妈和我将十分荣幸。”

【暗示】说明她们家人对“我”的绘画非常崇拜。

我鞠躬致谢。

她离开之后，彼得·彼得罗维奇就跟我聊起了她家的情况。据他说，这个姑娘出身良好，叫莉季娅·沃尔恰尼诺夫娜，她和母亲、妹妹居住的庄园和对面的村庄，都叫舍尔科夫卡。她的父亲当年在莫斯科是地位显赫的权贵，去世时已是三品文官。广有家财，但沃尔恰尼诺夫的家人一直住在乡下，一年四季

【引起下文】引出下文对莉季娅一家的描述。

总不外出。莉季娅在舍尔科夫卡的地方自治会开办的小学当老师，每月薪水并不多——二十五卢布。她的开销就靠这笔收入，她很为自己能自食其力而自豪。

【做铺垫】为后文二人拜访母女三人做铺垫。

“这个家庭蛮有意思，”别洛库罗夫说，“我们哪天去拜访一下。我想，她们会欢迎您的。”

一个节日的午后，我们想起了这么一回事，便动身到舍尔科夫卡去看望她们。母女三人都在家。看到母亲叶卡捷琳娜·帕夫洛夫娜，就能想象她当初是个美人儿，不过现在身体已经发胖，看上去要老一些，还害着哮喘病。她眉宇间有些忧郁，看上去一副漫不经心的样子，为了避免冷场，尽量谈些绘画方面的话题。她听大女儿说，我可能会去她们那里，她匆忙间想起了曾在莫斯科画展上见过我的两幅风景画。于是她问我，这些画的主题是什么。莉季娅，家人叫她丽达，大部分时间在跟别洛库罗夫聊天，很少跟我交流。她严肃地端坐在那里，问他为什么不到地方自治机关任职，为什么他至今一次也没有参加过地方自治会的会议。

【暗示】神态描写，说明崇拜“我”的人一定不是母亲。

“这样的状态有点糟糕，彼得·彼得罗维奇，”她责备说，“不好。该自我反省呢。”

“是啊，丽达说得对，”母亲附和道，“这样不好。”

“我们整个县的职权都掌握在巴拉金的手里，”丽达面向我接着说，“他是县地方自治局执行委员会主席，他刚愎自用，独断专行，把县里的所有职位都分给了他的子侄辈们。青年人应当组成新生力量的派别，起来斗争才是。可是您看到了，我们这儿的青年人是怎样做的。该反省呢，彼得·彼得罗维奇！”

【暗示】暗讽俄罗斯当局政治形势。

大家谈论地方自治局的时候，妹妹任妮亚一直沉默不语。她从来不参加这样严肃的谈话。家里人拿她还当小孩子，都管她叫蜜修斯，因为她小时候称呼她的家庭女教师为蜜斯。她一直用好奇的目光打量着我，当我翻看相册时，她在一旁不时为我解释、指点：“这是叔叔……这是教父。”这时候，她像孩子般用消瘦的肩膀贴着我，我便清楚地看到她那纤弱的尚未发育完全的胸脯，细细的发辫和紧束着腰带的苗条的腰身。

【细节描写】

通过妹妹任妮亚和她母亲、姐姐的不同反应，说明家里崇拜“我”的人应该是妹妹。照应前文。

我们玩槌球，打网球，在花园里散步，喝茶，然后在晚餐时耗费很长时间。一直住在又大又空的圆柱大厅里，来到这幢不大却很舒适的房子里一时还有点不习惯。这里的墙壁上没有粗糙的石版画，这里称呼仆人为“您”，这里因为有了丽达和蜜修斯，一切都充满了纯真和青春的活力，周围呈现出上流社会的优雅氛围。晚餐桌上，丽达又跟别洛库罗夫谈起县地方自治局、巴拉金和校图书馆的话题。这是一位朝气蓬勃、颇有主见的姑娘，听她讲话很有意思。可是彼得·彼得罗维奇——我的朋友，从上大学起，就爱争论，而且讲起话来索然无味、冗长拖沓，总想炫耀自己。他说话间，做了个手势，袖子顺便打翻了一碗调味汁，把桌布弄得一塌糊涂，可是除了我，好像谁也没有看见。

【作比较】

通过“我”的观察表现母女三人的宽容、有教养。

我们动身回去的时候，已经很晚了。

“良好的教养不在于你有没有弄翻调味汁、弄脏桌布，而在于别人弄翻了你只当没看见，”别洛库罗夫说完叹了一口气，“这真是个极有教养的家庭呢。跟这些高尚的人联系太少了！成天瞎忙！不知忙些什么！”

【语言描写】

通过两人的对话，揭示两人共同观察到的这一家人的特点，以及感受。

他说，如果你想把农业管理得很出色，就必须付出许多精力和辛苦。而我却想：他是多么愚蠢和懒散！每当他谈起什么正经事，就故意拖长声调，哎呀哎呀，工作起来，跟说话一样——拖拖拉拉，总是误期。我对他办事总是心存怀疑，因为我曾让他捎几封信去邮局，后来才知道一连几个星期他把信揣在自己的口袋里。

【对比】“我”对别洛库罗夫的印象和他自以为是之间的矛盾，增强对人物的讽刺效果。

“最令人生气的是，”他跟我一道走着，边走边唠叨，“多么令人生气，你辛辛苦苦地工作，却没有人认可你。一个都没有！”

二

从那以后，我经常去沃尔恰尼诺夫家。我坐在凉台最下面的台阶上。心里充满苦闷，我惋惜自己的生活如流水般逝去，且了无趣味。要这一颗沉重的心脏有什么用呢？这时候凉台上来人了，响起了说话声、簌簌的衣裙声、哗啦哗啦的翻书声。不久我就习惯了丽达的活动：白天她给病人看病，分发书本，经常打着伞到村子里去，晚上则大声谈论政治和学校的事。只要一谈起正经话题，这位姑娘总是冷冷地对我说：

【对比】在“我”百无聊赖的时候，丽达却忙碌不停，更突出了“我”生活的无聊、无意义。

“您对这种事是不会感兴趣的。”

很显然，她不喜欢我，因为我是个画家，画风景画的。在我的画里不反映人民的疾苦，而且她觉得，我不会对她热衷的事业感兴趣。这使我不由得想起一件往事，一次我路过贝加尔湖畔，遇到一个骑马的、蓝衣布里亚特族姑娘。我想让她把她的烟袋卖给我。她好像懒得搭理我这张欧洲人的脸和我的帽子，说了几句话就一声吆喝策马而去。丽达也是如此蔑视我，

【注释】俄国境内少数民族，系蒙古族的一支。

似乎把我当成了异族人。当然，她在外表上绝不表露出来，但我能感觉到她的蔑视。因此，每当我坐在台阶上时，总是生着闷气，在心里一遍遍数落道：自己不是医生却给农民看病，这不是欺骗是什么，再说谁如果拥有两千俄亩土地，做个慈善家还不容易。

她的妹妹蜜修斯，什么都不用操心，跟我一样，过着闲适的生活。早晨起来，她就坐在凉台上的圈椅里，两条腿刚搭地，读起书来。有时到林荫路上或者到田野里去读书。她整天沉浸在阅读里。有时好像看累了，目光变得呆滞，脸色十分苍白，这种阅读使她的脑子多么疲劳。每逢我去她们家，她一看到我就有点脸红，于是放下书，两只大眼睛望着我，颇有兴致地向我讲述着她们家发生了什么事，什么下房烟囱起火了啦，雇工在池塘里捉到大鱼了等等。平时她总穿着浅色的上衣和深色的裙子。我们一起散步，摘樱桃用来做果酱，划船。当她跳起来够那熟透的樱桃时，或划动船桨时，从她那宽大的袖口里就露出她细白的胳膊。有时我写生，她就站在旁边观看，一边看一边称赞。

【细节描写】
蜜修斯对“我”的兴趣通过一些细节表现出来。

【动作描写】
通过她对“我”写生的称赞，表现她对“我”的喜爱。

七月末的一个星期日，早上九点多，我就来到沃尔恰尼诺夫家。我在花园里散步，一边走一边寻找白蘑菇。走着走着离正房越来越远了。那年夏天这种白蘑菇可真多呀，我做好了标记，等着以后同任妮亚一道来采摘。风温柔地吹在脸上，我看到任妮亚和她的母亲身穿着浅色的节日衣裙，任妮亚一手护着帽子，从教堂里回来。后来我听到她们在凉台上喝茶。

【伏笔】
为后文“我”与任妮亚散步埋下伏笔。

我这人了无牵挂，而且总想着闲散自在，所以夏天庄园里的节日的清晨总是格外诱人。这时蓊蓊郁郁，空气湿润，草木叶子上挂满晶莹的露珠，在阳光的照耀下，万物生辉，显得生机一片；房子附近弥漫着木樨花和夹竹桃的香味，人们刚从教堂里衣着整齐地归来，在花园里喝着茶；兴高采烈地聊着天。这些健康、漂亮的人们，在这漫长的夏日可以什么事都不用干——使你不由得想：但愿一辈子都能过上这种生活。此刻我一边想着，一边在花园里漫步，准备就这样毫无目的地走下去，哪怕走一个夏季。

【场面描写】通过对这里人们清晨美好生活的描述，表达了“我”对这种生活的向往。

任妮亚提着篮子来了。看她脸上的神情，仿佛她早就知道我在这儿。我们一块儿采蘑菇，聊天。有时她想问我什么问题，就向前走几步，走到我的面前来。

【动作描写】将任妮亚与“我”交流时的情景细腻地展现在读者面前。

“昨天我们村里出了件怪事，”她说，“佩拉吉娅整整瘸了一年了，求医问药都看遍了也不管用，可是昨天有个老太婆叨咕了一阵，她的病居然好了。”

“这算什么，”我说，“不该在病人和老太婆身上寻找奇迹。难道健康不是奇迹？难道生命本身不是奇迹？凡是不可理解的事物，都是奇迹。”

“可是，对那些不可理解的事物，您不觉得恐怖吗？”

“不怕，我总是喜欢探究未知的神秘的境地，我比它们高明。人应当意识到，他比狮子、老虎、猩猩要高明，比自然界里的其他一切生灵都要高明，甚至比那些未知的奇迹还要高明，否则他就不配叫人，而是什么都怕的老鼠。”

【议论】“我”虚无、空洞的论调，毫无意义。

任妮亚以为，我既然是画家，了解的事情一定多，即使有不知道的，多半也能参透。她一心想让我把她领进那个永恒而美好的天地里去，去拜访那个崇高的世界，她认为，在那里她离我很近，她可以跟我谈上帝，谈永生，谈奇迹。我认为我和我的思想会永生。便告诉她："是的，人是不朽的。"她相信了，并不要求论证。

【语句理解】

任妮亚对"我"的崇拜超过一切，在她眼中，"我"就是万能的。

我们朝房子那边走去，她突然停下了，说：

"我们家丽达是个了不起的人，对不对？我热烈地爱着她，甚至随时随地都可以为她牺牲性命。可是为什么，"任妮亚拉拉我的袖子，"您总是跟她争论？为什么您动不动就生气呢？"

"因为她是错的。"

任妮亚摇摇头表示不同意，眼里涌现出泪花。

"多么不可理解呀！"她说。

这时，丽达刚好从什么地方回来，手里握着一根马鞭站在台阶那里，在阳光的照耀下显得更加苗条而漂亮。她正给雇工吩咐活计。她忙忙碌碌地大声说话，接待病人，然后认真地检查所有的房间，包括房间里的每个立柜，最后到阁楼上去了。大家找了她好久，叫她下来吃午饭。等她下来时，我们已经喝完汤了。这一天虽然没有什么特别的事，但现在回忆起来却格外鲜明，令人欢欣。午饭后，任妮亚又埋进圈椅里看起书来，我则坐到台阶的最下层。没有人说话。天空乌云密布，紧接着下起稀疏的细雨。天气闷得难受，没有一丝风，这一天漫长得几乎总也过不完。叶卡捷琳娜·巴夫洛夫娜也出来凉快了，她举着扇子，一副睡眼惺忪的样子。

【人物描写】

阳光下丽达的形象更加动人。

【暗示】

与前文呼应，看到阳光下丽达的身影，这一天的时光便鲜明美丽。

"妈妈，"任妮亚吻她的手说，"白天睡觉是有害健康的。”

【巧妙过渡】巧妙地从对任妮亚的描写转到对她母亲的描写。

这对母女谁也离不了谁。一人去了花园，另一人必定站在凉台上，望着树林呼唤：“喂，任妮亚!”或是“妈妈，你在哪儿呢?”她俩经常在一起祈祷，两人同样笃信上帝，对人的态度也一样。叶卡捷琳娜·巴夫洛夫娜也很喜欢我，只要我两三天不去，她就会打发人来探问，我是不是病了。跟蜜修斯一样，她也赞赏我的画作。絮絮叨叨地和我话着家常，甚至透露一些小秘密。

她崇拜自己的大女儿。丽达向来不对人表示亲热，只说正经的事。在母亲和妹妹的眼里，她是个神圣而又带几分神秘的人，就像水兵们眼里的海军上将，总是坐在舰长室里，叫人难以接近。

“我们的丽达是个了不起的人。”母亲也常常这样说。

【语言描写】母亲低声地跟“我”表扬丽达并说丽达该嫁人的事情，暗示她对“我”的看中。

天空正下着细雨，我们谈到了丽达。母亲诚惶诚恐地四下里看看，压低嗓子，小心翼翼地补充说：“这样的女孩子白天打着灯笼也难找。她什么都很好，可是她都二十四岁啦，早该为自己打算了。老这样为书本和药房之类的事忙碌，好时候就要过去了……她该嫁人了。”

任妮亚抬起她苍白的头来，望着母亲，像是自言自语地说：

“妈妈，一切全凭上帝裁决吧。”

说完，又埋头看书去了。

别洛库罗夫也来了，他穿着紧腰长外衣和绣花衬衫。我们玩槌球，打网球。天黑以后，大家吃晚饭，又耗费了很长时间。丽达照常讲起学校的事和那个把全县都抓在手里的巴拉金。晚上我离开时，怀着美好又悲哀的情绪想着：这世上的一切，不管它多么长久，总有结束的时候。任妮亚把我们送到大门口，也许是因为她从早到晚都同我在一起，这时我感到，离开她似乎有些寂寞，对我来说他们一家已十分亲切。入夏以来我头一次产生了作画的愿望。

【照应】

和前文照应，说明丽达是一个从来都关注“大事”的人。

“请告诉我，您为什么生活得这么枯燥无味?”我边走边问身旁的别洛库罗夫，“我的生活枯燥、沉闷、单调，这是因为我是画家，我脾气古怪。从少年时代起，我在精神上就受到折磨：嫉妒别人，不满自己，自卑、贫穷，到处漂泊；可是您呢，您身体健康、精神正常，是地主，是老爷——您为什么生活得这么乏味？为什么，比如说吧，您至今没有爱上丽达或者任妮亚?”

“您忘了我爱着另一个女人。”别洛库罗夫回答。

【过渡】

自然引出别洛库罗夫的女友柳博芙·伊凡诺夫娜。

他这是指他的女友，和他一起住在厢房里的柳博芙·伊凡诺夫娜。我每天都能看见她在花园里散步。她长得极其丰满，举止傲慢，活像一只肥胖的母鹅，穿一套俄式衣裙，戴着项链，经常打一把小阳伞。仆人不时喊她回去吃饭或喝茶。三年前她租了一间厢房当住处，从此就在别洛库罗夫家住下，看样子不打算走了。她比他大了十岁，把他管束得很严，他每次出门，都要先征得她的许可。她经常扯着洪亮的嗓子大声地哭叫，每当这时，我就打发人去告诉她，如果她再哭叫下去，我就立即搬家，她这才打住了。

【比喻】

对别洛库罗夫女友外貌的描写，通过“母鹅”的比喻透露出“我”对她不喜欢的情绪。

我们回到家，别洛库罗夫坐到沙发上，拧着眉头

【对比】

表现两人不同的心情。

想心事，我就一个人在大厅里踱来踱去，像个堕入情网的人，内心充满了欢乐和激动。我迫切地想谈谈沃尔恰尼诺夫一家人。

【语言描写】

通过对两姐妹的比较，表现自己对两姐妹的喜欢，也表明了自己的倾向。

“丽达只会爱上地方议员，而且还得像她一样，热心办医院和学校，”我说，“啊，为了这样的姑娘，不但要全力参加地方自治会的工作，而且还要像童话里说的那样，穿破铁鞋也甘之如饴。还有蜜修斯，她是多么可爱的女孩呀！”

【作比较】

把此刻的心情和穿过几百里荒凉、寂寞的草原进行比较，表现“我”对这种高谈阔论的讨厌。

别洛库罗夫慢悠悠地大谈时代病——悲观主义。他说得理直气壮，那口气就像在跟我辩论一样。要是任凭他一个人坐在那里，高谈阔论，又不知道他什么时候才走，这时你的心情远比穿过几百俄里荒凉、孤寂的草原还要沉闷。

“问题不在于悲观主义还是乐观主义，”我气愤地说，“问题在于一百个人当中有九十九个没有头脑的！”

别洛库罗夫觉得这话是说他的，赌气就走了。

三

“公爵在玛洛焦莫沃村做客，他问候你呢，”丽达回来了，摘下手套，对母亲说，“他讲了许多有意思的事情……他答应在省地方自治局代表会议上再一次提出在玛洛焦莫沃村设立医务所的问题。不过他又表示希望渺茫。”这时她又转身对我说：“对不起，我忘了，您对这种事是不会感兴趣的。”

我感到气愤。

“你怎么这么说呢？”我耸耸肩膀，“您并不想听听我的看法，但我敢说，这个问题我很感兴趣。”

“是吗？”

“是的。依我看，玛洛焦莫沃村完全不需要医务所。”

【对话】 抛出一个让人瞩目的话题，引人注意，引出自己对这个问题的看法。

我生气的情绪传播到她身上。她眯起眼睛看了看我，问道：

“那么，他们需要什么呢？风景画吗？”

“不，那里什么都不需要。”

她摘下手套后拿起一份刚送来的报纸。过了一会儿，她压低声音说：

【动作描写】 利落的动作表现丽达干练的性格。

“上星期，安娜难产死了，如果附近有医务所，她就能活下来。画家先生，您怎么看呢？”

“我的看法十分明确，请您相信，”我回答说，她用报纸挡住我的视线，看上去似乎并不愿听到我的观点，“依我看，医务所、学校、图书馆、药房等等，在现有的条件下只是被奴役的工具。人民被镣铐锁住了手脚，而您不去想方设法斩断链条，反而给它辅以诸多新环节——这就是我的看法。”

【语言描写】 “我”和丽达的观点发生激烈碰撞，丽达立足改善民众生活，而“我”则认为这些治标不治本。

她不屑一顾地笑了笑。我继续说下去，竭力想表达清楚我的观点：

“问题不在于安娜死于难产，而在于所有的安娜、玛芙拉和佩拉吉娅，她们从早到晚卖力地干活，超体力的劳动使她们身体孱弱，总是生病。她们一辈子为饥饿和生病的孩子忧虑，一辈子求医看病，未老先衰，在污秽和臭气中死去。她们的孩子长大了，又开始了新一波的轮回。几百年就这样过去了，成千上万的人过着暗无天日的生活——只为了一块填饱肚子的面包，整天提心吊胆。他们的处境之所以悲惨，还在于他们没有工夫思考自己的灵魂，顾不上自己的形象和面貌。

【议论】 概括沙皇统治下，人们一辈复一辈永远相同受奴役的生活状况。

【比喻】

阐述在繁重的劳动下，在人民饱受饥寒压迫下，根本无法腾出时间和精力去思考更深入的东西，所以祖祖辈辈受奴役是一定的。

饥饿、寒冷、死亡的恐惧、繁重的劳动，像雪崩一样堵塞了他们精神生活的道路。而只有有思想地活着，才是人区别于动物的标志，才是他有追求的人生。您到他们中间去，用医疗技术和知识帮助他们，不但不能帮他们摆脱束缚，恰好相反，您是去进一步奴役他们，因为您给他们的生活增加了新的成见，您扩大了他们的需求范围，比如说为了买斑蝥膏药和书本，他们就得付钱给地方自治会，也就意味着人们更辛苦地干活才成。”

【举例论证】

举例说明增加人们生活现状的需求，等于把人们进一步推向火坑。

“我不想跟您吵，”丽达放下挡在脸前的报纸说，“这一套我早听过了。我只想对您说一句：身体力行总比置身事外要高尚得多。也许，我们并不能拯救人类，而且还可能会犯许多小错误，但是我们在竭尽全力去做，所以我觉得我们是对的。一个有文化的人最神圣的使命就是为周围的人们服务。不过您不喜欢这个，我也不认为您说的都对，见仁见智就是了。”

“是的，丽达说得对。”母亲附和道。

【动作、神态描写】

表现母亲对丽达的畏惧。

有丽达在场母亲总有点胆怯，一面说话，一面不安地察看丽达的脸色，生怕说错了什么。她从来不反对女儿的意见，总是小心地附和：“丽达说得对。”

【比喻论证】

通过用萤火之光不能照亮大花园比喻教给农民识字和设立医务所并不能从根本上解决人民受压迫的现状。

“教农民读书认字，散发充满可怜说教和俗语的书本，设立医务所，这些既不能消除愚昧，也不能降低死亡率，正如萤火之光不能照亮窗外的大花园一样。”我说，“您并没有给他们带来改变，您只是干预了他们的生活，其结果只能使这些人生出新的需求，并为此付出更多的劳动。”

“天哪，人总得干些事情吧！”丽达大为恼火，看得出来，她认为我不可理喻，所说的话也毫无道理可言。

“应当把人们从沉重的体力劳动中解放出来，”我说，“必须给他们减负，给他们喘息的时间，使他们不至于一辈子都被繁重的体力劳动拖累，他们也有权利和精力来思考灵魂和上帝，从而能够最大限度地发挥出他们的才华。每个人在精神活动中的使命是探求真理和生活的意义。如果您的努力能使他们脱离那种笨重的牲口般的劳动，让他们感到生命的自由，到那时您会看到，您的那些书本和药房其实是一种嘲讽。也就是说人一旦意识到自己真正的使命，那么能够满足他们的只有宗教、科学和艺术，而不是您的这些无聊的东西。”

【比较论证】把人们对真理和生活意义的需求与丽达目前所做的努力进行比较，说明这些并不是人们真正需要的东西。

“从劳动中解放出来！”丽达冷笑道，“这怎么可能？”

【神态描写】写出丽达对“我”的不屑。

“可能的。如果我们全体城乡居民，无一例外地分担他们的劳动，那么分配到我们每个人头上的可能一天不超过两三个小时。请您预想一下，如果全体富人和穷人一天只工作三小时，那就会有空余的时间了。请再想想，为了他们的负担，我们尝试发明各种代替劳动的机器，并且尽量减少需求。我们锻炼自己，锻炼孩子，让他们足够强健，不怕饥饿和寒冷，到时候我们就不会像安娜、玛芙拉和佩拉吉娅那样，整天为孩子们的健康坐立不安了。您想一想，我们不看病，不开药房、烟厂和酒厂——我们会剩下多少富裕的时间啊！我们应该同心协力把这大好的时间献给科学和艺术。那样，真理会很快被揭示出来，人们也就可以

【想象】引导丽达想象所有人平分劳动任务后人们会到达的境界，这其实也是无法实现的。

摆脱那种要命而压抑的恐惧感，甚至摆脱死亡。”

“不过，您自己多么矛盾呀，”丽达说，“您口口声声‘科学’‘科学’，可您又否定识字教育。”

“在人们只能读到酒店的招牌、偶尔看到几本民俗读物的情况下，识字教育能起到怎样的作用呢？这样的识字教育早从留里克时代起就延续下来了，留里克时代是什么样子，现在还是什么样子。我们需要的不是识字教育，而是广泛地发挥精神层面的才能，我们需要的不是小学，而是大学。”

“您连医学也反对。”

【语句理解】

画家的话越发离奇，其实这里面包含了作者契诃夫对于社会变革的认识，他希望可以通过推广和普及科学、艺术、宗教来解救人们，来消除人与人之间的阶级差别。

“是的。医学只有在把疾病当作自然现象加以研究，而不是为了治疗的情况下，才是必需的。如果要治疗的话，那也不是治身体的病，而是根治病因——消除体力劳动，那就不会有病。我不承认有什么治病的科学，”我精神亢奋，侃侃而谈，“一切真正的科学和艺术所追求的不是暂时的眼前的目标，而是长久的整体的目标——它们追寻真理和生活的意义，探索上帝和心灵。我们有许多医生、药剂师、律师，识字的人很多，可是没有一个生物学家、数学家、哲学家和诗人。大家把全部聪明才智和精神力量，都耗费在满足眼前的、暂时的需要上……人们的物质需求不断增长，与此同时，离真理却十分遥远，人依旧是最贪婪凶残、最卑鄙龌龊的动物。社会发展的趋向是人类中的大多数将退化，并永远丧失一切生活能力。在这样的条件下，艺术家的生活是没有意义的，他越是才能出众，他的工作也越是供凶残卑鄙的禽兽消遣和维护现行制度的。所以我现在不想工作，将来也不工作

【比较论证】

比较人们在满足了眼前、暂时的需求后，物质需求会不断增长，而离真理会更加遥远，阐述人们对艺术和科学、宗教的需求。

【语句理解】

走向极端的言论。

……不做消遣，不做帮凶，让地球毁灭去吧！”

“蜜修斯，你出去，”丽达对妹妹说，显然她认为我的言论毒害了这样年轻纯洁姑娘的思想。

任妮亚不高兴地瞅瞅姐姐和母亲，走了出去。

“有些人不过是想为自己的冷漠强词夺理，真是谬论呢！”丽达说，“否定医院和学校，比给人治病和教书容易得多。”

“是的，丽达说得对，”母亲附和道。

“您要挟说不再工作，”丽达对此嗤之以鼻，“显然您把自己估计过高了。好了，就此打住吧，反正我们永远谈不到一块儿去，因为您刚才那么鄙薄地谈到的图书馆和药房，即使不完善，我也认为它们高出于世界上所有的风景画。”说到这里，她看着她的母亲，用完全不同的语气岔开话题：“公爵自从离开我们家后，人消瘦了不少。他的家人要把他送到维希去。”

她对母亲谈起公爵的情况，显然是不想跟我继续刚才的话题。她脸色涨红，大概是为了掩饰自己的激动，她拿出近视眼的样子，把头低低地凑到桌子跟前，装作看报。我感到气氛很是尴尬。于是我告辞回家。

【语句理解】两个人的谈话不欢而散。

四

外面很静。池塘对岸的村庄已经酣眠，看不到一丝灯光，只有水面上朦胧地倒映着昏暗的星空。任妮亚静静地站在大门前的石狮旁，等着我，她想送送我。

【环境描写】静谧朦胧的环境，为下面的情节发展创造氛围。

“村里的人们都睡了，”我轻声对她说，尽力想在黑暗中看清她的脸庞，却看到一双忧伤的黑亮亮的眼睛直直地望着我，“连酒店掌柜和盗马贼都做上好梦了，我们这些上流人却在互相怄气，争执不休。”

【语言描写】通过任妮亚的话揭示这些以“上流人”自居的思想。

八月的夜晚，已透出秋意，让人感到一丝凄凉。月亮蒙着紫色的雾气缓缓升起，它把朦胧的清辉洒向人间的大路和路旁黑漆漆的冬麦地。夜空不时有流星滑过，转眼间坠落下去。任妮亚和我并排走在路上，她竭力不仰望夜空，免得看到流星，她好像有点害怕。

【语言描写】任妮亚支持“我”的看法，为后文任妮亚最终妥协铺垫，表现革命力量的软弱，不能坚持自己的懦弱。

“我觉得您是对的，”她说，夜间潮湿的冷气使她打着战，“如果人们同心协力，献身于宗教、科学、艺术，施展他们的精神才华，那么他们很快就会明白一切。”

“当然。我们是万物之灵。如果我们当真能认识到人类天才的全部力量，而且只为崇高的目的而生活，那么我们最终会变成神。然而这永远是不可能的：人类将退化，连天才也不会留下痕迹。”

马上就到大门口了，任妮亚站住了，匆忙跟我握手。

“晚安，”她打着哆嗦说，她只穿了一件衬衫，冷得发抖，“明天您再来吧！”

【前后照应】“竭力不去看天上的流星”，表现我们共同的担心。

想到只剩下我一个人，还生着闷气，对己对人都不满意，我不禁感到烦恼和害怕。我也竭力不去看天上的流星。

“再跟我待一会儿，好吗？”我说，“求求您了。”

【引起下文】引出下文“我”对任妮亚情感的叙述。

我爱任妮亚。我爱她也许是因为她总来迎我，送我，因为她总是柔和而愉快地望着我。她那白皙的脸，娇嫩的脖颈，纤细的手，她的纤弱、闲适，她的书，都是那么美妙动人！那么，智慧呢？我怀疑她有杰出的才能，但我欣赏她的眼界开阔，也许是因为她的许多想法跟严肃、漂亮、蔑视我的丽达完全不同。任妮亚喜欢我这个画家，我的才华征服了她。我也一心只想为她作画，在我想象的世界里，她是我娇美的小皇后，她跟我拥有共同的树林、田野、白雾和朝霞，拥有这美丽迷人的大自然，尽管在这里我至今仍感到十分孤独，像个多余的人。

【想象】"我"想象自己和任妮亚共同拥有美丽的大自然，自己一心为她作画的情景。

"再陪我一会儿，"我央求道，"求您了。"

我脱下大衣，披到她冰凉的肩上。她怕穿着男人的大衣模样难看，便轻笑起来，把大衣推掉了。于是我把她搂在怀里，嘴唇吻上她冰凉的小脸、消瘦的肩膀和白皙的小手。

【动作、神态描写】惟妙惟肖地表现出任妮亚怕穿男人衣服的娇羞的小女孩神情。

"明天见！"她悄声说，然后轻轻地拥抱我，似乎怕破坏这夜的宁静，"我们家彼此不保守秘密，我应当把这一切告诉妈妈和姐姐……可是我有点怕！妈妈倒是好说，看得出她很喜欢您，可是丽达……"

她朝大门跑去。

"再见！"她喊了一声。

之后有两分钟左右，我都听到她在奔跑。我现在已经不想回家，何必要急着回去呢？我犹豫了片刻，然后缓步往回走，想再看一眼她居住的那幢可爱的房子，它那阁楼上的两扇窗子，像两只眼睛望着我，似乎什么都知道了。我走过凉台，在网球场旁边的长椅上坐下。长椅正好在老榆树的阴影中，从那里望向房子，只见蜜修斯住的阁楼上，窗子亮了一下，随后漾出柔和的绿光——因为灯上蒙了罩子。人影摇曳……我的内心荡漾着柔情蜜意，恬静无比。我不再烦恼，我满意自己，满意自己还能够有所眷恋，能够爱人。可是转念一想，此刻在离我很近的这幢房子的某个房

【侧面描写】通过描写"我"听到她在奔跑，说明"我"一直站在原地目送她远去的方向，也通过她的奔跑表现她的激动。

【比喻】把阁楼上的窗子比作两只眼睛，形象生动，富有温情。

【细节描写】任妮亚窗子的灯光柔和温馨，让"我"内心充满柔情蜜意。

【暗示】
暗示任妮亚和姐姐、母亲说了这些事情，为下文见不到任妮亚铺垫。

间里，住着那个并不爱我、可能还恨我的丽达，我又感到浑身难受。我坐在那里，一直等着任妮亚，她会不会走出来，我侧耳倾听，似乎觉得阁楼里有人在说话。

【语句理解】
说明时间过了很久，夜已经深了。

大约过了一个小时，灯光熄灭了，人影也消失了。月亮已经高高地挂在房子上空，照耀着大地。月光下花坛里的大丽花和玫瑰都是一种颜色。夜深了，天气似乎更冷。我走出花园，在路上捡起我的大衣，从容地回去了。

【排比】
对任妮亚出现的几种方式的猜想，表现了“我”对她出现的渴望。

第二天午后，我又来到了沃尔恰尼诺夫家。通往花园的玻璃门敞开着。我坐在凉台上，等着任妮亚会轻悄悄地从花坛后面走来，或者从一条林荫道里走来，或者能听到她从房间里传来的声音。后来我走进客厅和饭厅，那里空无一人。我走出饭厅，路过走廊，来到前厅，然后又返回来。走廊里有好几扇门，从一间房里传来丽达的声音。

“上帝……送给……乌鸦……”她拉着长声念道，大概在给学生听写，“上帝送给乌鸦……一小块奶酪……谁在外面？”她听到我的脚步声，突然大喊了一声。

“是我。”

“哦！对不起，我现在不能出来见您，我正在教达莎功课。”

“叶卡捷琳娜·帕夫洛夫娜可在花园里？”

“不巧得很，她跟我妹妹今天一早动身去奔萨省的姨妈家了。冬天她们可能到国外去……”说完，她又接着读她的课文。“上帝……送给乌鸦……一小块奶酪……写完了吗?”

我走进前厅，一时间万念俱灰。我望着池塘，望着村子，耳边又传来丽达刺耳的声音：“一小块奶酪……上帝给乌鸦送来一小块奶酪……”

【用词准确】经受打击后的“我”听到丽达的声音都感觉无比刺耳。

我掉头离开庄园，走的是第一次来的路，不过方向相反……这时一个男孩追上我，交给我一张字条。我打开来念道：

我把我们的情意都告诉姐姐了，她让我跟您分手。我不愿让她伤心，所以只好服从。愿上帝赐给您幸福，原谅我吧。但愿您能了解我和妈妈是怎样的伤心落泪。

【引用】直接引用任妮亚信中原话，表明她对姐姐的屈服，也暗示了个别革命者无法坚持自己见解的现状。

我再次走上那幽暗的云杉林荫道，一道倒塌的栅栏……在田野上，鹌鹑声声啼叫，此刻只有母牛和绊腿的马儿在游荡。那些山坡上，东一处西一处露出绿油油的冬麦地。我又恢复了往日的冷静，想起在沃尔恰尼诺夫家讲的那番话不由得十分羞愧，跟从前一样，我的生活又开始变得如一潭死水。回到住处，我简单收拾了一下行李，当天晚上就回彼得堡去了。

此后我再也没有见到沃尔恰尼诺夫一家人。不久前，我去克里米亚，在火车上遇见了别洛库罗夫。他仍然穿着紧腰长外衣和绣花衬衫。我关心地询问他的身体状况，他说：“托您的福，一切都好。”我们聊起天来。他把原先的田庄卖了，用柳博芙·伊凡诺夫娜的名义又买了一处小一点的田庄。关于沃尔恰尼诺夫一家，他谈得不多。据他说，丽达依旧住在舍尔科夫卡，在小学里教书。渐渐地她在自己周围聚集了一群同情她的人，他们结成一个强有力的派别，在最近一

【引起下文】引出下文对沃尔恰尼诺夫一家人的描述，从他人口中得到更显真实。

【用词准确】

“击垮了”用引号引起来，表明在作者看来，丽达只不过是另一个和善的“巴拉金”而已。

次地方自治会的选举中“击垮了”权贵巴拉金。关于任妮亚，别洛库罗夫只提到，她不在老家住，不知她如今在什么地方。

那幢带阁楼的房子我早已开始淡忘，只偶尔在作画和读书的空闲，不经意间地记起了阁楼窗口那片绿色的灯光，记起了那天夜里走在田野上的脚步声，当时我沉醉于爱情的愉悦，从容轻快地走回家去，即使冷得我不断搓手。有时——当我孤独、郁闷时，我也会朦朦胧胧地忆起这段往事，而且自然而然的，有一种直觉告诉我：有人也在思念我，等待我，终有一日我们会再相逢，即使远隔千里……

蜜修斯，你在哪儿？

阅读小悟

19世纪末，是俄国历史上反动统治特别残酷黑暗的时期。在这样的时代背景下，画家与带阁楼的房子中的母女三人偶然相遇并逐渐熟识。后来他和妹妹任妮亚相恋，姐姐有着强烈的门第观念，并且与画家观点非常不合，画家被迫离开阁楼，与任妮亚的爱情也随之终结。小说表达了不同的上层人物——“画家”和莉季娅不同的社会理想，画家提倡的是精神生活论，莉季娅则主张务实的“小事论”，他们有着不同的社会理想。作者对这两种观点没有进行明确的褒贬，但是我们还是能够体会出作者的倾向，文中有多处对莉季娅的行事方式不满意的描写，比如她对人的偏见，对妹妹和画家爱情的粗暴干涉等等。小说折射出了当时俄国部分人的精神面貌。揭露了那个时代沙俄社会对人的青春、才能、幸福的毁灭。讽刺了自由派地方自治会改良主义活动的于事无补。

阅读思考

1. 概述故事的开端、发展、高潮、结局。（答题思路：总结文中内容即可。）

2. 联系小说内容，概括一下小说中主要人物的性格特征。（答题思路：作者善于抓住人物的外貌特征，并通过他们的行为方式和语言方式来表达人物的性格，抓住这些人的言行即可概括出人物的性格特征。）

3. 讨论并举例说明本文的写作风格。（答题思路：从叙述方式、描写方式和语言风格三个方面总结。）

写作加油站

写作素材积累

【主题】　丽达对画家的偏见

【适用话题】　门第观念　观点撞击　偏见

【素材点拨】　丽达对画家的偏见毁了一段姻缘，可见“偏见是刽子手”这话一点也没错，我们的偏见害了多少人。在我们评价他人的时候，一定要看明白这个人的优点和缺点，不要被他们的外表所迷惑，不要让一些人平白无故地变成“偏见”的殉葬品。我们心中应该有宽容，让偏见随风而去，在心中灰飞烟灭吧。

好词好句积累

【好词】　连绵起伏　心旷神怡　弥漫　兴致盎然　了无趣味　呆滞

【好句】　一旦遇上大雷雨，整座房子便颤抖起来，似乎再有一点力量加在上面就土崩瓦解了。尤其是在夜里，当大厅里的十扇大窗户骤然被闪电照亮时，那情景真是恐怖至极。

我轻盈地跨过一道栅栏，沿着这条林荫道走去，地上铺着一层厚厚的针叶，走上去都有点打滑。四周寂静而幽暗，在高高的云杉树梢上，明亮的金光不时跳动着，映在一些巨大的蜘蛛网上，变幻出虹霓般的色彩，针叶发散出浓烈的气味，让人透不过气来。我拐弯走上一条长长的椴树林荫道。这里同样充满了荒凉而古老的味道。陈年腐烂的树叶在脚下悲鸣，暮色剪出树木隐藏着的无数的暗影。右侧是一座古老的果园，果园里一只黄莺正自娱自乐地唱着细长的歌，那歌声仿佛也蒙上了灰尘，想必它也上了年纪了吧。

第 15 篇

假　面

化装舞会本是一项高雅优美、颇有趣味的社交活动，更何况还是以慈善的名义举办的。可是看看故事中的这些老爷们，他们在舞会上都做了些什么？那一张张变形的嘴脸在假面的映衬下是怎样的夸张和令人作呕。现在就让我们到小说中去欣赏这幅“群丑图”吧！

【做铺垫】强调“假面”，为下文因没有认出真面目而闹出笑话做铺垫。

某地社交俱乐部，以慈善事业募捐的名义，举办了一次假面舞会，用当地女士们的说法，就是化装舞会。

时间到了午夜十二点。五个没有跳舞、不戴假面的知识分子围坐在阅览室里一张桌子旁边，把脸藏到报纸里打盹，据京都报纸驻本地记者——一位颇有自由派倾向的先生的表述，他们是在“思考”。

【比喻】把卡德里尔舞曲的声音比作“纺车”的声音，表现其噪音的喧哗。

大厅里传来卡德里尔舞曲纺车一般的音乐声。在门外，不时有仆役跑过时响起“嗵嗵”的脚步声和杯盘的叮当声。阅览室里倒是十分安静。

【作比较】像是从炉膛里发出来的，形容声音的厚重低沉，形象生动。

“看来这里更舒服！”突然响起一个低沉而厚重的声音，像是从炉膛里发出来的，“都上这儿来！快点，朋友们！”

门被推开了，一个宽阔胸膛的男人闯进了阅览室，他穿着马车夫的号衣，戴着一顶宽边帽，帽子上还插着几根孔雀毛，脸上戴着一张面具。他身后跟进来两个戴假面的女人和一名端托盘的仆役。仆役端着一个托盘，托盘上放着一个盛满烈性甜酒的大肚玻璃瓶，三瓶红葡萄酒和几只杯子。

【外貌描写】

突出了来人的普通衣着，既与“化装舞会”相契合，又为下文别人无法认出他埋下伏笔。

“这里是个好地方，又凉快又安静。”男人说，“把托盘放下吧……小姐们！过来坐，啊……你们呢，先生们，都走吧……别待在这里碍事！”

男人的身子摇晃了一下，把手一挥，抹掉了桌上的几本杂志。

【动作描写】

此人动作粗野，毫不客气，激发了双方矛盾，同时暗示他不同一般的身份。

“把托盘摆到这儿来！你们呢，看报的先生们，让地方吧。现在不是看报和研究政治的时候……把报纸都扔了！”

“请你安静点，”有个知识分子透过眼镜，瞧了瞧那人的假面说，“这里是阅览室，不是喝酒的地方。”

“为什么不是？不是才怪！……我没工夫跟你们闲扯！把报纸统统扔了……你们看了半天了吧，够了。不看报你们已经够聪明的了，再看就把眼睛弄瞎了。关键是我不要你们看报，走吧！”

仆役把托盘摆到桌上，把手搭在胳膊肘上，在门旁站定。两个女人立即抓起了红葡萄酒。

“天下怎么会有这样聪明的人，居然认为报纸比美酒还有诱惑力，”宽肩膀的男人给自己倒了一杯烈性甜酒，大大咧咧地说，“照我看来，你们这些可敬的先生之所以坐在这里看报，是因为你们没钱买酒喝。对吧？哈哈！他们在看报吗？喂，那上面写什么啦？眼镜先生！哈哈！得了吧，别装模作样了，不如来喝一杯！”

【语言描写】

讽刺、调戏知识分子，还把他们称为“眼镜先生”，充满蔑视。

宽肩膀的男人稍稍坐直了，从眼镜先生手里一把抢过报纸。眼镜先生的脸一下子白了，然后脸又红了起来，惊恐地望着众人，那些人也吃惊地看着他。

【语句理解】银行经理的话也表现了他不俗的身份，这更衬托了戴假面者身份的不一般。

“您太得意忘形了，先生！”眼镜先生发怒了，“您把阅览室当成了小酒馆，您竟敢如此放肆，夺我的报纸！我不允许！您知道我是谁，先生！我是银行经理热斯佳科夫！……”

“我呸！什么热斯佳科夫！你的破报纸，只配享受这种荣幸……”

男人拾起报纸，三五下把它撕成碎片。

“诸位先生，这是怎么了？”热斯佳科夫惊得目瞪口呆，“真是活见鬼，这……这简直不可思议！”

“这老人家动怒了。”男人哈哈大笑起来，“哎呀呀，吓死我了！瞧我这两条腿都直打哆嗦。是这么回事，尊敬的先生们！说正经的，我懒得跟你们说废话……因为我想同这两位姐儿单独在这里待会儿，找点乐子，你们知道的，所以请都给我出去……有请啦！先生们！别列布欣先生，滚出去！你皱什么眉头？快点！小心我揍你一顿。”

【对比】几个知识分子不知道眼前的人是谁，而眼前的人却能轻易叫出他们的名字，无形中就落了下风。

“这叫怎么一回事？”孤儿院会计别列布欣脸涨得通红，无奈地耸着肩膀说，“我简直弄不懂了……这个无赖突然闯到这里……冷不丁说出这种混账话来！”

“无赖？”宽肩膀的男人大喝一声，帽子上的孔雀毛颤抖了一下，他发怒了，一拳头砸在桌子上，震得托盘里的杯子都跳起来。“你知道自己是在跟谁说话？你以为我戴上假面，你就可以胡乱骂我吗？好一个尖嘴的小辣椒！我叫你出去，一个混蛋也不准留！快点，

【侧面描写】通过写孔雀毛颤抖和托盘里的杯子跳起来，侧面表现戴假面男人愤怒的程度。

给我统统滚蛋!”

【烘托】

通过描写镜片上蒙了一层汗，烘托出热斯佳科夫的激动。

“我们马上会看到结果!”热斯佳科夫说，他激动得连镜片都蒙上了一层汗。“我要给你点颜色瞧瞧!喂，去把值班主任叫来，快点!”

不大工夫，一个身材矮小、长着棕红色头发的主任走了进来，他的上衣翻领上别着蓝色的布条，跳舞使得他气喘吁吁的。

【语言描写】

每一个来这里的人都理直气壮，因为他们也的确有着正当的理由，为下文蓄势。

“请您出去!”他开口威严地命令，“这儿不是喝酒的地方!请到小吃部去!”

“你是从哪儿窜出来的?”戴假面的男人说，“我好像没叫你来呢?”

【暗示】

对匆匆赶来的值班主任大声呵斥，暗示了戴假面男人的身份应该是值班主任的直接上司。

“请别你你你的，出去!”

“你听我说，亲爱的:我给你一分钟时间……因为你是主任，有点脸面，所以请你拉着这些先生的胳膊，把他们弄走。我的姐儿们不喜欢这里有外人……她们害羞，我既然花了钱，就希望她们露尽本色。”

【语句理解】

强调“我”花了钱，明确这个舞会的主人。

“这个蛮子多无耻，他要知道自己不是在猪圈里!”热斯佳科夫忍不住大声叫道，“把叶夫斯特拉特·斯皮里多内奇叫来!”

“叶夫斯特拉特·斯皮里多内奇!”俱乐部里响起呼喊声，“叶夫斯特拉特·斯皮里多内奇在哪儿?”

叶夫斯特拉特·斯皮里多内奇，一个身着警察制服的老头，立刻赶来了。

【比喻】

把警察的八字胡比作猫咪的触须，看来警察在他眼中毫无威严可言，突出了他的肆无忌惮。

“请您离开这里!”他瞪大可怕的眼睛，嘶哑地大喊。染过的八字胡随着张大的嘴唇剧烈地颤抖着。

“哎呀，吓死人了!”男人快活得哈哈大笑，“真的，要把人吓死是吗!多可怕，你那小胡子像猫咪的触须，眼睛都流出来了……嘿嘿……”

“无聊，说什么废话!”叶夫斯特拉特·斯皮里多内奇气得浑身打战，声嘶力竭地喊道，“滚出去！否则我叫人来把你拖走!”

阅览室里乱成一锅粥。叶夫斯特拉特·斯皮里多内奇，脸红得像煮熟的大虾，不住地嚷着、跺脚。热斯佳科夫在叫喊。别列布欣也在叫喊。所有的知识分子都在摇旗助威。不过，他们的声音却让假面人那低沉厚重的声音压下去了。舞会因现场混乱而宣告中断，人群都从大厅拥向阅览室去看热闹。

【比喻】把阅览室混乱的气氛比作一锅粥，把叶夫斯特拉特·斯皮里多内奇的脸比作煮熟的大虾，突出了场面的火爆气氛。

叶夫斯特拉特·斯皮里多内奇为了显示威风，把俱乐部里所有的警察都叫过来。他坐下开始写违警记录。

“写吧，”假面人用手指着笔尖说，“哎呀，我真是个可怜虫呀！你们为什么要毁了我这个可怜的人呀！好吧，现在我让你们瞧个明白！一……二……三!”

【语言描写】戏弄众人的意图明显暴露出来。

男人不慌不忙地站起来，然后猛地摘下自己的假面。他环视四周，得意地欣赏着造成的效果，之后跌回椅子里，放声大笑。他引起的反响的确非同小可。所有的知识分子都吓白了脸，面面相觑，有的直挠后脑勺。叶夫斯特拉特·斯皮里多内奇不安地清着嗓子，像个无意中做了蠢事的人。

【语句理解】他早已预料到会有这样的效果，故意不摘下自己的面具，等待最后的一幕以取乐。

大家发现这个捣蛋分子竟然是当地的百万富翁、工厂主、世袭的荣誉公民皮亚季戈洛夫，这人向来以喜欢捣乱但热心公益事业而出名。

【语句理解】相互矛盾的称呼，充满讽刺效果。

“怎么样，你们走还是不走?”皮亚季戈洛夫沉默片刻后问道。

【夸张】被皮亚季戈洛夫吓得踮着脚尖走路，讽刺了人们欺上媚下的丑恶嘴脸。

知识分子们都哑口无言，踮起脚尖不声不响地走出阅览室。等他们走后，皮亚季戈洛夫立即反锁上门。

“你一定早知道他是皮亚季戈洛夫！”过了一会儿，叶夫斯特拉特·斯皮里多内奇摇着那个端酒进阅览室的仆役的肩膀，声音嘶哑地小声说，“为什么你一声不吭？”

“他老人家不许说，长官！”

“他不让说你就不说嘛？……等我把你抓起来，蹲上一个月班房，到时候你就知道‘不许说的厉害了！’滚开！而你们倒好，”他转身又对那些知识分子说，“居然造反了！你们就不能离开阅览室十分钟！好了，现在你们去收拾这烂摊子吧。唉，先生们，先生们……我可不喜欢这样，真的！”

【语言描写】恼羞成怒的叶夫斯特拉特·斯皮里多内奇把气都撒在仆役和几个知识分子身上，进一步表现他的外强中干。

知识分子们在俱乐部里垂头丧气地走来走去，似乎预感到大难即将临头……他们的妻子和女儿听说皮亚季戈洛夫“受了委屈”并且大发脾气，再没有兴致跳舞，都早早各自回家了。舞会中止了。

夜里两点钟，皮亚季戈洛夫才从阅览室里出来。他仍旧东歪西倒地来到大厅，坐在乐队旁边，在乐曲中垂下头，鼾声大作。

【对比】一切都以他的需要来决定，通过前后对比，表现出人们看到摘下假面的富翁后，忙不迭应承的丑态。

“别奏乐！”主任们对乐师们直摇手，“嘘！……皮亚季戈洛夫睡着了……”

“请问，要不要把您送回府上，”叶戈尔·尼雷奇·别列布欣俯身凑着百万富翁的耳朵问。

【神态描写】形象地描摹出醉酒的状态，衬托了周围人对他的献媚。

皮亚季戈洛夫努了努嘴唇，那样子好像要吹掉脸上的苍蝇似的。

“请问，要不要把您送回府上？”别列布欣又问一遍，“或是吩咐备好马车？”

“啊？谁？你……你有什么事？”

“该把您送回府上，先生……现在是睡觉的时候了……”

“我要回……回家……你送我……回去！”

别列布欣赶紧把他扶起来。其余的知识分子立即跑过来帮忙，他们愉快地微笑着，轻手轻脚地把这位世袭荣誉公民抬起来，小心翼翼地把他送到马车上。

【场面描写】一幅活脱脱的群丑图，在一个醉酒的富翁面前还要尽力谄媚。

“只有演员，只有天才的演员，才能愚弄这么一大群人，”热斯佳科夫扶他坐下时愉快地说，“我对此感到震惊，叶戈尔·尼雷奇！直到现在我还想笑……哈哈……可是我们呢，还莫名其妙地发火，瞎折腾！哈哈！你真是可笑……滑稽透了！这一辈子我都会记住这个难忘的夜晚！”

【语言描写】表现热斯佳科夫的谄媚。

送走了皮亚季戈洛夫之后，那几个知识分子便眉飞色舞地开始吹嘘起来。

“临走时他还向我伸出手来哩，”热斯佳科夫得意地说，“这么看来，他没有生气……”

“但愿如此！”叶夫斯特拉特·斯皮里多内奇松了口气说，“恶棍，无赖，可是要知道，又是慈善家！……真没法说！……”

【对比】表里不一却又胆小如鼠的一群人。

阅读小悟

化装舞会上，一群知识分子对假面男人粗暴无理的行为前倨后恭，当得知假面男人是百万富翁、工厂主、世袭的荣誉公民皮亚季戈洛夫时，即使人格受到了极大的侮辱，也小心谨慎地离开，并不断地猜测有没有让富翁扫兴，连他们的妻女都惶恐不安，无心玩乐了。这样的故事情节突出表现了小知识分子的卑微、世俗、奴性意识严重的特点。故事中有鲜明的对照和衬托。比如混混儿、无赖居然是荣誉公民和慈善家，这是一个怎样黑白颠倒的社会，作者辛辣无情地揭露了当时社会环境下国民拜金、屈从权贵的民族劣根现象，这一点上，契诃夫讽刺的笔调从不留情。

警官叶夫斯特拉特·斯皮里多内奇一开始以维护治安为由，要替这些知识分子伸张正义，而当假面男人摘下他的面具，以一个百万富翁的面貌站出来的时候，警官又变成了维护富翁利益，向这些知识分子狂吠的“疯狗”。这一点和《变色龙》有异曲同工之妙。

阅读思考

1. 阅览室里的人们为什么要赶走皮亚季戈洛夫?（答题思路：结合皮亚季戈洛夫的胡闹行为分析：他带了两个女人来阅览室喝酒调笑，并且言辞放肆，激怒了众人。）

2. 警察叶夫斯特拉特·斯皮里多内奇为什么把怒气撒在端酒的仆役身上。（答题思路：从几个人身份地位的区别以及警察对皮亚季戈洛夫的态度来分析。）

3. 文中是怎样刻画富翁的无赖特点的?（答题思路：抓住语言描写、动作描写来刻画。）

写作加油站

写作素材积累

【主题】 无赖富翁愚弄众人，众人前倨后恭

【适用话题】 真假 变脸 腐朽 拜金

【素材点拨】 莎士比亚这样诅咒金钱：“金子，黄黄的，发光的，宝贵的金子！只要一点点儿，就可以使黑的变成白的，丑的变成美的，错的变成对的，卑贱的变成尊贵的，老人变成少年，懦夫变成勇士……”我们不必仇富，但更不能沦为金钱的奴隶，故事中的富翁自以为有钱就为所欲为，不可一世，没了金钱的依托，他就是一个十足的恶

棍、混混儿；而那群知识分子、小官僚则沦为金钱的附庸，令人鄙视。我们的社会需要体现美好的正能量的价值观；我们的人生还有比金钱更高远的追求：那就是梦想和信仰，希望我们都能坚定目标，用知识、才华为自己的梦想助力前行！

好词好句积累

【好词】 装模作样 声嘶力竭 气喘吁吁 没精打采 心神不定 小心翼翼 面露喜色

【好句】 阅览室里乱成一锅粥。叶夫斯特拉特·斯皮里多内奇，脸红得像煮熟的大虾，不住地嚷着、跺脚。热斯佳科夫在叫喊。别列布欣也在叫喊。所有的知识分子都在摇旗助威。不过，他们的声音却让假面人那低沉厚重的声音压下去了。舞会因现场混乱而宣告中断，人群都从大厅拥向阅览室去看热闹。

别列布欣赶紧把他扶起来。其余的知识分子立即跑过来帮忙，他们愉快地微笑着，轻手轻脚地把这位世袭荣誉公民抬起来，小心翼翼地把他送到马车上。

相关知识链接 >>>

化装舞会的由来

相传 2500 年前，居住在爱尔兰的塞尔特人以 10 月 31 日为每年的最后一日，11 月 1 日便是新一年的开始，也象征冬天的来临。在这新旧年交接的夜晚，塞尔特人相信死亡之神会带着看不见的灵魂重返人间，找寻替身后得以重生，因此他们点燃火炬，焚烧动物以作为给死亡之神的献礼，而族中的祭师也会主持祭奠。为了驱赶黑夜中的游魂野鬼，塞尔特人会利用动物的头或皮毛打扮成鬼怪的模样，口中发出可怕的声音，这就是欧美万圣节化装舞会的由来。

第16篇

彩　票

一张小小的彩票会给我们的生活带来什么变化呢？也许，从你看到这个问题就开始设想了。小说中的主人公也是在见到自己彩票的那一刻开始想入非非，结果一切都变了！

【语句理解】

开篇交代家境情况，表现德米特里奇对现状的满意，为小说结尾铺垫。

伊凡·德米特里奇生活在小康之家，每年全家的花销大约是一千二百卢布，他对自己的命运一向很满意。一天晚饭后，他坐在沙发上，开始读报。

“今天我忘了看报，”妻子收拾着餐桌说，“你看看，报纸上有没有开彩的号码？”

“嗯，有，”伊凡·德米特里奇答应着，“你的彩票没有抵押出去吗？”

“没有，星期二我还取过利息呢。”

“是什么号码？”

“9499组，26号。”

“好吧，太太……我来查一查……9499－26。”

伊凡·德米特里奇向来不相信博彩能带来什么好运，如果不是此刻闲来无事，换了别的时间，他说什么也不会去查看开彩票的单子，再说报纸就在眼前，动动手指的事。于是他从上而下逐一查对彩票的组号。

像是嘲笑他的不相信，就在上面数起的第二行，9499号赫然跳入眼帘！他不急着看票号，也没有再核对一遍，立即把报纸往膝头上一放，而且，像有人往他肚子上泼了一瓢水，他感到心窝里涌出一股令人愉悦的凉意：麻酥酥，颤悠悠，甜滋滋！

【拟人】运用拟人的修辞，表现看到自己的组号时兴奋的心情。

【通感】形象地描述看到号码时激动的心情。

“玛莎，有 9499 号！”他控制住颤抖的声音，尽量用平稳腔调说。

妻子瞧着他那张惊愕的脸，明白他不是开玩笑。

“9499 号，9499 号是吗？”她脸色因为激动而显得发白，把叠好的桌布又放到桌上。

【神态描写】夸张的表现突出妻子听到组号后激动的心情。

“没错，没错……当真有的！”

“那么票号呢？”

“啊，对了！还有票号。不过，先别忙……再等等。先不着急看，怎么样？反正我们的组号对上了！反正，你明白……”

伊凡·德米特里奇眼里闪着光，像有亮晶晶的宝石映在瞳仁里，他望着妻子，咧开嘴傻笑着。妻子也是笑不拢嘴：看到他只读出组号，却也不急于弄清票号，她跟他一样心里喜上云天了。心想着肯定能交上好运了，何不借此机会折磨并刺激一下自己，那是多么甜蜜而又震撼！

【设置悬念】正因为迟迟不说，妻子急切解谜的心才被牢牢钩住，读者也才被情节吸引，急切地想知道结果，刻画了丈夫的自私。

“有我们的组号，”伊凡·德米特里奇努力使自己镇静了一会儿后才说，“看这苗头，我们极有可能中彩。尽管是可能，但毕竟有很大的几率！”

“行了，你快查查票号吧！”

“着什么急，待会儿说不定会大失所望呢！这号从上而下是第二行，这么说彩金有七万五呢。这不仅仅是钱，这是实力，是资本！等我对上号，看到上面有——二十六！啊？要是我们真的对上了号，那会怎样呢？”

【读读想想】这句话在文中起到了什么作用？（开启了夫妻二人对中奖生活的憧憬和向往，引出下文。）

夫妇二人眉开眼笑，相互瞅着，不知该说什么好。可能中奖的想法弄得他们晕晕乎乎，他们来不及想象要这七万五卢布做什么，他们要买什么东西，上哪儿去旅游。他们一心只想着两组数字：9499 和 75000，在各自的大脑中完美地描画它们，至于可能实现的幸福本身，他们倒是还没来得及在意呢！

【语句理解】他们的想象正逐步向前迈进，开启对幸福生活到来后的憧憬。

伊凡·德米特里奇捧着那份报纸，在屋里来回走着，直到能平静下来，才开始有点想入非非。

“要是我们真的中了彩，未来会怎么样？”他喃喃地说，“那将是崭新的生活，与现在截然不同的生活！首先，我要花上两万买下一份庄园作为不动产；花一万添置新家具，外出旅游，还债等等。余下的四万五，哦，妙极了，还有四万五，那就全存进银行吃利息……”

【语句理解】德米特里奇开始对“中奖后”的生活进行规划。

“对，买座庄园，这个主意不错，”妻子说着，干脆坐下来，把双手放在膝上。

【细节描写】“坐下来”“双手放在膝上”说明妻子也打算静下来一起规划未来生活了。

“在图拉省或者奥尔洛夫省选一处好地方……首先，就不必再另置消夏别墅；其次，庄园平时租出去也会有收益。”

于是他开始在脑海里绘制未来的生活蓝图，一幅比一幅诱人，一幅比一幅华美，一幅比一幅更富于诗意。在这些画面中，他发现男主人都身宽体胖、心平气和的，他觉得身上暖洋洋的，甚至有点热了。瞧他，刚喝完一盆冰冷的杂拌浓汤，便腆着肚腩躺在小河旁

【排比】运用排比修辞概括性交代男主人绘制的未来生活蓝图。

热乎乎的沙地上眯着眼，或者在花园里的椴树下打盹……好热……一双小儿女在他身旁爬来爬去，挖着沙坑，或者在草地里捉小甲虫。他舒舒服服地享受时光，什么都不用操心。不管今天、明天，还是后天，他都不用担心还要上班。等躺烦了，他就去割割草，或者去林子里采采菌子，或者去河边看看农夫们怎样用大渔网捞起银光闪闪的鱼儿。等到太阳落山，他就拿着浴巾和肥皂，悠闲地踱进岸边的更衣房，在那里慢慢脱掉衣服，用手掌细细摩擦着赤裸的胸脯，然后优雅地跳进水里。那些暗银色的肥皂水波附近，有小鱼嬉戏，有绿色的水草摇摆。洗完澡喝杯奶茶好了，吃点儿奶油鸡蛋甜面包也不错……晚上便去散步，或者跟邻居们玩玩文特。“对，买上一座庄园再好不过，”妻子说，她也陷入了幻想之中，看她的神色迷离，简直陶醉其中了。

【解词】

一种牌戏。

【详略得当】

详写丈夫的想象，略写妻子的想象，只用一句话描写出她陶醉在想象中的神态。

伊凡·德米特里奇又暗自描画出不同的秋景图：多雨的秋天，寒冷的晚上，以及晴和的初秋景色。在这种时候，他要特意到花园里、菜园里、河岸边去散步，好经一经秋冻，之后回家喝上一大杯伏特加，吃点腌松乳菇或者茴香油拌小黄瓜，然后再来那么一杯。孩子们从菜园子里跑回来了，抱着一堆胡萝卜和青萝卜，那新鲜的泥土味真是令人舒服……这之后，往长沙发上一躺，不慌不忙地翻翻画报，不喜欢看了就把画报往脸上一合，解开坎肩上的扣子，惬意地打个盹……

【读读想想】

这一段内容是真实的还是想象的？（这一段内容是德米特里奇自己在头脑中描绘未来生活的场景。）

过了晴和的初秋，一眨眼便是阴雨连绵的深秋了。昼夜都下着雨，秃着头顶的树木在呜呜哭泣，秋风夹

【读读想想】

为什么还要再想象秋天的景象？（由对秋天景象的想象，引出秋雨连绵中无处消遣，便想到处旅游的想法，再由旅游想到对妻子的讨厌。）

着雨丝，潮湿而寒冷。那些狗、马、鸡，全都湿漉漉的，缩头缩脚，没了往日的精气神。这种天气出不了门，只得成天在房间里踱步，苦着脸往外瞧瞧那同样耷拉着灰色面孔的天，真是无聊呀！

伊凡·德米特里奇收住脚，望着妻子。

“我，你知道，玛莎，就想到处走走，”他向妻子解释，暂别这萧条的深秋，到国外去旅行，去法国南部，去意大利，或者印度，那该多好啊！

“那我也得去，”妻子说，“得了，你快看看票号吧！”

“别忙！那么着急干吗，反正都写在上面了吗……”

他的身体又开始在房间里移动，大脑也在继续运转。就这样，边走边想，脑子里突然冒出一个念头：如果妻子当真也要出国，那可怎么办？一个人出国旅游多么轻松；或者结识一伙美妙可爱、及时行乐的女人也不错；就是不能跟那种一路上就惦记儿女、三句话不离孩子、成天唉声叹气、花一个小钱也要思前想后半天的黄脸婆一道出门。伊凡·德米特里奇想象着：妻子带着大小的包裹和提篮进了车厢；坐在旁边一会儿担心这，一会儿担心那，不停地唠叨一路上累得她头疼，数落着出门一趟花去了多少多少钱，这些钱能解决多少困难；每到一个停车站就得跑下去弄开水，买夹肉面包……她舍不得去餐厅用餐，嫌那里东西太贵……

【语句理解】

开始引出对妻子的不满，原来一切美好的生活正在慢慢发生变化。

“看吧，我花一分钱她都要监督！”想到这里他瞟了一眼妻子，“可彩票是她的，不是我的！其实她没必要出国，她——一个不再年轻的孩子的妈还见什么世面？还不是哪里也舍不得去，在旅馆里歇着，顺便拖累我也不能离开她一步……糟糕！”

于是他平生第一次注意到，他的妻子老了，丑了，身上无时不充斥着一股子厨房里的油烟味。而他看上去却还年轻、健康、精神勃发，再结一次婚也不成问题。

【对比】

通过自己和妻子的对比，他发现了两者的不协调，于是怨恨和不满产生了。

“当然，这些都是小事，”他又想道，“不过……她出国去干什么？她在那边能长什么见识？那不勒斯和克林对她来说没什么两样。她只会成为我的拖累。我能想象，她一拿到钱，就会像每一个娘们那样加上六道锁……把钱藏得严严实实。她会周济她娘家的亲戚，对我却每一个小钱都斤斤计较。”

是的，她的那些穷亲戚。所有的兄弟姐妹和叔伯姨婶一大堆，一听说她中了奖，准会蜂拥上门，像叫花子那样死乞白赖地缠着要钱，满脸堆笑、虚情假意，直至钱到手。可憎又可怜的亲戚！给吧，他们要了还要；不给吧，他们就会咒骂，闹事，大喊大叫，盼着你倒霉。

接着，伊凡·德米特里奇又想起了自己的亲戚。以前他见到他们也还心平气和，此刻却觉得他们面目可憎，令人厌烦。

【对比】

想象中自己中奖，就让自己改变了对亲戚的想法和态度，这个转变也真够大的。

“都是些贪婪的小人！”他想道。

此刻他连妻子也感到面目可憎，令人厌恶。他对她窝了一肚子火，心想：“钱的事她一无所知，所以才那么抠门。她要是真中了彩，顶多给我一百卢布，其余的——全锁起来。”

【语句理解】

由对金钱的想象引发对妻子的厌恶。

这时他已经不笑了，取而代之的是满脸的憎根。

她也抬眼看着他，同样怀着憎恨和气愤。她有着自己绚丽的梦想，自己的盘算；她十分清楚，她的丈夫梦想着什么。她知道，谁会第一个伸出爪子来夺她的彩金。

【详略得当】再次通过详略得当的描写，侧面表现出妻子和丈夫相对的想法。

“拿人家的钱做什么好梦！”她的眼神鄙夷，是的，分明就是这样地说，“不，你休想！”

【心理描写】妻子眼神中的潜台词，闹剧终于上演到两人之间的矛盾，可笑而可悲。

丈夫明白她的眼神，憎恨更加在他胸中翻滚。他要气一气他的妻子，故意跟她作对，于是他飞快地瞄了一眼第四版报纸，不无得意地大声宣告：

“9499 组，46 号！不是 26 号！”

【语言描写】最关键的内容，两人都最关心的内容，一下子击碎了两人的美梦，甚至德米特里奇还没反应过来。

倏地，希望与憎恨二者同时消失，伊凡·德米特里奇和他的妻子看看眼前，立刻感到：他们的住房那么阴暗、狭窄、低矮，他们刚吃过的晚饭没有填饱肚子，腹部不舒服；而秋夜漫长，令人烦躁……

“鬼知道怎么回事，”伊凡·德米特里奇懊恼地嘟囔，开始冒火，“不管你踩哪儿，脚底下尽是碎纸，面包渣，瓜果壳。屋子里垃圾一片！弄得人一刻也呆不下，见鬼！倒霉！我这就走，碰到第一棵杨树就去上吊。”

【前后照应】和开头对生活的满意、知足相照应、对比，突出对彩票中奖的想象，让两人对生活的态度产生变化。

阅读小悟

彩票像一枚诱饵，吊出了人性中的自私、贪婪。文章开头描述丈夫向来对命运满意，而到最后却由于一注彩票的搅扰而对生活痛苦烦闷。写他故意卖关子不道明数字号码，想独吞即将到手的彩金，凸显了丈夫对金钱的迷醉和强烈的占有欲；他甚至想甩开妻子独自去旅行，这也充分反映了他对上流社会生活的极度渴望和自私贪婪、见利忘义。妻子对丈夫的洞察和鄙视，则表现了在金钱面前，她的自私、吝啬、凶狠和决绝无情。彩票改变了夫妇二人对人生和生活的心理体验和感受，撕下了了罩在夫妻关系上温情脉脉的面纱，摆明了人与人之间赤裸裸的金钱关系。作品有力地批判了俄国社会十九世纪的时代本质和人性弱点。小说里的场景难道不是我们今天生活的一面镜子吗？我们读完它应该反思：人与人之间，除了金钱之外，还有亲情和关爱，还有奉献和互助。

阅读思考

1. 本文的线索是什么？请展开来说一说。（答题思路：行文线索是彩票，彩票号码贯串了前后的情节，勾连紧凑，刻画了夫妇二人立体饱满的人物形象，又使情节跌宕起伏，充满了艺术感染力。）

2. 妻子询问有没有中彩时，为什么伊凡·德米特里奇说得断断续续？（答题思路：第一处是因为伊凡·德米特里奇此刻“闲来无事”在看报，表现了他的慵懒和漫不经心。第二处说话断断续续，是因为他发现妻子的彩票组号和报纸上的一样，处于兴奋状态。）

3. 《彩票》一文给了我们什么样的启示？（答题思路：想过上美好生活的愿望没错，但必须靠脚踏实地的付出和辛勤劳动，只梦想着靠极端的投机侥幸心理发财走捷径，常常是靠不住的。）

写作加油站

写作素材积累

【主题】　伊凡·德米特里奇想象彩票中奖后生活的变化

【适用话题】　憧憬　梦想　理想

【素材点拨】　我们每个人都对自己的未来充满憧憬，每个人都梦想自己能过上美好的生活。我们要时刻怀揣自己的梦想，并让自己的梦想时时督促自己前进，成为自己人生路上的推进剂。但所有的一切还需要我们脚踏实地一步一步去努力，去拼搏，而不是像伊凡·德米特里奇那样，只是想象。

好词好句积累

【好词】　斤斤计较　眉开眼笑　神色迷离　美妙可爱　虚情假意　幸灾乐祸

【好句】 他不急着看票号，也没有再核对一遍，立即把报纸往膝头上一放，而且，像有人往他肚子上泼了一瓢水，他感到心窝里涌出一股令人愉悦的凉意：麻酥酥，颤悠悠，甜滋滋！

她脸色因为激动而显得发白，把叠好的桌布又放到桌上。

夫妇二人眉开眼笑，相互瞅着，不知该说什么好。可能中奖的想法弄得他们晕晕乎乎，他们来不及想象要这七万五卢布做什么，他们要买什么东西，上哪儿去旅游。他们一心只想着两组数字：9499 和 75000，在各自的大脑中完美地描画它们，至于可能实现的幸福本身，他们倒是还没来得及在意呢！

伊凡·德米特里奇想象着：妻子带着大小的包裹和提篮进了车厢；坐在旁边一会儿担心这，一会儿担心那，不停地唠叨一路上累得她头疼，数落着出门一趟花去了多少多少钱，这些钱能解决多少困难；每到一个停车站就得跑下去弄开水，买夹肉面包……她舍不得去餐厅用餐，嫌那里东西太贵……

这时他已经不笑了，取而代之的是满脸的憎恨。她也抬眼看着他，同样怀着憎恨和气愤。她有着自己绚丽的梦想，自己的盘算；她十分清楚，她的丈夫梦想着什么。她知道，谁会第一个伸出爪子来夺她的彩金。

“拿人家的钱做什么好梦！”她的眼神鄙夷，是的，分明就是这样地说，“不，你休想！”

第17篇

胖子和瘦子

友谊如果沾染了权力和金钱，那就变了味儿，就像品到一杯隔夜的葡萄酒。来看看故事中的这对朋友是如何欢喜相逢，尴尬相别的。

在尼古拉铁路的一个火车站上，有两位朋友相遇了，他们一个是胖子，一个是瘦子。胖子刚刚在火车站餐厅里用过午餐，他的嘴唇油光锃亮，像熟透了的紫色樱桃。他身上弥漫着一股核烈斯酒和橙花的气味。瘦子刚从车厢里下来，费力地提着箱子、包裹和硬纸盒。他身上透出一股火腿肠和咖啡渣的味道。在他身后，有个长下巴的瘦女人不时探出头来张望一下——那是他的妻子，旁边还有一个眯着一只眼的中学生，他的儿子。

“波尔菲里!”胖子看见了瘦子，大声招呼道，“是你吗？亲爱的老朋友！多少年没见面啦!”

“我的上帝!”瘦子惊呼道，“这是米沙，打小玩在一起的朋友！你从哪儿来?”

两位朋友热烈拥抱，一连吻了三次，然后彼此看着对方泪汪汪的眼睛。两人又惊奇又高兴。

【注释】莫斯科至彼得堡的铁路，以沙皇尼古拉一世命名。

【比喻】形象生动地表现出胖子肥头大耳，嘴唇油光锃亮的模样。

【对比】两个人身上弥散的味道，透露出他们刚刚用过的饭，也暗示了两人的不同。

【动作描写】拥抱、亲吻，表现了老友重逢的喜悦。

“亲爱的！”亲吻后瘦子继续说道，“真没想到！简直太意外了！哎，你倒是仔细瞧瞧我！你呢，还是那个美男子，一点没变！还是那样气派，喜欢打扮！你，怎么样？发财了吧？结婚了吗？我已经成家了，介绍一下……这是我的妻子路易莎，娘家姓万岑巴赫……她是新教徒……我的儿子，纳法奈尔，上中学三年级了。纳法尼亚，我小时候的朋友！中学同班同学！”

【注释】纳法奈尔的爱称。

纳法奈尔犹豫一下，摘下帽子。

“老同学！”瘦子接着说，“你还记得吗？同学们当时怎么拿你开心？他们给你起了一个绰号，叫赫洛斯特拉特，因为你用香烟把公家的一本图书烧了个洞。我的外号叫厄菲阿尔特，因为我喜欢告密。哈哈……当时都是小孩子哩！你别害怕，纳法尼亚！过来呀……噢，这是我的妻子，娘家姓万岑巴赫……新教徒。”

【注释】古代希腊人，他为了扬名于世，在公元前三五六年焚烧了世界七大奇观之一的阿泰密斯神庙。

【注释】古代希腊人，曾引波兰军队入境。

【描写语言】儿时好友久别重逢，瘦子激动地重复介绍了自己的妻儿。

纳法奈尔犹豫一下，藏到父亲背后去了。

“喂，老朋友，你生活得好吗？”胖子热情地望着朋友询问，“现在在哪儿供职？做多大的官啦？”

“在供职，在供职，亲爱的！我现在升了八品文官，已经做了两年了，还荣获了一枚圣斯坦尼斯拉夫勋章。薪金不高……嗨，去它的！我妻子给人上音乐课，我呢，业余时间用木料做烟盒。我的手艺还蛮好的！烟盒很精致，卖一卢布一个。要是有人买十个、十几个的，我就给他便宜点。好歹能维持生活。你知道，原来我在一个厅里做科员，现在升了我做科长，还是原来那个部门……。噢，你怎么样？恐怕已经做到五品文官了吧？”

【细节描写】生活很艰辛。

“不对，亲爱的，再往上猜，”胖子说，“我已经是三品文官了……有两枚星章。”

蓦地，瘦子脸色苍白，目瞪口呆，但很快他脸上的肉皮往四下里弥散，堆出一副喜气洋洋的笑容。看上去他的脸上、眼睛里都在冒着金星。他本人身子一下子缩了下来，弯腰曲背，矮了半截……他的那些箱子、包裹和硬纸盒也在缩小，皱眉蹙额……他妻子的长下巴拉得更长了，纳法奈尔低眉垂手直立，扣上了大衣上所有的纽扣……

【神态描写】一家三口听说胖子是三品官后的变化，瘦子脸上出现了谄媚的笑容，儿子紧张得扣上所有的扣子。

“我，大人……真是高兴！您，可以说，曾经是我儿时的朋友，现在，青云直上，成了地位显赫的高官！嘀，大人，真是替您高兴！”

【用词准确】“大人”是下对上的专用名词，但用在儿时朋友之间则显得太过尴尬。

“哎，算了吧！”胖子拧起了眉头，“别来这一套！你我是儿时的朋友——不需要官场里的奉承！”

“那怎么行……您怎么能这么说，大人……”瘦子缩得更小，谦卑地笑着说，“大人体恤下情……使我如沐甘霖……这是，大人，我的儿子纳法奈尔……这是我妻子路易莎，新教徒……”

【读读想想】前面已经介绍过两次妻子和儿子，这里为什么还要再介绍一次？（前面是激动，现在是听说胖子是高官后，他除了谄媚的奉承话外，想不起别的话来了。）

胖子本想反驳他几句，但看到瘦子那副惶恐不安、巴结逢迎、低三下四的寒酸相，三品文官几乎要吐出来了。他扭过头去，向瘦子伸出一只手作别。

【动作描写】瘦子握手时只握住别人的三个手指，表现他感觉自己低人一等，妻子和孩子也是一种自然的谄媚之情。

瘦子虔诚地握了握他的三个指头，一躬到地，嘴里发出像中国人那样的笑声。他妻子笑逐颜开。纳法奈尔咔嚓一声，利落地收脚敬礼，也许动作幅度过大，制帽掉到了地上。一家三口真是又惊又喜。

阅读小悟 >>>

一对老朋友在车站相遇，喜悦之情溢于言表。激动的谈话中，瘦子得知老朋友胖子已升为为三品文官后，热烈的谈话马上变成了毕恭毕敬的交流。契诃夫于此成功地塑造了瘦子这个前倨而后恭、趋炎附势的小科员的形象，影射了沙俄官僚制度对人性的扭曲。

辛辣的讽刺和幽默，是本文最突出的特点。起初，瘦子与胖子嘻嘻哈哈共叙友情，他们十分亲近，不分彼此，瘦子在胖子面前甚至有点自吹自擂，甚至还拿小时候的外号来取笑对方寻开心。可一旦瘦子知道胖子是三品文官，而自己才是八品文官时。小时候的朋友忽然变成了尊崇的大人！作者通过大量生动传神的描写，使瘦子阿谀奉承攀附权贵的卑微形象跃然纸上——前倨而后恭，变化之快，反差之大，判若两人。故事内容和它所表现出来的讽刺意味对于当今的社会仍然有着深刻的教育作用。

阅读思考

1. 两个小时候的朋友、中学同班同学见面，瘦子向胖子介绍了自己哪些方面的情况？（答题思路：从以下几个方面思考：①妻子和儿子的情况；②自己供职和官位情况；③获奖和薪金情况；④工作之余的赚钱情况。⑤升职情况。）

2. 胖子后来说：“我已经做到三品文官。”在此之前，小说在哪些地方对胖子的身份作了伏笔暗示？请找出来并做简要分析。（答题思路：从文中对胖子外貌的直接描写和从瘦子眼中胖子的形象进行总结。）

3. 你认为文章讽刺的对象是谁？为什么？（答题思路：从两人的表现及作者进行描写时的感情倾向分析。）

写作加油站

写作素材积累

【主题】 瘦子眼中的友谊

【适用话题】 邂逅 后悔 距离 变质的友谊

【素材点拨】 世界上最远的距离，不是此生再也见不到的距离，而是我站在你面前，却再也找不到以前的友谊；这句话放在三品文官胖子和八品文官瘦子之间最恰当不过。成年人的世界里，因为掺杂了等级观念、权力、金钱，使本来纯洁、真挚的友谊一下子多了好些功利的色彩。长大的情谊当然也就变了味道。像瘦子这样唯权最重的卑劣人物，是收获不了真正的友谊的。只有志趣相投、心灵相通、肝胆相照的情谊才能称之为友谊。

好词好句积累

【好词】 油光锃亮 喜气洋洋 泪汪汪 如沐甘霖 虔诚 笑逐颜开

【好句】 有两位朋友相遇了，他们一个是胖子，一个是瘦子。胖子刚刚在火车站餐厅里用过午餐，他的嘴唇油光锃亮，像熟透了的紫色樱桃。他身上弥漫着一股核烈斯酒和橙花的气味。

瘦子刚从车厢里下来，费力地提着箱子、包裹和硬纸盒。他身上透出一股火腿肠和咖啡渣的味道。

“不对，亲爱的，再往上猜，”胖子说，“我已经是三品文官了……有两枚星章。”

蓦地，瘦子脸色苍白，目瞪口呆，但很快他脸上的肉皮往四下里弥散，堆出一副喜气洋洋的笑容。看上去他的脸上、眼睛里都在冒着金星。他本人身子一下子缩了下来，弯腰曲背，矮了半截……他的那些箱子、包裹和硬纸盒也在缩小，皱眉蹙额……

瘦子虔诚地握了握他的三个指头，一躬到地，嘴里发出像中国人那样的笑声。他妻子笑逐颜开。纳法奈尔咔嚓一声，利落地收脚敬礼，也许动作幅度过大，制帽掉到了地上。一家三口真是又惊又喜。

第18篇

美妙的结局

在古代，没有父母之命、媒妁之言，婚姻是不合法的。落后的经济形态使人们的劳动、教育、娱乐都局限在家庭里，于是儿娶女嫁的事就委托他（她）人从中斡旋。所以，媒婆就成了必不可缺的角色，在故事里，媒婆近水楼台先得月，为谁做成嫁衣裳？

【伏笔】交代柳博芙·格里戈里耶夫娜的身份，为下文她的言行打下伏笔。

【侧面描写】一个工作和收入稳定的人，五十二岁了还没有自己的家庭，让人不得不怀疑他有为人难以接受的地方，为下文张本。

列车长斯特奇金有一天在家休班，他家里来了一位客人：柳博芙·格里戈里耶夫娜，一个四十岁左右、相貌端正、身体健壮的女人。她是个媒婆，另外还干一些私下里才能说的事情。斯特奇金多少有点尴尬，不过还是保持着平时的严肃，认真，稳重。他在房间里不停地走着，抽着雪茄，说：

“很高兴认识您。谢苗·伊凡诺维奇向我推荐了您，他认为，有件事情您对我有所帮助。这事关系到我一生的幸福。我呢，今年已经五十二岁了，在我这样的年龄，本该子女成群了。我的职业稳定，财产虽说不多，但要养活妻子和孩子们完全没有问题。我背地里跟您说，除了薪水，我在银行里还有存款，这些钱是我节省下来的。我为人正派，从不酗酒，生活合理有序，可以这么说，在生活方面我可以做许多人的表率。不过话又说回来了，我还觉得有一点是美中不足的——没有家庭的温暖，没有生活的伴侣，我像个漂泊不定的匈牙利人，居无定所，不能享受天伦，没有人说话、商量事情，一旦生病，连个端水送药的人都没有等等。另外，我还觉得，柳博芙·格里戈里耶夫娜，在社会上，成家立业的人往往比单身汉更能树立威望……我受过教育，又不缺钱，可是换个角度来看我，我又算什么呢？一个孤单可怜的人，跟个出家人没什么两样。因此，我特别希望您能帮忙把红钱牵成，让我寻找一份良缘，早日结束单身汉的生涯。”

“这是成人之美的好事！”媒婆嘘了一口气。

“我孤身一人，在这个城市里我不认识任何人，叫我上哪儿去找，找谁去呢？所以，谢苗·伊凡诺维奇才劝我找一个像您这样的行家，现在，我诚恳地请求您，柳博芙·格里戈里耶夫娜，请您不遗余力地帮助，安排好我的命运。城里的未婚小姐您都熟识，您要促成我的好事是不成问题的。”

“这个没有问题……”

“请喝一杯，别客气……”

媒婆稔熟地端起酒杯，一饮而尽，连眉头都不皱一下。

“这个没有问题，”她又说，“那么先生，您呢，想找个什么样的妻子？”

“随缘吧。”

“说到缘分，各人有各人的偏爱。有人喜欢黑头发的，有人却喜欢金发女郎。”

“您知道吗，柳博芙·格里戈里耶夫娜，”斯特奇

【语言描写】

通过列车长对自己的介绍可以看出他是一个自以为是、自我欣赏的人。

【语句理解】

一个单身的人，总是令人难以信任，感觉没结婚就是孩子，无法托付。

【过渡】

文中多次出现这两句话，为行文的变化过渡。

【做铺垫】

斯特奇金提出自己对妻子的要求，务实而且认真。

金庄重地叹了口气说道，“我为人正派，性格坚毅。外表在我看来是次要的，因为，您也知道，脸蛋不能当饭吃，娶个漂亮老婆要耗费更多的精力。我这么认为：对于女人来讲，重要的不在于外表，而在于内心，也就是说，她要心地善良，品性优秀。再喝一杯，别客气……不用说，如果老婆长得丰满，看着当然舒服，不过，这对俩人的幸福并不重要，重要的是智慧。其实女人也用不着智慧，因为有了智慧她就会得意忘形，就会异想天开。如今这年头不受教育是不行的，这自不必说，可是教育也是分类别的。如果妻子能说一口流利的法语或德语，甚至精通各国语言，那当然好极了；可前提是她连缝个扣子都不会，那么外语说得再熟练管什么用呢？我这人受过教育，即使跟卡尼杰林公爵我照样能说得有条有理，就像现在跟您说话一样。我主要是想娶一位朴实一点的女人。她得敬重我，她得清楚，是我给了她幸福。”

【语句理解】

最后才终于说出自己的要求——朴实，关键得敬重自己。

“那当然。”

“好吧，现在来谈谈具体的问题……富家千金我不娶。我不能糟蹋自己，居然为了金钱去结婚，我希望我不至于吃软饭，而是要她知道我来供养他。可是穷人家的姑娘我也不能要。我这人虽说稍有资财，结婚不至于贪财，而是出于过日子的想法，我也不能娶个穷鬼，因为，您知道，现在物价这么贵，日后还要养家糊口，生儿育女呢。”

【读读想想】

媒婆为什么叹气？（答题思路：她感到列车长这门亲事很难介绍到合适的。）

“可以找个有陪嫁的，”媒婆说。

“请喝呀，别客气……”

有一会儿工夫的沉默。媒婆叹一口气，瞅了一眼眼前的男人，问道：

“那么，老爷，那种……单身女人您不能要吧？有好货哩。有个法国女人，还有个希腊女人，都挺抢手的。”

列车长想了一下，说：

“不，谢谢您。我心领了。我想问一下：您给人物色一个新娘要收多少钱？”

【设问】

引出下文媒婆对自己收入的介绍，正是这一点引起了列车长的兴趣。

“不多。老行情——二十五卢布外加一件衣料就行，我就多谢了……至于找有陪嫁的女人，那就得另外加价了。”

斯特奇金抱着胳膊，认真思考了一会儿。叹口气说：

“这价码太贵了点吧……”

“不贵，不贵，尼古拉·尼古拉伊奇！从前吧，介绍成的婚事多，收费也就便宜些，现如今，我们已经挣不了几个钱了？要是在不持斋的月份，能挣上两张二十五卢布，那就得心满意足了，老实说，老爷，说媒是发不了财的。”

斯特奇金困惑地望着媒婆，耸耸肩膀。

“哼！五十卢布已经不少了。”他说。

【语句理解】

斯特奇金开始转变对这个媒婆的态度。

“自然少啦！以前我经常能挣到一百多呢。”

“呵！真没想到，干这样的工作居然也能挣大钱。五十卢布！那可不是每个男人都能挣到这个数的！请喝呀，别客气……”

【衬托】

连有些男人都不能挣到这么多钱，衬托出媒婆的收入并不算少，同时这句话也侧面表现出社会对女性的歧视。

媒婆又干一杯，眉头都不皱一下。斯特奇金抬起头来，从头到脚把她打量了一番，说：

“五十卢布……算下来，一年就是六百……请喝

【语言描写】

听到媒婆的收入，忽然转移话题劝媒婆关心自己的个人生活，暗示斯特奇金对媒婆开始有意。

呀，别客气……有这么多红利，您要知道，柳博芙·格里戈里耶夫娜，您得给自己找个依靠，没有男人可怎么过日子……"

"我呀，"媒婆妩媚地笑了，"我老啦……"

"什么呀，一点儿都不老……瞧您这身段多好，还有这脸蛋，又白又胖的，其余的也都不错。"

媒婆有点害羞了。斯特奇金也不好意思了，他走过来挨着她坐下。

"您挺招人爱的，"他说，"要是您再找一个作风正派，又勤俭持家的男人，那么他有一份薪水，再加上您的收入，您就更令人着迷了，两口子的日子会多么幸福……"

"您说的什么话，尼古拉·尼古拉伊奇……"

"说说又如何？我没别的意思……"

【神态描写】

描写两个人故意做出的一些举动，来消除尴尬，表现两个人内心微妙的变化。

微妙的气氛开始在空气中酝酿。斯特奇金开始故意出声地擦鼻涕，媒婆满脸羞红，扭扭捏捏地望了他一眼，问：

"您，尼古拉·尼古拉伊奇，您一月有多少收益呢？"

"我吗？七十五卢布，不算奖金……另外，我们在硬脂蜡烛和兔子上也有些油水。"

"您狩猎吗？"

"不，我们管逃票乘客叫兔子。"

又过了一分钟。斯特奇金站了起来，开始兴奋地在房间里走来走去。

【暗示】

斯特奇金暗示媒婆自己想要的其实就是媒婆这样的人。

"我不要年轻姑娘，"他说，"我年纪已经不小，我需要那种……像您这种……中年以上、处事稳重、身段丰满的女子……"

“您说什么呢……”媒婆咯咯地笑起来，娇羞地用手绢遮了半张涨红的脸儿。

“别犹豫了，我觉得您的品格性情正合我意。如果没猜错的话，我也中您的意，那……那就好了！请允许我向您求婚！”

【动作、神态描写】以媒婆的动作表现她听到求婚后的兴奋之情，“激动”“赶紧”等词更体现出她的迫不及待。

媒婆激动得掉下了眼泪，然后又咯咯地笑起来。为了表示赞同，她赶紧跟斯特奇金碰杯。

“好了，”眉开眼笑的列车长搓着手说，“现在我得向您说明一下，我希望您怎样待人接物，怎样勤俭持家……我这人向来严肃、谨慎、慎重，对人对事正大光明，我希望我的妻子也跟我一样严于律己，她要清楚，我是她的主心骨，是她一生中最重要的人。”

他坐下来，深吸一口气，开始向未来的新娘分析、论述他对家庭生活、对妻子的责任等等的观点。

阅读小悟

其实，谈婚论嫁对于成年男女本来无可厚非，但故事里的男主角列车长斯特奇金对娶妻的要求却令人嗤之以鼻。他要找的哪是什么情投意合的伴侣，而是一架质优价廉、外带嫁妆的家庭机器，并且进门之后，自负盈亏，有收入，不用拖累男人，真是无本万利。而对于媒婆柳博芙·格里戈里耶夫娜来说，最成功的保媒无疑是把自己嫁了出去，而且嫁得合算合理，也是一桩不赔本的买卖。

婚姻对于这二位来讲无关感情与风月，纯粹是一桩双赢的交易，读着这二位的传奇故事，就像是吃了一碗掺进细沙的面。把婚姻作为自己生活的筹码来进行精打细算，这也是沙皇统治下社会变态引来的人们心理上的扭曲。因为这是社会现实对人心灵的改变。

阅读思考

1. 列车长斯特奇金对于择偶的要求是什么?（答题思路：结合斯特奇金的语言描写来概括。）

2. 联系小说内容，说说斯特奇金是个什么样的人。（答题思路：从斯特奇金的择偶标准进行分析。）

3. 列举你所知道的古今中外文学作品里的媒婆形象。（答题思路：示例：《西厢记》里的红娘；《水浒传》里的王婆；《围城》里的汪太太；《牡丹亭》里的春香。）

写作加油站

写作素材积累

【主题】 列车长娶媒婆

【适用话题】 吝啬 自律 算计 爱情 利益

【素材点拨】 英国大剧作家莎士比亚曾说过：爱情里面要是掺杂了和它本身无关的算计，那就不是真的爱情。像列车长斯特奇金这样善于算计，算计到五十多岁，才收获了一个媒婆，他的生活里，没有享受到爱情、天伦、亲情，只有干瘪的用金钱来计算的日子，这是多么令人悲哀的事呀！人生需要在沿途栽满花草，辛勤耕耘，愉快收获，而不是笔直地奔向死亡，愿亲爱的朋友撒一径香花，待花香弥漫，与众人分享。

好词好句积累

【好词】 成人之美 扭扭捏捏 处事稳重 身段丰满 严于律己

【好句】 好吧，现在来谈谈具体的问题……富家千金我不娶。我不能糟蹋自己，居然为了金钱去结婚，我希望我不至于吃软饭，而是要她知道我来供养他。可是穷人家的姑娘我也不能要。我这人虽说稍有资财，结婚不至于贪财，而是出于过日子的想法，我也不能娶个穷鬼，因为，您知道，现在物价这么贵，日后还要养家糊口，生儿育女呢。

“您说什么呢……”媒婆咯咯地笑起来，娇羞地用手绢遮了半张涨红的脸儿。

“别犹豫了，我觉得您的品格性情正合我意。如果没猜错的话，我也中您的意，那……那就好了！请允许我向您求婚！”

媒婆激动得掉下了眼泪，然后又咯咯地笑起来。为了表示赞同，她赶紧跟斯特奇金碰杯。

相关知识链接

俄罗斯贵族爵位

俄罗斯贵族爵位制度和欧洲贵族爵位制度一脉相承，是古代君主为巩固其统治地位，调整其统治阶级内部关系而授予贵族和功臣爵位的制度。贵族爵位代表了贵族或功臣身份、地位的称号、等级，分为世袭贵族和终身贵族两类。世袭爵位由家族长子继承，如果长子去世就由次子继承，若无次子就由长女继承。受爵后通常可得到相当数量的财富。一般分为五等爵位：第一等级是公爵（一般是国王的兄弟和儿子）和公爵夫人，为贵族群体的顶端。第二等级是侯爵和侯爵夫人，系指统辖一处的封疆大吏。第三等级是伯爵和伯爵夫人，地位介于侯爵与子爵之间。第四等级是子爵和子爵夫人，起初，子爵是伯爵的副手，后来独立存在，也可世袭。第五等级是男爵和男爵夫人，是贵族地位最低的一级。另外，平民部分则有两个阶级，分别为：准男爵和骑士。

第19篇

普里希别耶夫中士

朋友们，听说过“幻想症”吗？这种病症是指病者对事情（事物）产生没有理由和根据的或过多的想法，或是憧憬不存在的情形，而导致自己精神恍惚，严重者应该接受治疗。故事中的普里希别耶夫中士也许得了类似于幻想症的疾病，读一读，看谁能找出毒害他的病因。

“普里希别耶夫中士！你被指控在今年九月三日出言冲撞并出手殴打本县警察日金、村长阿利亚波夫、乡村警察叶菲莫夫，见证人伊凡诺夫和加夫里洛夫，还有另外六个农民，前三个人是在执行公务时受到不公正对待的。你承认自己所犯的罪吗？”

【设问】

开篇提出普里希别耶夫所受到的指控，引出下文普里希别耶夫对事件的回忆。

普里希别耶夫，一个满脸皱纹和肉刺的退伍中士，手贴裤缝立正，用嘶哑而低沉的声音清晰地回答，像发布命令似的：

【外貌、神态】

外貌描写表现普里希别耶夫的年老，动作神态等突出了他说话时的特点，暗示了他的善于听命的特征。

“法官先生！根据法律条款，法院有理由要求当事人双方陈述那天的详细情况。有罪的不是我，而是另外那些人。整件事是由一具尸体引起的——愿逝者升天！三号那天，我和我的妻子安菲莎老老实实、规规矩矩地赶路，看到河岸上聚集了一大堆各行各业的人。

【反问、排比】

连续用三个反问，表现普里希别耶夫对老百姓集会的敏感，讽刺了沙皇警察维护主子的嘴脸。

【语言描写】

借由法官的反问揭示普里希别耶夫话中的漏洞，指出他的无理。

请问：老百姓有什么权利在这地方集会？集会的目的是什么？难道法典上写着，老百姓可以结伙集会？我嚷了一声：散开！就开始驱散众人，让他们回家去，还下令乡村警察抓住他们的衣领，把他们赶走……”

“对不起，要知道你既不是本县警察，也不是村长，这不是您职责所在，不是吗？”

“他管不着，管不着！”审讯室里各个角落里响起了此起彼伏的叫喊声，“他胡乱发威、越俎代庖，大人！我们忍了他十五年了！自从他退伍回乡，从那时起，他就弄得全村鸡犬不宁，村里人都想逃走。他可把大伙害苦了！”

“是这样的，大人！”村长作证说，“全村人都抱怨他。真没法跟他呆在一起！捧着圣像去教堂啦，举行婚礼啦，要不，出了什么事故啦，哪里都有他，还大呼小叫，吵闹不止，他总想来维持秩序。他揪小伙子的耳朵，跟踪监视婆娘们，怕她们出事，像是她们的老公公……前几天，他居然挨门逐户地下令不许唱歌，不许点灯。他说，法律上没有哪一条规定可以唱歌。”

“请停一下，待会儿您再提供证词，”调解法官打断说，“现在，让普里希别耶夫继续陈述。说吧，普里希别耶夫！”

【语言描写】

张嘴闭嘴“法典”，似乎他可以代表法律，其实这是沙皇警察习惯以法律来压榨百姓的表现。

“遵命，先生。”中士操着嘶哑的嗓子说，“您，长官，刚才说到，驱散人群不关我的事……好，先生……可如果乡民聚众闹事，出了乱子呢？难道能允许乡民为所欲为吗？哪一部法典里写着，可以放纵百姓，任其胡来的？我绝不允许，先生。要不是我驱散人群，给了他们一些厉害，还有谁能挺身而出？谁也不懂现行的规章秩序，不客气地说，长官，全村只有我一个人知道，怎样对付普通民众，而且，我什么都能弄懂。我不是农民，我是中士军官，退役的军输给养员，在华沙当过差，还是在司令部供职，先生。以后呢，我名正言顺退伍，当消防队员。再后来，由于身体病弱离开了消防队，在古典男子初级中学干了两年门卫……一切现行的规章秩序我都明白，先生。庄稼汉都是粗人，什么也不懂，难道不该听我的吗，我是为他们好。就拿眼前这件事来说吧……我是驱散了人群，可是岸边沙地上躺着一具打捞起来的尸体。请问：什么理由让尸体出现在这个地方？这正常吗？县警察管什么的？我说了：为什么县里的警察不把此事报告给上级？也许这个淹死的人是投水自尽，或者这案子带点西伯利亚的气味：说不定是一桩刑事凶杀案……可是本县警察日金漫不经心，只顾抽烟。他还说：'这人是打哪儿跑出来的，谁让他来指手画脚？好像地球离了他就不知道该怎么转了。'我就说：'既然你只知道站着抽烟，不闻不问，可见你这个傻瓜就不知道如何处理。'他说：'我昨天就把这事报告了县警察局长。'请问：为什么报告县警察局长？根据哪部法典的哪一条？碰到这种案子，比如有人淹死，有人上吊之类的事，难道归县警察局长管吗？我说，这是刑事案件，民事诉讼……我说，眼下得派专人呈报侦查员和法官。我还说，第一步你得写份报告，送交调解法官先生。可是他，这个本县警察，只是嗤笑。那些庄稼汉也一样无知。大家都在笑，长官。我可以对天起誓，我说的没错。喏，我说，你们都龇牙咧嘴做什么，县警察

【对比】

通过事实指出普里希别耶夫的无理取闹和他的无知，与警察和老百姓形成对比。

【对比】

一个不该管的什么都管，一个该管的管得不积极，对比之下，沙皇统治下的两种丑恶现象都揭示出来。

开口说，‘这类案子调解法官管不着。’我一听这话就气急了。县警察，你是这么说的吧?”中士转身问县警察。

“说过。”

“大家都听见了，你当着众人的面就是这么说的：‘这类案子调解法官管不着。’大家都听见了，……我火冒三丈，长官，我甚至吓坏了。我说：‘你再说一遍，坏蛋，’他又重复了一遍……我质问他：‘你怎么能这样说调解法官先生？你是本县警察，怎么反对官府啊?’我还说，‘你知道吗？凭你这句话就可以把你这个不可靠分子送交省宪兵队！或者可以把你随便发配到什么地方去?’可是村长说话了：‘调解法官超出权限的事一样也不会做。他只能管管小事。’他就是这么说的，大家都听见了……我说：‘你怎么敢蔑视官府？嘿，你可别跟我闹着玩，否则，老弟，有你好看!’想当年我在华沙当过差，在男子中学当过门卫。那时只要我一听到这类有失体统的话，我就朝大街上寻找，看有没有宪兵。‘老总’我喊，‘你到这儿来!’于是把事情原委一一道来。现如今在乡下跟谁说去？又怎么说得清？我愤怒到了极点。一想到如今的老百姓放肆蛮横，胡作非为，不服从管教，我就义愤填膺，就想抡起拳头……当然我没有真的使劲，只是轻轻地打了一下，好叫他下次不敢再说您的坏话……本县警察这时出来为村长保驾。我因此连县警察也……就这样一个一个的……我一时性起，长官，嘿，要知道不给他们点颜色瞧瞧是不行的。你要是见着混蛋不打他，那就让良心蒙了油。何况还遇到了人命案子……乡民

【语言描写】在普里希别耶夫眼中，调节法官就是政府，正从反面表现了在他思想中的法律的混乱。

【语言描写】表现出他当警察时死心塌地维护沙皇的奴才相。

【反复】反复强调自己的经历，把自己当前的行为与当年的经历挂钩。

聚众闹事……”

“不行！即使民众闹事也会有人来管。这方面有本县警察，村长，本村警察……”

“县警察不能面面俱到，再说县警察许多规章秩序还不如我搞得懂……”

“可是你要知道，这不是你的职责！”

“什么，先生？这怎么就不是我的事了？先生……有人胡作非为，还不关我的事！等不及还要我去夸奖他们？刚才他们向您诉苦，说我禁止唱歌……唱歌有什么好处？他们放着正事不干，就知道唱……如今还时兴晚上点灯闲聊。睡觉的时间就要熄灯，还有说有笑。这事跟您说，我都记下来了，先生！”

【夸张】

连别人点灯聊天、唱歌这样的事情都管，表现在沙皇白色恐怖下，对民众的监管和压榨。

“你记下什么了？”

“哪些人点灯闲聊。”

说罢，普里希别耶夫从衣袋里摸出一张浸满油渍的小纸片，戴上眼镜，念道：

点灯闲聊的农民有：伊凡·普罗霍罗夫，萨瓦·米基福罗夫，彼得罗夫。大兵的寡妇舒斯特罗娃同谢苗诺夫·基斯洛夫私姘。伊格纳特·斯韦尔乔克大搞妖术，其老婆玛芙拉也是巫婆，每天夜里跑出去偷挤人家的牛奶。

【读读想想】

他一直说老百姓放肆蛮横，胡作非为，从全文看，你是这么认为吗？（不是的，是普里希别耶夫强行插手别人分内的事情，企图继续做维护沙皇统治的走狗，激起了和别人之间的矛盾。）

“够了！”法官说完开始询问证人。

普里希别耶夫把眼镜推到额头上，惊骇地望着调解法官，显然这位法官并不满意他所做的一切。他把眼睛瞪得发亮，鼻子也变得通红。他不解地望着调解法官，望着证人，怎么也弄不明白，为什么审讯室各个角落里响起一片埋怨声和克制的笑声。他更是弄不

【侧面描写】

通过普里希别耶夫的角度，告诉我们事情的结果。

明白最后的结果：拘禁一个月。

“什么罪?”他百思不得其解，摊开双手耸耸肩，问到，“我犯了哪条王法?”

但有一点他很清楚，那就是这世界变了，变得简直无法生存。种种晦暗、颓丧的念头环绕着他，使他烦躁不已。但是，当他走出审讯室，看到一群乡民聚在一起不知谈论着什么时，他下意识地手贴裤缝立正，用嘶哑的声音生气地大喊：

【描写语言】揭示普里希别耶夫冥顽不化、死不悔改的嘴脸。

“平民百姓，散开！不准集会！立刻给我回家去!”

阅读小悟

小说通过描写一名警察，鞭挞了忠实地维护专制暴政的奴才及其专横跋扈、奴颜婢膝的丑恶嘴脸，揭示出黑暗时代的反动精神特征。故事发生在沙皇俄国时一个县法院内，调解法官根据法律条款指控退伍军人普里希别耶夫中士出言冒犯并动手殴打了本县警察、村长、见证人以及其他几个农民，而普里希别耶夫却坚决不认为自己有罪，他认为有罪的是聚集在河滩上的农民，他们不论什么事都不能随便集会；他还认为本县警察没有尽到职责，村长不维护现行制度，他要代替自认为身是其中一员的统治阶级教训不听话的臣民；其实他只是一个退役的中士。整天生活在妄想之中，自从退伍回乡那天起，就不甘心做回平民，每天自以为是，赶散人群，监视乡民生活，心甘情愿充当沙皇的走狗，搅得人不得安生，弄得村里怨声载道。更令人可笑的是，统治阶级的代表——调解法官并不领情，判其拘禁一个月。热脸贴了个冷屁股，啼笑皆非的结局让我们明白了这样一个道理：不明事理，甘当走狗，罪有应得。

阅读思考

1. 概述故事的主要内容。（答题思路：按照六要素法概括即可。六要素：时间、地点、人物、事件起因、经过、结果。）

2. 联系小说内容，说说小说中主人公普里希别耶夫中士的性格特征。（答题思路：主要通过语言描写来突出人物的性格：野蛮专横、无知荒谬、受人豢养的统治阶级帮凶等即可。）

3. 讨论一下，怎样才能治好普里希别耶夫中士的病症？（答题思路：分析中士最后的言行，很显然判一个月监禁是解决不了问题的，需要他为之崇拜的阶级再给他下一剂猛药；坐牢或罚苦役之类都可。其他答案言之成理即可。）

写作加油站 >>>

写作素材积累

【主题】 自以为是的中士

【适用话题】 执迷 自大 冲动 苦恼

【素材点拨】 执着和执迷只是一字之差，却有着天壤之别：执着是对正确的事情不放弃、坚持到最后取得胜利；而执迷是明知是错，却丧失理智，难以自拔，在错的道路上越行越远。就像文中愚蠢的中士，自命不凡，自以为是，荒诞无知，到头来作茧自缚，害了自己。希望亲爱的朋友在生活路上执着但不执迷，自信而不自负，负责但不越职，善良而不荒唐。我们要执着做事，清醒做人。

好词好句积累

【好词】 规规矩矩 越俎代庖 鸡犬不宁 火冒三丈 义愤填膺 胡作非为 百思不得其解

【好句】 “他管不着，管不着！”审讯室里各个角落里响起了此起彼伏的叫喊声，“他胡乱发威、越俎代庖，大人！我们忍了他十五年了！自从他退伍回乡，从那时起，他就弄得全村鸡犬不宁，村里人都想逃走。他可把大伙害苦了！”

普里希别耶夫把眼镜推到额头上，惊骇地望着调解法官，显然这位法官并不满意他所做的一切。他把眼睛瞪得发亮，鼻子也变得通红。他不解地望着调解法官，望着证人，怎么也弄不明白，为什么审讯室各个角落里响起一片埋怨声和克制的笑声。他更是弄不明白最后的结果：拘禁一个月。

但有一点他很清楚，那就是这世界变了，变得简直无法生存。种种晦暗、颓丧的念头环绕着他，使他烦躁不已。但是，当他走出审讯室，看到一群乡民聚在一起不知谈论着什么时，他下意识地手贴裤缝立正，用嘶哑的声音生气地大喊：

“平民百姓，散开！不准集会！立刻给我回家去！”

相关知识链接

漫谈军衔

每个主权国家都拥有自己的军队，相应的也具有完备的军衔制度。军衔分为永久军衔和临时军衔两类。永久军衔又分军官军衔与士兵军衔两大类。兵可以分为列兵（二等兵）、上等兵（一等兵）等几级。士官一般由拥有专业技术者担任或从资深士兵中选出。士官一般分为上士、中士、下士、军士长（或称士官长）等。尉官是初级军官军衔的统称，大多数国家分为上尉、中尉、少尉，有的国家还有准尉和大尉。校官是中级军官军衔的统称，多数国家分上校、中校、少校，有的国家还有大校。将官又称为将军，是高级军官军衔的统称，始于 16 世纪的法国军队。后来，逐渐被大多数国家采用。一般分为上将、中将、少将、准将。元帅是许多国家的最高军衔。

第20篇

乞丐

真正需要帮助的乞丐是很令人同情的，而对本身懒惰成性，想博取人们的怜悯的人，如果施以钱财，那就是助长他们的恶习。斯克沃尔佐夫的想法和行为是很好的，费尽心思使卢什科夫回归社会，重新自立自强，但是为什么卢什科夫最感激的人不是他呢？

“慈悲的老爷！行行好，请可怜一下我这个不幸的人吧。我三天没吃东西了……身上一个子儿也没有，无家可归……我向上帝起誓！我在乡村教了八年的书，后来由于地方自治局搞鬼丢了饭碗。我成了诬告的牺牲品。一年以来，我一无所有，我失业了。”

【开门见山】直接引用卢什科夫编的谎言，引出下文。

律师斯克沃尔佐夫打量着这个求助的人，他那件灰蓝色的破大衣，那双混浊的醉眼和脸上难看的红斑，他觉得以前好像在哪里见过他。

【伏笔】交代斯克沃尔佐夫对眼前这个乞丐感觉眼熟，为下文揭穿乞丐的谎言埋下伏笔。

“现在在卡卢加省有人为我谋到一份工作，”那人继续恳求，“可是我连去那里的盘缠都没有。请帮帮忙，行行好！真的很难为情，要不是境况所迫……”

斯克沃尔佐夫又瞧了瞧他的脚上：雨鞋一只高腰，一只浅帮。这下他突然记起来了。

【外貌描写】雨鞋都不是一双，表现了卢什科夫境遇的窘迫。

“听着，在前天，我好像在花园街遇见过您，”他说，“不过那时您说自己是被开除的大学生，没有说是乡村教师，还记得吗?”

“不……不，不可能!”求告者慌张地否认，“我确实是乡村教师，我可以拿证件给您看。”

【神态描写】“涨红了脸”说明斯克沃尔佐夫对乞丐撒谎行为的厌恶；“鄙夷”说明他对乞丐的欺诈行为很鄙夷。

“别胡扯了！那天您自称是大学生，甚至哀告我校方为什么开除您，还记得吗?”

斯克沃尔佐夫涨红了脸，满脸鄙夷地从这个衣衫破烂、形同乞丐的人身边走开。

“这很无耻，先生!”他愤怒地喊道，“这是诈骗！我可以把您送进警察局！您贫穷，您挨饿，但是这不能成为您撒谎的借口!”

【读读想想】为什么说贫穷和挨饿不能成为撒谎的借口?（贫穷和挨饿是人所无法改变的客观事实，而撒谎则是一个人品行的问题，性质不一样。）

烂衫人抓住门把手，像被捉住的现了形的贼，惊慌失措地打量着门厅。

“我……我没有撒谎，先生……”他低声嘟哝，“我可以拿出凭证。”

“谁会相信您?”斯克沃尔佐夫继续气愤地说，“利用社会对乡村教师和大学生的好感骗取信任——这是多么下流，卑鄙，荒唐！可恶之极!”

【做铺垫】斯克沃尔佐夫的善良、同情心为下文想帮助卢什科夫做铺垫。

斯克沃尔佐夫大发雷霆，不留余地地痛斥这个哀求的人。对方的无耻谎言唤起他厌恶的心情，他觉得受到了侮辱，斯克沃尔佐夫十分珍爱和看重自身已有的品德：善良，敏感的心，对不幸人的同情。这家伙满嘴谎言，利用别人的同情心，恰恰亵渎了他纯真的喜欢周济穷人的一片好意。烂衫人开始还口口声声地辩解，信誓旦旦地声明，但到了后来就不做声了，羞愧地低下了头。

“先生!”他说，一手按到胸口，“确实，我……撒谎了！我不是大学生，也不是乡村教师。这些都是我杜撰出来的！我原来是俄罗斯合唱团的职员，由于酗酒，我被轰了出来。我没有办法？苍天在上，请您相信：不说谎是不行的！我若说真话，就会饿死，冻死！您说的那些都对，我也知道，可是……我有什么办法呢？”

“办法？您问我有什么办法？”斯克沃尔佐夫大喝一声，靠上前去，“工作呀，这就是办法！您应该找一份工作！”

【用词准确】“大喝”“靠上前去”给人一种居高临下和压迫的感觉。

“工作……这个我也知道，可是上哪儿去找工作呀？”

“胡说！您年轻体健有力气，还能找不到工作？只要您愿意。可是您懒散懦弱，还外加酗酒！您的身体就像一个小酒馆，冒出一股子白酒味。您鬼话连篇，放荡成性，你的本事就是扮成叫花子到处乞讨，满嘴胡言！如果您哪天愿意工作了，那也得给您找一个不干活白领薪水的部门，比如说坐机关，去合唱团，或者当个台球记分员等等。您乐意从事体力劳动吗？恐怕您不会去当看门人或者工人吧！您这种人可是自命清高的！”

【语句理解】斯克沃尔佐夫对卢什科夫的讥讽激发了他要尝试的劲头。

“您怎么能这样说，您不能埋汰我……”求告者苦笑着说，“上哪儿去找体力活儿呢？去当店伙计我已经晚了，学生一般都从学徒干起；去当看门人吧，没人要我，因为我不喜欢别人对我指指戳戳……工厂也不要我，工人要耍手艺，我却什么也不会。”

【排比】这也不行，那也不行，表现了懒人凡事都找理由。

“胡说！您无非是四处找借口！那么，劈柴，您愿意去吗？”

“我倒是不反对，可是如今连地道的劈柴工都赋闲在家了。”

“哼，所有的寄生虫都这么说。不论建议您干什么，您都会找出足够的理由拒绝。那么在我家里劈柴您愿意吗？”

“好吧，我能劈……”

“好，咱们走着瞧……日后会见分晓！”

斯克沃尔佐夫张罗起来，他幸灾乐祸地搓着手，把厨娘叫了出来。

【读读想想】

卢什科夫同意尝试去劈柴，斯克沃尔佐夫为什么“搓着手”？（这个细节表现了斯克沃尔佐夫为自己能帮助卢什科夫感到高兴。）

“是这么回事，奥莉加，”他对她说，“把这位先生领到板棚里去，让他干劈木柴的活。”

烂衫人耸耸肩膀，似乎还没完全反应过来，踟蹰地跟着厨娘去了。从他的脚步上看，他之所以同意去劈柴，倒不是因为他没饭吃想挣钱糊口，只是碍于面子，怕被抓住说谎的把柄，所以，不得不硬着头皮去做。看得出来，他平时酒喝得不少，身体十分虚弱，看上去像是有病，其实，他对干活毫无兴致。

【用词准确】

“踟蹰”表现了卢什科夫虽然口头上答应了，但只是碍于面子，现在还在犹豫。

斯克沃尔佐夫快步走进餐室。餐室的窗户正对着院子，可以看到板棚里和院里发生的一切。斯克沃尔佐夫站在窗前，看到厨娘和那烂衫人从侧门进了院子，踩着厚厚的雪朝板棚走去。奥莉加有点生气地斜眼瞅着她的同伴，向外翻甩着胳膊，稀里哗啦地打开锁，砰的一声推开了门。

【用词准确】

“翻甩”“推开”等动词表现了奥莉加对卢什科夫的讨厌。

“大概我们妨碍她喝咖啡了，”斯克沃尔佐夫想着，“这个凶婆子！”

他看到那个冒牌货坐到木墩上，用拳头支着发红的腮帮，好像在想什么心事。厨娘把一把斧子扔到他脚旁，恶狠狠地啐了一口，而且，看她的口型，她开始骂人了。烂衫人犹豫地扯过一块木柴，把它夹在两腿中间，缩手缩脚地用斧子砍下去。木柴摇晃了一下，倒了。那人又把它扯过来，朝冻僵的手上吹一口气，又用斧子小心翼翼地砍下去，生怕伤着自己的雨鞋或者手指。木柴又摇摇晃晃倒下了。

斯克沃尔佐夫慢慢消气了，这时他感到有点不安和后悔，也许他不该逼着这个娇生惯养、可能还有病的酒鬼去哆哆嗦嗦干这种粗活。

“哎，其实没什么，让他干去吧……”他又想，然后离开餐室回到书房，“我这样做是为了他好。”

一小时后，奥莉加来报告说，木柴已经劈好了。

“把这半卢布交给他，”斯克沃尔佐夫说，“要是他愿意，让他每月的头一天都来这里劈柴……活儿总是有的。”

到了下个月一号，那个破衣烂鞋、像乞丐一样的人又来了，又挣了半卢布，虽说他的腿勉强才站得稳。从那以后，他开始经常出现在这里，每一次都给他些活儿干：有时打扫院子里的雪堆，有时收拾板棚里的杂物，有时拍打地毯和床垫上的尘土，每一回他都能拿到报酬二十到四十戈比，有一次主人甚至送给他一条旧裤子。

斯克沃尔佐夫搬家的时候，雇他来搬运东西。这一回，烂衫人没有喝酒，脸色阴沉，话语很少。他几乎没有干什么活，低着头跟在货车后面，他也不想装出一副卖力的样子，只是冷得缩着脖子。那几个赶车人取笑他的懒散、没力气穿那件曾经贵重的破大衣，

【前后照应】

因为听不到，所以只能凭口型判断奥莉加骂人了，与后文卢什科夫说明被奥莉加骂前后照应。

【语句理解】

连续两次都没有砍好一根柴，表现了这个人并不善于做体力活。

【伏笔】

卢什科夫根本不会劈柴，可是一个小时后，奥莉加报告说木柴劈好了，为下文卢什科夫道出实情埋下伏笔。

【排比】

每一次来都给他一个小活干，然后付给他一定酬劳，为的是让他感受到凭借自己的劳动获取报酬的感觉。

【动作描写】

不再喝酒，说明他已经开始改变了，但几乎不干活表现出他仍然不想通过出卖体力过活。

这时他就窘迫得手足无措。搬运完之后，斯克沃尔佐夫命人把他找来。

“噢，看得出来，我的话触动了您，”他说着，递给他一个卢布，“这是给您的工钱。这样很好，您没有喝酒，也不再排斥工作。您叫什么?”

“卢什科夫。”

“那么，卢什科夫，我现在介绍您去做另一份工作，体面一点的工作。您会抄写吗?”

【做铺垫】为后文卢什科夫生活的转变埋下伏笔。

“会，先生。”

“好吧，您带上这封信，明天去找我的一个同行，他看到信后会给您一份抄写的工作。努力工作，把酒戒了，别忘了我说过的话。好自为之吧!”

斯克沃尔佐夫很是得意：自己总算把这个人拉到正道上。他亲切地拍了拍卢什科夫的肩膀，分别时甚至还和他握了握手。卢什科夫拿了信离开了，此后再也没来。

【语句理解】拍了拍卢什科夫的肩头和与他握手，充分表现了斯克沃尔佐夫自以为救人于水火后的得意。

两年过去了。有一天，斯克沃尔佐夫正站在剧院的售票处付钱买票，看到身旁站着一个身材矮小的人，翻着羊羔皮领子，戴一顶旧的海狗皮帽子。这个矮小的人怯懦地问售票员买一张顶层楼座的票，然后付了几枚五戈比的铜币。

【外貌描写】这一次的外貌描写，表现出卢什科夫的生活有了着落，并且已经有了更高的追求。

“卢什科夫，是您吗?”斯克沃尔佐夫问道，认出这个人就是他家以前的劈柴工，“喂，现在做什么事?日子过得怎么样?”

“还过得去，先生，现在我在一位公证人那里谋职，每月拿三十五个卢布。”

“哦，真是不错!我为您感到高兴，非常非常高兴，卢什科夫！要知道从某种意义上讲是我把您推上了正道。当时我是如何痛斥您？您那时在我面前窘得恨不得找个地缝钻进去。不过，现在好了，亲爱的朋友，谢谢您没有忘了我的话。”

“我真是要谢谢您，”卢什科夫说，“如果当初我不去找您，也许至今我还在冒充教师或者大学生乞讨。是的，是您挽救了我，让我不再像以前一样混天度日。”

【语言描写】
虽然是感谢，但语言平淡，引出下文。

“我简直高兴坏了！”

“谢谢您那些真挚的话和善意的行为。您那时讲得很触动人心。我感激您，也感激您家的厨娘，求上帝保佑这个善良而高尚的女人身体健康！您那时讲得很正确，我当然一辈子都感激不尽。不过，说实在的，真正挽救我的是您家的厨娘奥莉加。”

【读读想想】
结合上下文看，卢什科夫为什么这么说？（结合上文对奥莉加的描写和下文卢什科夫的回忆。）

“这是怎么回事？”

“事情是这样的。当初我去您家劈柴的时候，我一到那里，她总是这样说：‘唉，你这个酒鬼！你这个天地不容的人！你怎么还有脸活在世上呀！’然后坐在我对面，满脸愁苦，然后就哭了起来：‘你瞧你的生活有多么不幸！你活在世上没有一丁点儿快乐，死了，你这酒鬼也要下地狱，也要遭烈火煅烧！你这苦命人啊！’您知道都是这样的话。她为我耗了多少心血，为我流了多少眼泪，这些我没法一一对您诉说。但重要的是，她替我劈柴！先生，说实话，我在您家里连一根柴也没有劈过，全是她替我劈的！为什么她要挽救我，为什么她要替我担待，为什么我瞧着她就决心痛改前非，不再酗酒，这些我对您一时半会儿也解释不清。我只知道，她的那些话和高尚的行为使我的心灵

【动作、神态描写】
将厨娘劝“我”时的样子生动形象地描绘出来。

【侧面描写】来看演出，不但说明卢什科夫的境遇很好了，而且还表现出他有了更高的追求。

深受感动，是她挽救了我，我将永世不忘。现在该入场了，先生，里面正在打铃。”

卢什科夫鞠躬告辞，找他的位置去了。

阅读小悟

刚刚读这篇小说，也许我们都在好奇卢什科夫是否走上了正道，甚至还会想他在哪里，做着什么样的工作。未曾想，在小说结尾处还埋着一个更出人意料的包袱：真正救了他的人是厨娘奥莉加，而不是律师斯克沃尔佐夫。这不禁更让我们感到惊奇。为什么卢什科夫最感激的人不是律师，而是厨娘呢？再细读小说，我们就会发现，斯克沃尔佐夫虽然也尽心帮助卢什科夫，并且是他先从精神上挽救了卢什科夫，但斯克沃尔佐夫总是以居高临下的优越者的身份指责他，后来再见到卢什科夫，知道了他的进步后自我夸耀，让卢什科夫感激他，而奥莉加虽然没有钱财，却以同阶级的同情人身份帮他劈柴，用行动感化他。奥莉加对卢什科夫的帮助和斯克沃尔佐夫的帮助形成鲜明对比，衬托出斯克沃尔佐夫的高高在上。同样是“帮助”，奥莉加的帮助显出平等态度和对人的尊重，更显真诚，因而才更让人铭记和感恩，由此，我们也悟出：帮助人的关键是：真诚、尊重与平等。

阅读思考

1. 小说两次写到卢什科夫的衣着，作者这样写的用意是什么？请简要分析。（答题思路：找出衣着描写并进行对比。）

2. 小说中的斯克沃尔佐夫有哪些特点？请简要分析。（答题思路：要善于抓住作品对该人物的肖像、语言、行为动作、心理活动等方面的描写和作品中的相关叙述文字进行分析。）

3. 讨论并举例说明本文构思上的特点。（答题思路：由结尾才知道乞丐真正要感激的恩人居然是厨娘。结合前后文的情节描述可知本文最大的特点是设置悬念和前后对比。）

写作加油站 >>>

写作素材积累

【主题】 斯克沃尔佐夫对卢什科夫施舍式的关爱不被感恩

【适用话题】 平等 尊重 真诚 同情

【素材点拨】 关怀的前提是给予足够的尊重。斯克沃尔佐夫以为是自己给予了卢什科夫以自信和重生，却没想到对方并不领情，因为他没有尊重对方。尊重，是脸上一抹真诚的微笑；尊重，是在他人发表不同意见时的倾听；尊重，是为别人付出的努力而鼓掌。朋友们，请记住，无论何时何地，我们都要给对方一份尊重。

好词好句积累

【好词】 混浊的醉眼 难看的红斑 衣衫破烂 形同乞丐 哆哆嗦嗦 满脸愁苦 痛改前非

【好句】 “这很无耻，先生！”他愤怒地喊道，“这是诈骗！我可以把您送进警察局！您贫穷，您挨饿，但是这不能成为您撒谎的借口！”

烂衫人抓住门把手，像被捉住的现了形的贼，惊慌失措地打量着门厅。

烂衫人犹豫地扯过一块木柴，把它夹在两腿中间，缩手缩脚地用斧子砍下去。木柴摇晃了一下，倒了。那人又把它扯过来，朝冻僵的手上吹一口气，又用斧子小心翼翼地砍下去，生怕伤着自己的雨鞋或者手指。木柴又摇摇晃晃倒下了。

到了下个月一号，那个破衣烂鞋、像乞丐一样的人又来了，又挣了半卢布，虽说他的腿勉强才站得稳。从那以后，他开始经常出现在这里，每一次都给他些活儿干：有时打扫院子里的雪堆，有时收拾板棚里的杂物，有时拍打地毯和床垫上的尘土，每一回他都能拿到报酬二十到四十戈比，有一次主人甚至送给他一条旧裤子。

她为我耗了多少心血，为我流了多少眼泪，这些我没法一一对您诉说。但重要的是，她替我劈柴！先生，说实话，我在您家里连一根柴也没有劈过，全是她替我劈的！为什么她要挽救我，为什么她要替我担待，为什么我瞧着她就决心痛改前非，不再酗酒，这些我对您一时半会儿也解释不清。我只知道，她的那些话和高尚的行为使我的心灵深受感动，是她挽救了我，我将永世不忘。

相关知识链接

有趣的俄罗斯姓氏文化

在 14 世纪以前，俄罗斯人没有姓。姓氏在俄罗斯的传播经历了一个相当复杂而漫长的过程。“姓氏”一词是拉丁语，是彼得大帝学习西欧后引进俄语的。俄罗斯人姓名一般由三节组成。第一部分为本人名字，中间为父亲名字，最后为姓氏。女性婚后会改为丈夫姓氏。如伊万·伊万诺维奇·伊万诺夫，伊万为本人名字，伊万诺维奇为父名，意为伊万之子，伊万诺夫为姓。妇女姓名多以娃、娅结尾。妇女婚前用父亲的姓，婚后多用丈夫的姓，但本人名字和父名不变。如尼娜·伊万诺夫娜·伊万诺娃，尼娜为本人名，伊万诺夫娜为父名，伊万诺娃为父姓。假如她与罗果夫结婚，婚后姓改为罗果娃，其全名为尼娜·伊万诺夫娜·罗果娃。俄罗斯人一般口头称姓，或只称名。为表示客气和尊敬时称名字与父名。

第21篇

牡　蛎

牡蛎是餐馆中一道价钱很贵的海鲜。生吃牡蛎是很多国家的传统，尤其是在欧洲国家。文中的小男孩生吃牡蛎，出现了什么症状，为什么会这样呢？

我不必费吹灰之力，就能记起那件往事的所有细节。那是个秋天，在一个阴雨绵绵的傍晚，我和父亲站在莫斯科一条人来人往的大街上，我感到自己正渐渐被一种奇怪的病所控制。感觉不到一点疼痛，但两条腿不听话地弯了下去，想要说话，声音却卡在喉咙口，头软软地歪到一边……显然，我倒下去了，然后就什么也不知道了。

【开门见山】开篇直接点出“那件事”，引出下文，开启对故事的叙述。

【设置悬念】讲述“怪病”的症状，吸引读者阅读兴趣，为下文设置悬念。

这时如果把我送进医院，医生们一定会在我的病历卡上写上“饥饿”两字，——这种病在任何医学教科书里是找不到记录的。

当时我的亲爹挨着我站在人行道上。他穿着破旧的夏季大衣，头戴一顶花条呢帽，帽子里露出一团棉花。他的脚上穿一双沉重的胶皮雨鞋。这个死要面子的人生怕别人看出他光脚穿着雨鞋，便在小腿上又套了一副旧皮靴筒。

【外貌描写】通过对父亲的外貌描写，突出他们挨饿的原因。

【对比】

以爸爸的大衣越来越破旧和肮脏与自己对爸爸的爱越来越深厚进行对比，突出爸爸对自己的爱，引出下文。

这个头脑糊涂的怪人，随着他那件做工考究的大衣变得越来越破旧和肮脏，我对他的爱却越来越深厚。五个月前，他来到京城，想谋一份文书的职位。为了这事他一直在城里东奔西跑，四处打听，直到今天，万不得已，才下决心到大街上来乞讨……

【环境描写】

写自己看对面窗内的景物，引出下面对幻觉的描写。

在我们对面是一幢三层高的楼房，挂着写有“旅店”的蓝色招牌。我的头毫无力气，不由自主地往后仰，朝两边歪，我两眼直直地仰望着旅店那灯火通明的窗子。窗内人影幢幢。可以看到一架轻便管风琴露出右半边、两幅粗劣的彩画、挂着的电灯……我盯住一扇窗子，看到一块发白的东西。那东西是静止不动的，它方方正正，在四周深褐色的背景衬托下十分醒目。我睁大眼睛仔细看，辨认出那是挂在墙上的一块白色牌子。那上面有字，模模糊糊地看不清楚……

我目不转睛地呆看了半个钟头，那块白色牌子似乎对我的脑子施加了催眠术。我努力想读出牌子上的字，但我的努力毫无效果。

【细节描写】

描写自己产生幻觉时的感受，形象生动，让人感同身受。

最后，那奇怪的病症开始发威。

马车发出的声音在我耳边像是隆隆的响雷，大街上的臭气中我能分辨出上千种味道，旅店里和街上的灯光成了炫目、耀眼的闪电。我的各种感官在极度的饥饿状态下都异常紧张和灵敏起来。我开始看到从未看到的东西。

【语句理解】

由墙上看到的“牡蛎”这个词开始引发自己的幻觉和下面的情节。

“牡蛎……”我终于看清了牌子上的字。

多么古怪的字！我活了整整八年零三个月，还是头一次知道世上有这样的字。它是什么意思？不会是旅店老板的姓吧，可是姓氏招牌通常挂在大门口，而不是墙上！

“爸爸，牡蛎是什么？”我把脸费力地转向父亲，沙哑地问道。

父亲没有听见。他正一心一意地注视着人流，目送着每一个经过他身边的人……从他的眼神可以看出，他想对行人说点什么，但那句重如秤砣的话仿佛一说出来就能要了他的命，他颤抖的嘴唇上，怎么也吐不出来。他甚至朝一个行人迈出一大步，碰碰那人的衣袖，但等那人回过头来时，他赶紧说“对不起”，然后红着脸退了回来。

【细节描写】

细致地表现爸爸想要向路人乞讨但碍于面子而无法开口的状态。

“爸爸，牡蛎是什么？”我又问了一遍。

“一种动物……生活在海里……”

我立即开动脑筋，对它做出了我认为最合理的想象：既然是一种海洋动物，那它应当是介于鱼、虾之间的一种东西。那么用它加上胡椒和月桂叶肯定能做出一盆味道鲜美的热汤，或是做一盆带脆骨的酸辣汤，也许还可以做成虾酱似的浇汁，或是加上洋姜做成冷冻什么的……我调动已有的生活经验，生动地想象着，人们怎样从市场上买回它，如何趁着新鲜把它收拾干净，麻利地下锅……快，快，越快越好，大家都饿了……饿极了！啊，从厨房里飘出缕缕煎鱼和虾汤的香味。

【想象】

饿极了的孩子想象着牡蛎的美味，生动地体现了孩子饥饿的程度。

这股诱人的香味惹得我的鼻孔发痒，而且这种感觉渐渐地向全身蔓延……旅店，父亲，白牌子，我的袖子，全都飘着这种香味。香味浓郁地飘散，我的嘴自然而然地跟着咀嚼起来。我咀嚼几下，喉咙连带跟着做吞咽的动作，好像嘴巴里真含有一块牡蛎肉似的。

【读读想想】

“我”为什么会跟着做吞咽的动作，嘴里有什么东西吗？（“我”嘴里什么东西都没有，这是“我”在极度饥饿情况下的一种幻觉。）

【对比】

幻想和现实的如此不统一，幻想中吃上了美味，而现实却是自己已经饿得站不住了。

我感到非常满足，腿却禁不住弯了下去，我怕摔倒，便一把抓住父亲的袖子，身子紧紧贴着他那湿黏的脏大衣。父亲缩着身子，不住地打战。他冷得厉害……

“爸爸，牡蛎是素烧，还是荤烧?”我声音虚弱地问道。

“这东西要生吃……”父亲说，“它有壳，像乌龟一样，嗯……它有两片壳。”

【细节描写】

爸爸的一句话打破了孩子的幻想，想象中的美味都消失了，孩子一下子重新回到冷酷的现实。

刹那间，鲜美的香味烟消云散了，痒虫一下子消失，幻想破灭……我全明白了！

“真是恶心，”我小声嘟囔着，“恶心死了！”

【想象】

再次迅速进入想象，这一次那个长得有点像青蛙的东西，躲进了自己的壳里。

牡蛎原来长成这副模样！我一直把它想象成青蛙一样的动物，现在这只青蛙藏在壳里，瞪着莹莹发亮的眼睛一边朝外看，一边摆动它那丑陋的下颌。我想象着，人们怎样从市场上买回这种长壳、有螯、眼睛闪亮、皮肤黏黏的丑八怪……孩子们见了如何掩口皱眉地躲开，只有厨娘厌恶地抓住它的一只大螯，把它放在盘子里，再送到餐桌上。大人们拿起来张嘴就吃……生的，生着把它的眼睛、牙齿、爪子统统吃进肚里！可它吱吱地叫唤，咬人的嘴巴……

【语句理解】

生动细致的想象，还原的除了自己的幻觉，还有人们的残暴。

我眉头皱成一团，可是……可是为什么我的牙齿却不听话地动起来？这牡蛎样子可怕，令人作呕，可我还是想吃它，狼吞虎咽，生怕尝出它的味道，闻出它的气味。吃完一只，我已经看到第二只、第三只的亮闪闪的眼睛……我把它们都吃进肚里……最后我吃餐巾，吃盘子，吃父亲的大胶皮雨鞋，吃那块白牌子……凡是眼睛看到的东西，我统统吃了下去，因为我

【对比】

想象中如此令人厌恶的东西，自己却仍充满了“吃”的欲望，最后居然要吃掉所有的东西，突出孩子的饥饿程度。

感到，只有吃下东西，我的病才会好转。那些牡蛎瞪着可怕的眼睛，非常丑陋，我一想到它们就浑身颤抖，但我必须吃，我要吃！吃！

“给我牡蛎！给我牡蛎！”这呼喊从我的胸中自然地迸发出来，我朝前伸出双手。

“行行好，先生们！”这时我听到父亲那沉重而压抑的声音，“真是惭愧，可是，看在上帝的分上，行行好吧，这孩子顶不住了！”

【衬托】一整天没有开口的父亲，在儿子饿昏的时候，终于放下了自己最看重的面子，为儿子乞讨。

“给我牡蛎！”我叫喊着，揪住父亲的大衣后襟。

“小小年纪，难道你会吃牡蛎？”我听见身边有人嗤笑。

在我们面前站着两个戴圆筒礼帽的先生，他们笑呵呵瞧着我的脸。

“这个小家伙想吃牡蛎？有意思！你知道怎么吃吗？”

【对比】孩子的饥饿、父亲的哀求，换来的是人们的嘲笑、讥讽，世态炎凉可见一斑。

我记得，这时有一只有力的手把我拖进了灯火通明的旅店。身边很快围拢上来一群人，他们一边起哄，一边好奇地打量着我。我坐在一张桌子旁边，开始吃一种滑溜溜、咸乎乎的东西，那东西带着一股子潮气和霉味。我风卷残云般吃起来，不嚼，不看，不闻，也不知道自己吃的是什么。我觉得，如果我睁开眼睛，一定会看到一对亮闪闪的眼睛，大大的螯和尖尖的牙齿。

嘎嘣一声，我突然嚼到一样硬东西，咬碎了。

“哈哈哈！他居然连壳都吃了！”人们哄笑起来，“小傻瓜，壳也能下咽吗？”

【对比】孩子因饥饿而狼吞虎咽的样子和人们看到他而嘲笑的样子进行对比，突出了人心的丑陋。

我记得后来我渴得难受。我躺在自己床上，翻来覆去却睡不着，因为我全身都痛，嘴巴发烫，还有一股怪怪的味道。父亲从一个屋角走到另一个屋角，不停地手舞足蹈。

“我好像着凉了，”他嘟哝道，“我的脑袋里……好像有个人……恐怕是今天没有……没有吃过东西……我这人，当真糊涂了……我明明看到那些先生为牡蛎付了十卢布，我该走过去讨几个……讨点小钱呢？也许会发发善心给一点。”

【衬托】

可怜的父亲为孩子讨来一顿受嘲笑的饭时，却忘记了自己也没有吃东西。

第二天清晨我终于睡着了，我梦见了一只长螯、带壳、眼珠子亮闪闪乱转的青蛙。中午我渴醒了，睁开眼睛找父亲：他依旧从一个屋角走到另一个屋角，手舞足蹈的……

阅读小悟

《牡蛎》写于1884年。一个在京城为生计奔走多时却毫无结果的人终于沦落到以乞讨为生的地步。在他为如何开口讨钱困扰不已时，他年幼的儿子正忍受着饥饿的折磨。偶然间，接触到了一个和吃有关的词“牡蛎”，孩子因饥饿而思维混乱，甚至产生错觉，无端把牡蛎想象成一种类似青蛙的动物，虽然恶心却仍然大喊要吃，并且狼吞虎咽地吃掉了。孩子并没有因为吃了牡蛎而得到丝毫快乐，反而身体不适；父亲也在为自己没有抓住机会乞讨而后悔不迭。其中孩子对陌生事物——牡蛎的渴求和被饥饿逼到崩溃边缘时的求生本能，读了让人无比心酸和同情，也显示了作者对黑暗社会令人震撼的控诉。另外文中路人围观孩子带壳吃牡蛎、拿饥饿的孩子当作笑料的场面描写，更是令人深思，写出了人们毫无同情心，揭露和批判了社会这个“病者”的冷漠无情，引发读者对疗治病态社会的关注。

阅读思考

1. 文中父子在什么状况下开始乞讨的？这反映了“父亲”怎样的性格特点？（答题思路：从“父亲”乞讨前的表现入手思考，并从中分析“父亲”性格特点。）

2. 文中第20～21段“我”想象牡蛎的样子及其吃法一节，写得非常丰富细腻，分析其用意。（答题思路：从“我”是怎样想象吃牡蛎的角度思考，从而分析“我”饥饿的程度，并与下文吃牡蛎情节联系思考。）

3. “我”吃完牡蛎，感觉怎么样？（答题思路：从故事结尾“我”吃完牡蛎后的感觉进行总结。）

写作加油站

写作素材积累

【主题】 有钱人给孩子提供牡蛎

【适用话题】 冷漠 帮助 病态 健康

【素材点拨】 有钱人给孩子吃牡蛎，虽然只是为了满足自己的好奇心，但毕竟是帮助了处在饥饿之中的孩子。其实帮助别人很简单，助人后内心的那份欣慰和快乐是任何东西都不能匹敌的。“赠人玫瑰，手有余香”说的就是这个道理，我们是社会的一分子，要有责任感、有爱心，每当受帮助者因我们付出的劳动而感到温暖，我们的心感受到的是与之相比多上很多倍的快乐。

好词好句积累

【好词】 一心一意 烟消云散 风卷残云

【好句】 我不必费吹灰之力，就能记起那件往事的所有细节。那是个秋天，在一个阴雨绵绵的傍晚，我和父亲站在莫斯科一条人来人往的大街上，我感到自己正渐渐被一种奇怪的病所控制。感觉不到一点疼痛，但两条腿不听话地弯了下去，想要说话，声音却卡在喉咙口，头软软地歪到一边……显然，我倒下去了，然后就什么也不知道了。

马车发出的声音在我耳边像是隆隆的响雷，大街上的臭气中我能分辨出上千种味道，旅店里和街上的灯光成了炫目、耀眼的闪电。我的各种感官在极度的饥饿状态下都异常紧张和灵敏起来。我开始看到从未看到的东西。

我感到非常满足，腿却禁不住弯了下去，我怕摔倒，便一把抓住父亲的袖子，身子紧紧贴着他那湿黏的脏大衣。父亲缩着身子，不住地打颤。他冷得厉害……

相关知识链接 >>>

牡蛎趣谈

牡蛎是海产贝类的一种，被称为“海里的牛奶”。别名又叫生蚝，海蛎子等，肉可以生吃，其肉质富含大量蛋白质和人体所缺的锌。牡蛎一般生活在浅海，身体固着于海边物体或礁石上，以便开闭贝壳进行摄食、呼吸。它主要吃细小的浮游动物、硅藻和一些小的有机物。牡蛎在幼年时每年可生长 3 至 7 厘米，之后每年只能生长 1 厘米，在临近丹麦的瓦登海发现一个重约 2 公斤，长约 35. 5 厘米，年龄据估计为 20 岁的巨型牡蛎，是目前为止世界上发现最大的牡蛎。

第22篇

外科手术

病人最怕遇到庸医，良医能治病去根，而庸医却只能让人痛苦加倍。本篇小说中写的就是一个庸医，看看他把病人治成什么样了吧！

这里是地方自治局医院。医师回家结婚了，病人暂由医师库里亚京接管。他是一个四十岁左右的胖子，穿一件老旧的单排扣短上衣，下身穿一条破旧的花裤子。脸上一副责无旁贷、心情不错的样子。左手的食指和中指之间，夹着一支冒臭气的雪茄烟。

诵经士奉米格拉索夫走进了诊所，他是一个高大壮实的老头，穿着窄腰肥袖的棕色长袍，腰里扎一条宽皮带。他的右眼患有白内障，半睁半闭着，鼻子上长着一颗疣子，远看像一只大黑苍蝇趴在那里。诵经士迅速地用眼睛打量四周，寻找屋子里摆放圣像的地方，没有找到后便对着一个盛着石碳酸溶液的长颈大玻璃瓶虔诚地画了一个十字。然后打开红布，拿出一块圣饼，边鞠躬边把它放到医师面前。

【比喻】把鼻子上的疣子比作大黑苍蝇，生动形象地突出了疣子的醒目、难看。

“啊……多谢多谢！”医师打了个哈欠说，“请问，有什么事可以帮忙？”

"祝您礼拜天愉快，谢尔盖·库兹米奇……我有件事求您帮忙……圣诗里说得好：'我所饮的，掺着眼泪。'几天前，我跟老婆坐在一块儿喝茶——哎哟，我的上帝！我一口也喝不进去，就想躺下，真不如死掉痛快……刚沾那么一小口——就痛得我一点儿力气也没有了！牙痛，这半边脸……也痛，好痛啊！耳朵里也突然痛起来，坏啦，里面就像有根钉子什么的，一阵阵扎地刺痛，刺痛！作孽呀！……可是罪恶迷住心窍了，一生偷懒……报应呀，谢尔盖·库兹米奇，报应呀！大司祭神父做完弥撒后指责我：'瞧瞧你，叶菲姆，口齿不清，鼻音很重。唱诗时，含含糊糊也听不清你唱什么。'您来给评评理：要是连嘴都肿了，还能唱什么诗呢！不仅如此，夜里也睡不着……"

【语言描写】说话断断续续，显示了诵经士牙疼得厉害。

【侧面描写】从神父的角度表明牙疼的程度。

"噢，是吗……请坐下……张开嘴！"

奉米格拉索夫坐下，张开嘴。

库里亚京皱着眉头，往嘴巴里瞧，在一排由于年老和烟熏而变得暗黄的牙齿里，看到一颗龋齿。

【神态、动作描写】通过对库里亚京神态和动作的描写，写出了他对自己职业的态度。

"助祭神父教给我敷上辣子泡酒——不顶事。格利克里娅·阿尼西莫夫娜——求上帝保佑她老人家身体健康——给我一根从阿索斯圣山祈回的细线，让我系在胳膊上，还要我用牛奶漱口。老实说，线倒是系上了，至于牛奶，我没有照办：我敬畏上帝，正是斋戒期呀……"

"迷信！……"医师稍微沉思了一下说，"牙得拔掉！"

"您比我清楚，您读过书，对这种事应该很在行，知道该怎么办：是拔掉，还是上点药水，或是用点别的什么……所以您才在这儿供职，恩人哪，求上帝保

【夸张】
把医生称作恩人，为医生做祷告直到躺进棺材才停止，都不无夸张地形容了诵经士被极度的疼痛折磨坏了。

佑您，好让我们为您，日日夜夜祷告……直到躺进棺材……”

“小事，不值一提……”医师谦虚起来，他走到立柜前，翻寻着拔牙器具，“外科手术——不值一提……只要熟练，手有劲……不费什么力气……不久前，地主亚历山大·伊凡内奇·叶吉佩茨基来到医院，也是这样……也是牙痛……这人很有学问，什么事都要问个明白……他在彼得堡住了七年，跟所有的教授都混熟了……我跟他待了很久……他以耶稣上帝的名义央求我：‘您给我拔了它，谢尔盖·库兹米奇！’那有什么不可以的？拔。不过，这得需要懂行，不懂就不行了……牙齿不同得用不同的钳子。有的用夹钳拔，有的用专用牙钳，有的用螺旋钳……这要因人而异。”

【语句理解】
通过列举说明拔牙所用的不同钳子，反映了医生显摆自己很在行的心理。

医师拿起专用牙钳，犹疑地看了它一分钟，放下，又拿起一把夹钳。

【语言描写】
一边拔牙还一边说着治疗的过程，是他极度不自信的表现，需要重复印证自己是不是做对了。

“先生，来吧，张大嘴巴……”他拿着夹钳走到诵经士跟前说，“我这就来把它……毫不费劲地……只要扎破牙床……顺着垂直轴心往外那么一拽……哎，就成了……”他扎破牙床，说着“就成了……”

“您是我们的救命恩人……再生父母，我们这些粗人啥也不懂……”

“你的嘴张着，就别发表议论了……这牙虽容易拔，可是牙根说不定拔不出来呢……这一颗——不费劲儿……”他把夹钳放上去，“等一等，别扯我……坐好，别动……立刻就好……（用力拽）……还有，要往深里拔（使劲拽）……牙根是关键……”

“天父呀……圣母娘娘呀……哎哟哟疼……”

“不对……不对……怎么拔？你别用手乱抓！放下！”他使劲拽，“就好……马上就好，……事情么，要知道并不简单……”

“天父呀……爹娘呀……”他“啊”的一声尖叫，“天使呀！哎哟哟……你倒是拔呀，快呀，拖拖拉拉拔五年啦？”

【夸张】夸大了拔牙的时间长，表现诵经士的疼痛难忍和不满。

“要知道……这个属外科手术……一下子完不了……，快了……”

奉米格拉索夫痛得把双膝直举到胳膊间，十指乱抓，瞪大双眼，上气不接下气……脸色紫红，开始冒汗，眼睛里痛得满是泪水，库里亚京站在诵经士面前累得直喘，跺着脚，使劲拔……经历了入地狱一般的半分钟后——夹牙齿的钳子脱落了。诵经士跳起来，手指伸进嘴里一摸。他摸到了那颗龋齿还趴在老地方。

“瞧你干的好事！”他不知道该哭还是该笑，“把你扔到阴间才好！要怎么感谢您呀！既然没本事，就别来揽这要命的活！痛得我眼前昏黑……”

【语言描写】咒骂医生的医术低劣，生动地再现了诵经士的疼痛难忍。

“那你为什么用手胡乱抓我？”医师也生气了，“要知道，我在拔牙，你总是手舞足蹈，还说这样混账的话！”

“你才混账！”

“乡巴佬，牙齿是好拔的么？你来试试看！这可比不得爬到钟楼上撞钟！（戏弄他）‘没本事！’你还居然教训起人来了！可真有你的……我给叶吉佩茨基老爷，也就是亚历山大·伊凡内奇拔过牙，那一位一句话也没说……人家比你高贵，也不用手乱摸乱抓……坐下！我让你坐下！”

【暗示】由原文可得到暗示：给叶吉佩茨基老爷也拔坏了牙。

“我痛得晕，弄不清东西南北了……你让我喘口气……哎哟！”……

“外行开导起内行来了！天哪，你这样一个目不识丁的粗人！跟这种人生活在一起……早晚得发疯！张嘴！”他放进夹钳，“外科手术，老兄，可不是闹着玩的……这比不得在唱诗班里唱诗……”他用力拽，“别抖……看来，牙根很深呐……”他使足了劲拽，“别动……对了……别动……好，好……”咔的一声断裂音，“我早知道会这样！”

【神态描写】表明了诵经士已经被折磨得失去知觉和意识了。

奉米格拉索夫呆呆地坐在那里，似乎一瞬间失去了知觉。他昏迷了……他的眼睛空洞地望着前方，惨白的脸上满是汗水。

“我要是用专用牙钳就好了……”医师嘟哝着，“真没想到！”

诵经士清醒过来，立即拿手指摸那牙床，在病牙的地方有两个冒尖的碎茬。

“恶魔！……坏蛋！”他破口大骂，“让你们这些希律待在这里，是要我们的命呀！”

【注释】希律，公元前四十年为犹太国王，多疑、贪权，凡被他认为敌手的人均被迫害。在基督神话中说他获悉耶稣降世，便“大杀婴儿”。

“你再胡说……”医师嘟哝着，把夹钳放回立柜，“愚昧无知的白丁……看你在神学校里鞭子是挨少了……叶吉佩茨基老爷，也就是亚历山大·伊凡内奇，他在彼得堡住了七年……多有学问……他的一件外衣就值一百卢布……人家怎么不骂人……你有什么了不起的资本？不要紧，死不了人！”

【照应前文】开头诵经士拿圣饼送给医生，最后又带走，反映了诵经士痛恨庸医的心态及心胸狭窄。

诵经士拿起桌上的圣饼，捂着脸颊，只好回家去了……

阅读小悟

这是一个轻松、幽默的小故事。十九世纪八十年代，俄国历史上反动势力猖獗，社会气氛令人窒息，进步思想备受禁锢，言论自由遭到粗暴干涉。作者凭借精巧的艺术细节对生活和人物作了真实描绘和刻画，故事虽浅显，但我们从中也能窥视到许多重要的社会内容。作者截取医生拔牙的生活片段，用精练、准确的语言塑造了医师库里亚京这个医术低劣、自以为是、虚荣倨傲的滑稽庸医形象，由此可见，庸医致命。也反映了诵经士一样的小市民生活灰暗、无奈，情趣鄙俗，心胸狭窄，眼光世俗。我们在轻松开怀、令人发笑的氛围里看到了作者对人性的蔑视，对社会人情的含蓄的讽刺。看来无论做什么事情，都不可以一知半解，那样只会成为别人的笑柄。只有凭借自己的真才实学，才能在当今社会立足。

阅读思考

1. 医师是如何给诵经士拔牙的？（答题思路：结合医师的拔牙动作和语言描写来回答：第一次拔错了；第二次没拔干净，留下了牙碎茬。）

2. 诵经士拔牙前后，对医师的态度发生了怎样的变化？（答题思路：开始恭敬礼貌，言语崇拜有加；拔牙后气愤、怒骂牙医。）

3. 分析结束句“诵经士拿起桌上的圣饼，捂着脸颊，只好回家去了……”的含义及作用。（答题思路：结合诵经士在前文的表现：诵经士本想讨好一下医师，让医师给好好看病；谁知病被治得一塌糊涂，赌气把东西又带回家去。）

写作加油站

写作素材积累

【主题】 庸医连连拔错牙

【适用话题】 逞强好胜　鱼目混珠　打假　知错要改

【素材点拨】 医师只会嘴上逞能，却无真实本领，竟然连连拔错牙齿。在生活中，我们也常常能遇到这样没有真本领，只会逞强好胜的人。我们在面对问题时，应客观地认识、清醒地判断自身的能力，“没有金刚钻，别揽瓷器活”，否则会造成严重的后果和很大的损失。

好词好句积累

【好词】　高大壮实　窄腰肥袖　含含糊糊　愚昧无知

【好句】　他是一个高大壮实的老头，穿着窄腰肥袖的棕色长袍，腰里扎一条宽皮带。他的右眼患有白内障，半睁半闭着，鼻子上长着一颗疣子，远看像一只大黑苍蝇趴在那里。

奉米格拉索夫痛得把双膝直举到胳膊间，十指乱抓，瞪大双眼，上气不接下气……脸色紫红，开始冒汗，眼睛里痛得满是泪水，库里亚京站在诵经士面前累得直喘，跺着脚，使劲拔……经历了入地狱一般的半分钟后——夹牙齿的钳子脱落了。

“外行开导起内行来了！天哪，你这样一个目不识丁的粗人！跟这种人生活在一起……早晚得发疯！张嘴！”他放进夹钳，“外科手术，老兄，可不是闹着玩的……这比不得在唱诗班里唱诗……”他用力拽，“别抖……看来，牙根很深呐……”他使足了劲拽，“别动……对了……别动……好，好……”咔的一声断裂音，“我早知道会这样！”

第23篇

演说家

生活中总有一些令人哭笑不得的场景，比如这个故事里，扎波伊金就在人家的葬礼上致错了悼词，把活人说成了死人，造成了尴尬的局面。但是，被弄错的活人，最在意的不是自己的“被死亡”，而是悼词里面的赞美，这是为什么呢？

这天早上，八等文官基里尔·伊凡诺维奇·瓦维洛诺夫下葬。他是被俄国广为流行的两种疾病折磨死的：老婆太凶和酒精中毒。送殡的队伍已经前往墓地了，他的同事波普拉夫斯基才坐上马车去找他的朋友格里戈里·彼得罗维奇·扎波伊金。这个扎波伊金擅长在婚礼、葬礼以及各种各样的周年纪念会上发表即席演说。即使在半睡半醒之间，或者饿着肚子，甚至烂醉如泥和发着高烧他都能顺畅地演说。他的演说就像排水管里的水，流畅、平稳而又源源不断。在他的演说中，那些热情似火的词汇比小饭馆里的蟑螂还要多。只是他一旦开讲，除了娓娓动听，更是长而又长，所以有时一些请他演说的商家，为了让他闭嘴，往往要求助于警察。

【比喻】把怕老婆和爱酗酒比作流行疾病，生动形象地突出这两种现象在社会上流传广，影响深。

【比喻】形容话语又多又连绵，强调扎波伊金能说。

“朋友，我找你来了！”波普拉夫斯基看到他正好在家，张嘴就说，“你快穿上衣服，跟我走。我们有个同事死了，告别的时候得有些废话——全拜托你了。如果死的是个小人物，我们也不会麻烦你，可是死的这人是个秘书——或者换一种说法，他是我们办公厅的台柱子。这么一个大人物的葬礼，没有致词是不行的。”

“啊，秘书！”扎波伊金打了个哈欠，“是那个酒鬼吧？”

“没错，就是那个酒鬼。葬礼上煎饼和各色冷盘——当然还会有你一笔车马费。走吧，亲爱的！到了墓地，你就天花乱坠地吹他一通，说得比西塞罗还西塞罗，到时我们就万分感谢了。”

扎波伊金欣然同意。他弄乱头发，装出一脸的悲伤的样子，跟波普拉夫斯基一起走了出来。

“我认识你们那个秘书，”他边说边坐上马车，“他诡计多端，老奸巨猾，但愿他能上天堂，这种人太少见了。”

“好啦，格利沙，不要骂死人好不好啊。”

【注释】扎波伊金的小名。

“是的，对死者我们要么三缄其口，要么就大唱赞歌。不过他真的是个骗子。”

两位朋友一会儿就赶上了送殡的队伍，跟在后面。灵柩抬得很慢，所以在到达墓地之前，他们竟然还来得及三次拐进小酒馆，为超度亡灵喝了几杯。

来到墓地，做完了安魂祈祷。死者的岳母、妻子和小姨子都按规矩痛哭了一阵。当棺木放进墓穴时，他的妻子甚至大声哭喊道：“把我也放在他身边吧！”不过她并没有真跳下去，多半是想起了抚恤金。等大

【解说】通过旁白式的解说突出妻子的无情、冷酷、唯利是图。

家安静下来，扎波伊金站到前面，环顾四周，开口演说了：

“谁能相信我们的眼睛？这棺木，这些热泪涟涟的脸，这些呻吟和哭号，难道都是一场噩梦？可惜这不是梦，我们的眼睛没有欺骗我们！睡在墓穴中的这个人，不久前我们还能看到他精力充沛得像个年轻人似的，那么活泼而纯洁，还在我们眼前辛勤地工作，就像一只不知疲倦的蜜蜂，把自己酿的蜜送进国家福利的蜂房里。他——如今已变成一堆骸骨，冷酷无情的死神把手伸向他的时候，尽管他已驼背，但他却依然充满了青春活力。这是我们不可弥补的损失啊！现在有谁能取代他呢？虽然我们这里还有很多好的文官，然而我们的普罗科菲·奥西佩奇却是绝无仅有的！他的灵魂忠于他神圣的职责，他从来不吝惜自己的精力，通宵达旦地工作，他无私，清廉……他疾恶如仇，那些想方设法妄图收买他的人，那些用诱人的生活福利来拉拢他，让他背弃自己职责的人，统统会遭到他的鄙视！是的，我们还经常看到，普罗科菲·奥西佩奇用自己并不多的薪水周济那些穷困的同事，这些曾经受到他接济的孤儿寡母的哭声就向我们证明了这一切。由于他忠于职守，一心向善，他都不曾留恋生活的种种乐趣，甚至拒绝享受幸福的家庭生活，他一直都是单身！现在有谁能取代他成为这样的同事呢？此时此刻我似乎又看到他那张刮得干干净净的、充满深情的脸，他那总是挂满善意的微笑的脸；此时此刻我似乎听到他那温柔、亲切、友好的问候。愿你能够安息，普罗科菲·奥西佩奇！诚实而高尚的人！”

【设问】

强调人死不能复生，渲染当时悲伤的气氛。

【比喻】

把死者比作小蜜蜂，把他的工作比作无私酿蜜，生动形象地写出了赞歌唱得不切实际和虚伪浮夸。

【夸张】

“绝无仅有”夸张地赞美死者在尽职尽责方面做得好，事实真的如此吗？

【衬托】

以听众的交头接耳，表现演说者出现的漏洞，揭示他的错误。

扎波伊金还在继续说，可是大家开始交头接耳。他的演说总体还让人满意，也博得了人们的几滴眼泪，但是有些话让人莫名其妙。首先，大家不知道演说家为什么称死者为普罗科菲·奥西佩奇，墓穴里躺着的明明是基里尔·伊凡诺维奇呀。其次，大家都知道，死者生前一直拥有自己合法的妻子，因此他根本不是单身。还有，他留着红褐色的大胡子，几乎从生下来就没有刮过脸，可是为什么演说家偏偏说他的脸一直刮得干干净净。听众们都耸着肩膀，面面相觑。

【对比】

丑陋的躯壳里拥有正直而善良的心，表面是通过对比表现对人的赞扬，可是"丑陋"的用词让尚在人间的普罗科菲怎么也无法接受。

"普罗科菲·奥西佩奇！"演说家望着墓穴，继续热情洋溢地说，"虽然你长得不算漂亮，甚至相当难看，而且还总是愁眉苦脸，神色严厉，可是我们都知道，就是在这个有些丑陋的躯壳里，拥有一颗正直而善良的心！"

【神态、动作描写】

揭示了演说家由于见到了令人意想不到的情形而吃惊、恐惧的状态。

这时，大家发现演说家自己也变得奇奇怪怪的了，他眼睛定定地瞧着前方，身体不由自主地扭动。他突然停住演说，惊得张大嘴巴，转过身瞧着波普拉夫斯基。

"你看，他怎么还活着呢！"他惊恐万状地瞧着前方说。

"谁活着？"

【语言描写】

看到自己刚刚提到的"死者"站在墓碑旁边，慌乱中才明白是自己说错了话。

"普罗科菲·奥西佩奇呀！你看他就站在墓碑旁边呢！"

"他本来就没有死！死的是基里尔·伊凡诺维奇！"

"可是你刚才亲口告诉我，你们的秘书死了！"

"基里尔·伊凡诺维奇是秘书呀。你把葬礼都搞乱了！普罗科菲·奥西佩奇是我们的前任秘书，但他两年前就调到第二科当科长了。”

“咳，鬼才搞得清你们的事！”

“你怎么停住了？接着讲，不讲怎么行！”

扎波伊金又转过身对着墓穴，凭他三寸不烂之舌继续致词。墓碑旁边站着的普罗科菲·奥西佩奇，是一个脸上刮得干干净净的年老文官。他瞪着演说家，气呼呼地皱着眉头。

【对比】

演说家还要继续他的致词，可是被他说“死”的普罗科菲早已气坏了。

“你这是怎么了？”葬礼结束后，和扎波伊金一道返回的人说，“把个活人给埋葬了。”

“这怎么行呀，年轻人！”普罗科菲·奥西佩奇埋怨道，“您的那些话说死人还行，可是怎么能用来说活人呢，这简直就是在挖苦人家！你瞧瞧你都说了些什么？什么无私呀，不被收买呀，不受贿赂呀，这简直就是在侮辱我的人格！再说我也没有请您来宣扬我的脸面。什么不漂亮呀，什么难看呀，就算是这样，为什么非要拿它来当众展览呢？真是气死人了！”

阅读小悟

本故事结尾语句可谓是点睛之笔，作者巧妙地采用反语的修辞，借用“被死亡”的普罗科菲·奥西佩奇埋怨礼仪官扎波伊金在悼词里挖苦自己，正话反说，起到了强有力的嘲弄、讽刺以及否定的效果。文中因为扎波伊金误以为普罗科菲·奥西佩奇是死者，大赞“已死”的他精力充沛、活泼而纯洁，工作辛勤、通宵达旦，“把自己酿的蜜送进国家福利的蜂房里”，他无私清廉、疾恶如仇，他周济同事、接济孤儿寡母，他忠于职守、一心向善，拒绝享受幸福的家庭生活，他的死“是我们不可弥补的损失”，他是诚实而高尚的人。在科长普罗科菲·奥西佩奇心里，他最清楚自己平时的工作、生活和赞词是截然相反的，所以他觉得这样的赞美就是侮辱自己的人格。故事幽默中不乏犀利，反语运用更是批判了俄国社会为官者不以人民利益为重，而是自私自利、贪赃枉法、愚蠢低俗的丑陋嘴脸。

阅读思考

1. 文中真正去世的人物是谁？（答题思路：由原文“他本来就没有死！死的是基里尔·伊凡诺维奇！”可得出正确答案。）

2. 扎波伊金会弄错死者，文中哪里有伏笔？（答题思路：由文中第3～6自然段扎波伊金和波普拉夫斯基的对话可看出伏笔。两人说的不是同一个人，却误以为是一个。）

3. 生活中，你有没有类似弄错的情形？（答题思路：比如在公共场合认错了亲戚，上课走神答非所问，睡觉走错房间等等，举出具体事例即可。）

写作加油站

写作素材积累

【主题】 扎波伊金在葬礼上闹笑话

【适用话题】 误会 阴差阳错 滥竽充数

【素材点拨】 生活中难免会发生误会，有些尴尬的误会需要化解、纠正，比如文中把活人误认为死了，是非常不礼貌的行为，这样的误会需要及时纠正并道歉；有些美丽的误会让人悟出人性的善良，沉淀成记忆里一道亮丽的风景。比如你误把爸爸送给妈妈的礼物留给了奶奶，明明是想伸手捡起身旁的垃圾，却被人以为随手扔掉……误会就误会吧，做好自己，做好身边的事就足够了，学会心怀感恩，享受误会，时间能证明一切。

好词好句积累

【好词】 广为流行 半睡半醒 烂醉如泥 源源不断 热情似火 面面相觑 三寸不烂之舌

【好句】 他的演说就像排水管里的水，流畅、平稳而又源源不断。在他的演说中，那些热情似火的词汇比小饭馆里的蟑螂还要多。

“谁能相信我们的眼睛？这棺木，这些热泪涟涟的脸，这些呻吟和哭号，难道都是一场噩梦？可惜这不是梦，我们的眼睛没有欺骗我们！睡在墓穴中的这个人，不久前我们还能看到他精力充沛得像个年轻人似的，那么活泼而纯洁，还在我们眼前辛勤地工作，就像一只不知疲倦的蜜蜂，把自己酿的蜜送进国家福利的蜂房里。他——如今已变成一堆骸骨，冷酷无情的死神把手伸向他的时候，尽管他已驼背，但他却依然充满了青春活力。这是我们不可弥补的损失啊！现在有谁能取代他呢？虽然我们这里还有很多好的文官，然而我们的普罗科菲·奥西佩奇却是绝无仅有的！他的灵魂忠于他神圣的职责，他从来不吝惜自己的精力，通宵达旦地工作，他无私，清廉……他疾恶如仇，那些想方设法妄图收买他的人，那些用诱人的生活福利来拉拢他、让他背弃自己职责的人，统统会遭到他的鄙视！是的，我们还经常看到，普罗科菲·奥西佩奇用自己并不多的薪水周济那些穷困的同事，这些曾经受到他接济的孤儿寡母的哭声就向我们证明了这一切。由于他忠于职守，一心向善，他都不曾留恋生活的种种乐趣，甚至拒绝享受幸福的家庭生活，他一直都是单身！现在有谁能取代他成为这样的同事呢？此时此刻我似乎又看到他那张刮得干干净净的、充满深情的脸，他那总是挂满善意的微笑的脸；此时此刻我似乎听到他那温柔、亲切、友好的问候。愿你能够安息，普罗科菲·奥西佩奇！诚实而高尚的人！”

你瞧瞧你都说了些什么？什么无私呀，不被收买呀，不受贿赂呀，这简直就是在侮辱我的人格！

相关知识链接 >>>

俄罗斯的丧葬习俗

在古代，俄罗斯大多数部落流行火葬，基督教传入后，火葬改为土葬。人死后，给其洗澡和梳妆，然后将亚麻遮盖全身，放入灵柩。入殓后，在灵柩右侧凿一个小洞，让死者在最后时刻能“耳闻目睹”外面的情况。死后第三天下葬。下葬那天，按风俗要杀猪宰牛、烤面包和做馅饼，参加葬礼的人在唱圣歌后用餐前，将面包、肉及三杯酒倒在地上。送葬队伍要穿黑色丧服，用麻布铺路，民间称麻布路为桥。据说，这样死者亡灵就可沿“桥”升天。送殡途中，死者长子或生前最亲近的人喝点儿啤酒，然后洒在地上为死者祈祷。将灵柩停放于墓穴后，人们齐唱挽歌，然后将土撒在柩上。葬礼归来，死者家属要设宴招待来客。宴席上有蜜粥、薄饼、大米布丁、鱼子酱、伏特加。还要为死者安放灵位，供奉食品、伏特加酒，供奉历时 40 天，然后为死者树碑立传。现代俄罗斯人的葬礼早已不那么烦琐，葬礼包括：向遗体告别、送灵柩、追悼会、安葬四个部分。

我和名著的故事

相看两不厌

——读契诃夫小说有感

我喜欢读契诃夫小说里的小人物，许多短篇中的小人物描写极其精彩，令人印象深刻。契诃夫对他们倾注了极大的热情，他哀其不幸，怒其不争，以批判的态度剖析国民的病态人格，以敏锐的观察力、深刻的洞察力揭示民族的不幸："他们不知道尊重自己的人格，毫不抵抗地服从于暴力，除了害怕受到更强更无礼的人的鞭打之外就没有任何的感觉。"比如《哀伤》中的旋匠妻子、《歌女》中的歌女帕莎、《柳树》中的老汉阿尔希普等都是这样的国民形象。对于这样的国民形象的批判，我觉得契诃夫不是在打俄国人民的脸，相反却是怀着深厚的情感揭示下层人物生活的不幸，把伤疤剜出来，警醒世人，剔除病症，以求新生，在这一点上，我觉得契诃夫和鲁迅是非常相似的，也是同样值得人尊敬的。

我还喜欢小说里对于下层官僚的描写和批判。在《变色龙》中，契诃夫通过一个巡警在街头办理一件极平常的"狗咬人"的案子去揭露沙皇专制的种种弊端，显露社会的本质，促使人们思考。契诃夫并不直接指出警官奥楚蔑洛夫的奴性和反人民性，而是将笔端紧扣奥楚蔑洛夫处理案子的经过来叙述。围绕着"狗是谁家的"这个问题，让警官在几十分钟内当众"变色"，从而在叙述中披露出"变色"的深刻的社会意义。进而让人们思考：是什么东西使人们的生活变得如此丑恶？是什么东西使人们的心灵变得如此丑恶？和鲁迅一样，伟大的作家痛揭社会病苦是为了引起人们的注意。人们只有痛感社会病重，病重到已近垂危，才能思索变革社会！《小公务员之死》中的小公务员切尔维亚科夫看戏时偶尔打了一个喷嚏，不巧唾沫星溅到一位将军的头上，这使他一再向将军道歉请罪，无奈做得太愚蠢反遭到将军的呵斥，回到家后惊吓而死。“打喷嚏本是日常生活中极平常的小事，但小公务员却把它看成关系自身性命的大事。将军无意于他的道歉谢罪反而加重了小公务员对此事的惊恐和担心，将军的怒斥彻底摧毁了他惊惧的心弦。”这个故事反映了当时社会的极端恐怖所造成的人们的精神异化、性格扭曲及心理变态，表现了作家对黑暗社会的无泪控诉。

另外，《普里希别耶夫中士》讲述的却是人性变异的另一个极端——那就是极端自我、迷失灵魂。普里希别耶夫退役之后，成了专制制度的一条丧家犬。他阴郁沮丧，觉得没法再活在世上。但在村民面前，他好像是他们的父母官。十五年来，他“要人家处处守规矩”“吩咐大家不许唱歌，不许点灯”。他庸且愚，却自作聪明；虚且弱，却自狂自大。好管闲事，全村人对他早已厌恶甚至痛恨至极，他的话也早就没有人理会了，但他仍念念不忘当年华沙司令部军士的职责。因此，当他因被法庭传讯，刚刚走出牢房，看见农民聚在那儿谈天时，就有一种他已经没法克制的习惯使得他做出立正的姿势，用气愤的语调嚷道：“散开，老百姓！不许成群结伙！回家去！”作者短短的几句描写就把一个心态变异而又狂妄的普里希别耶夫的形象活画了出来。

名著过关

一、文学常识填空。

契诃夫是19世纪末俄国________作家、杰出的短篇小说家和戏剧家。其作品有嘲讽官吏奴才心理的《________》《________》等；有表现对劳动者同情和对剥削者憎恨的《________》《________》等。代表作还有中篇小说《________》，剧本《________》等。

二、基础题。

1. 契诃夫以“变色龙”作为小说题目的用意是什么？（　　）

   A. 说明警官奥楚蔑洛夫像变色龙一样，一会脱下大衣，一会又穿上大衣。

   B. 讽刺沙皇制度下，统治阶级的走狗奥楚蔑洛夫趋炎附势，狡诈多变的性格。

   C. 讽刺奥楚蔑洛夫一会儿怕狗的主人，一会儿又不怕狗的主人的多变性格。

   D. 说明当时的社会制度迫使人们不得不经常改变自己的态度。

2. 指出下列各句的人物描写方法。

   （1）它后边跟着追来一个人，穿着浆硬的花布衬衫和敞开怀的坎肩。

   （2）警官奥楚蔑洛夫穿着新的军大衣，提着小包，穿过市场的广场。

   （3）“你在这儿干什么？你究竟为什么举着那个手指头？……谁在嚷？”

   （4）他那张半醉的脸上露出这样的神气：“我要揭你的皮，坏蛋！”

三、巩固题。

警官奥楚蔑洛夫穿着新的军大衣，提着小包，穿过市场的广场。他身后跟着一个火红色头发的巡警，端着一个筛子，盛满了没收来的醋栗。四下里一片沉静。广场上一个人也没有。商店和饭馆的门无精打采地敞着，面对着上帝创造的这个世界，就跟许多饥饿的嘴巴一样；门口连一个乞丐也没有。

1. 文中写“警官奥楚蔑洛夫穿着新的军大衣”有什么作用？

2. “面对着上帝创造的这个世界”中的“上帝创造”的含义是什么？

3. “商店和饭馆的门无精打采地敞着”暗示了____________________。

4. 这段文字用了________________和________________的修辞手法。

答案：

一、现实主义 《小公务员之死》 《变色龙》 《哀伤》 《凡卡》 《第六病室》 《樱桃园》

二、1. B 2. (1) 肖像 动作 (2) 肖像 动作 (3) 语言 (4) 神态

三、1. 交代其身份，写出他神气十足的样子。也为下文做铺垫。

2. 一语双关，明指人类是上帝创造的，暗指沙皇统治。 3. 市场不景气 4. 比喻 拟人

致读者

亲爱的读者朋友，感谢您购买并使用我们的图书，感谢您对我们的支持与厚爱！为进一步提高我们图书的品质，为增进我们与读者之间的互动，期待您的积极参与。

扫码反馈有惊喜

想把对本书的意见或建议最快地反馈给我们吗？请扫描左侧二维码，在二维码页面中填写反馈意见及个人资料并上传，就会有意外惊喜哦！

扫码关注收获多

想深度了解本套图书的相关信息吗？想“认识”梓育少儿其他阅读类图书吗？想获取更多的知识及学习方法吗？想让你的阅读变得高效而有趣吗？请扫描左侧二维码，关注“梓育少儿图书”微信公众平台，更多惊喜和收获等待您！

电子版考试手册下载链接：www.jlzgjy.com/upimages/ 增值服务 /2018 年 / 少儿图书 / 语文新课标必读经典文库 .rar

上官网 www.jlzgjy.com，获取更多教考资源。

图书在版编目(CIP)数据

变色龙 / 叶永利, 康燕燕主编. -- 长春 : 吉林人民出版社, 2015.4

(语文新课标必读经典文库)

ISBN 978-7-206-11628-5

Ⅰ. ①变… Ⅱ. ①叶… ②康… Ⅲ. ①短篇小说－小说集－俄罗斯－近代 Ⅳ. ①I512.44

中国版本图书馆 CIP 数据核字(2015)第 083826 号

变 色 龙

吉林人民出版社出版发行(中国·长春人民大街 7548 号　邮政编码:130022)

网　　址:www.jlzgjy.com　　电　　话:0431-85208981

原　　著:契诃夫　　本册主编:叶永利　康燕燕

责任编辑:储可玉　　责任校对:夏俊东

装帧设计:李思雯

印　　刷:天津梓和印刷有限公司

开　　本:880 毫米×1230 毫米 1/32

印　　张:7.5

字　　数:208 千字

版　　次:2015 年 6 月第 1 版

印　　次:2018 年 10 月第 3 次印刷

标准书号:ISBN 978-7-206-11628-5

定　　价:22.80 元

如发现印装质量问题,影响阅读,请与印刷厂联系调换。联系电话:(022)22520577

图书质量反馈电话:(0431)85208981